KB252053

SPY ROOM

스파이 교실

『화염』으로부터 사랑을 담아

단편집 05

『화염』으로부터 사랑을 담아

스파이 교실

단편집 05

저자 **타케마치**

일러스트 **토마리**

SPY ROOM
the room is a specialized institution of mission impossible
from Homura with love

C O N T E N T S

CHARACTER PROFILE

애랑
Grete

어느 거물 정치가의 딸.
정숙한 소녀.

화원
Lily

벽지 출신의
세상 물정 모르는 소녀.

화톳불
Klaus

『등불』의 창설자이자
「세계 최강」의 스파이.

몽어
Thea

대형 신문사
사장의 외동딸.
고아한 소녀.

회신
Monika

예술가의 딸.
불손한 소녀.

백귀
Sibylla

갱 집안에
태어난 장녀.
늠름한 소녀.

우인
Erna

전 귀족. 빈번히 사고와
조우하는 불행한 소녀.

망아
Annett

출신 불명. 기억 상실.
순진한 소녀.

초원
Sara

거리 레스토랑 셰프의 딸.
소심한 소녀.

Team Otori

개풍
Queneau

고익
Culu

비금
Vindo

우금
Pharma

상파
Vics

뜬구름
Lan

『CIM』 from 펜드 연방

『Hide』— CIM 최고 기관 —

저주술사
Nathan

마술사
Mirena

외 3명

『Berias』— 최고 기관 직속 특무 방첩 부대 —

조종자
Amelie

외 연화 인형, 자괴 인형 등

『Vanajin』— CIM 최대 방첩 부대 —

갑주사
Meredith

도공
Mine

Other

그림자
Luke

색적꾼
Sylvette

광대
Heine

선율사
Khaki

Team Homura

홍로
Veronika

포락
Gerute

매연
Lucas

작골
Wille

선혹
Heidi

거광
Ghid

Team Hebi from 가르가드 제국

초록나비

흰거미   청파리

은매미   보라개미

남메뚜기   흑사마귀

프롤로그 《거광》

딘 공화국은 세계 대전 후, 첩보 기관에 방대한 국가 예산을 할애했다.

대전 때 가르가드 제국에 국토를 유린당하여 많은 국민이 학살당한다는 건국사상 최대의 비극이 일어났고, 이웃 나라 라일라트 왕국에 임시 정부를 설립하여 그들의 비호를 받았다. 자국의 힘만으로는 제대로 국민을 지키지 못한 굴욕적인 사건이었다.

그 상황을 뒤집은 것이 공화국의 스파이팀 『화염』이었다.

기원은 군주제 시대까지 거슬러 올라간다. 국왕 직속 기밀 정보부대. 공화제로 이행한 후에는 내각부에 소속되어 정부를 보조하는 첩보 활동이나 국난에 관한 특별한 임무를 완수해 왔다.

『화염』은 가르가드 제국에 점령당했던 딘 공화국의 도시에 계속 남았다. 모은 정보는 펜드 연방이나 라일라트 왕국에 보냈고, 타국의 스파이나 군대와 연계하여 가르가드 제국의 침략을 억제했다. 『화염』의 공적으로 펜드 연방과 라일라트 왕국의 군대는 가르가드 제국 내 해안에 기습 작전을 성공시켰다. 이것이 세계 대전을 끝내는 커다란 한 수가 되었다.

이 기습 작전을 성공으로 이끈 스파이는 『종막의 스파이』로 불렸고, 그중 두 명이 『화염』의 멤버였다.

종전 후, 귀향한 딘 공화국의 정치가들은 생각했다.

—앞으로는 스파이의 시대다.

나라를 구한 것은 군대가 아니라 『화염』이었다. 과학 기술이 진보한 시대의 전쟁은 정보가 좌우한다. 세계의 동향을 발 빠르게 파악하고 타국과 동맹을 맺는 것이야말로 소국이 살아남을 방법이다.

그리하여 전례가 없을 정도의 국가 예산이 투입되어 첩보 기관이 설립되었다.

—대외정보실.

육군 정보부와 해군 정보부의 정예, 그리고 『화염』이 중심이 되어 탄생했다.

대외정보실은 차세대 스파이를 키워 내기 위해 양성 학교를 전국 각지에 창설했다. 군인 학교와는 다른, 첩보 활동에 특화된 기관이었다.

대외정보실 여명기에 일부 우수한 스파이는 통보를 받았다.

—임무를 수행하면서 장래성 있는 인재를 발견하면 대외정보실로 스카우트하라.

그 역할은 『화염』의 2인자이자 『종막의 스파이』 중 한 명인 『거광』 기드에게도 전달되어 있었다.

"여기가 그 왕의 영역인가."

그날 밤, 기드는 딘 공화국 수도 근교에 있는 도시에 와 있었다.

하지만 이제 도시라고 해도 되는지도 알 수 없었다. 달빛이 비추고 있는 것은 도시의 유해였다. 건물의 절반 이상에 포탄의 흔적이 남아 있었고, 잔해가 길을 막고, 전봇대는 모조리 쓰러져 있었다. 주민의 90% 이상이 피난하여 정적이 지배하고 있었다.

생생한 전쟁의 참상.

가르가드 제국이 딘 공화국의 수도를 공격하기 위한 거점으로 삼기 위해 침략한 도시였다.

국경을 넘어온 군인은 무고한 시민을 학살하고 도시를 그대로 강탈했다. 음식은 빼앗겼고, 저항한 자는 살해당했고, 시민은 고향을 버리고서 뿔뿔이 도망쳤다.

지옥 그 자체였다고 달아난 사람들은 말했다.

완전히 파괴된 큰길에 추도를 올리고서 기드는 탐색을 시작했다.

턱수염을 기른, 22세라는 실제 나이보다 늙어 보이는 청년이었다. 대벌레처럼 손발이 길었고 재킷을 걸치고 있었다. 허리춤에는 시대착오적인 칼을 차고 있었다.

그는 어떤 소문을 들었다.

—가르가드 제국 육군의 거점에서 음식을 계속 뺏었던 녀석이 있다.

대전 중에 기드가 접촉했던 제국의 군인이 그렇게 누설했다.

『나는 당신네 군인보다 그 녀석이 훨씬 더 무서웠어. 어둠을 틈타 거점을 기습하고 난장판을 만든 다음에 떠나거든.』

그는 두려운 듯 몸서리를 쳤다.

『아무도 그 녀석의 모습조차 못 봤어.』

재미있다고 생각했다. 군인도 아닌 일반 시민 중에 그런 미친 인간이 있다면 꼭 스카우트하고 싶었다. 보스도 비슷한 소문을 알고 있었는지 바로 허락이 떨어졌다.

아직 본 적도 없는 수재를 기대하며 밤 열 시에 도시의 중앙을 걸었다.

'슬슬 나타날 때인가……?'

멍하니 서서 상대가 오기를 기다렸다.

목격 정보는 미리 모아 뒀다. 이 도시의 전쟁고아들에게 이야기를 들었다. 전쟁으로 부모를 잃은 아이들은 갈 곳이 없었고, 먹을 것을 찾아다니며 아슬아슬한 환경에서 살고 있었다.

『몬스터야.』

아이들은 가르쳐 줬다.

목소리는 겁먹은 듯 떨리고 있었다.

『아무도 모습을 본 적이 없어. 눈이 마주치면 죽으니까.』

『다만 그 녀석이 가까이 오면 덜그럭덜그럭하고 금속이 끌리는 소리가 나…….』

『어른을 마구잡이로 패. 뼈가 으스러지는 듯한 소리가 퍽퍽 나.』

『밤에 때때로 달을 향해 울부짖어. 짐승 같아.』

그저 떠올렸을 뿐인데 다들 얼굴이 창백해져서 눈물을 글썽거렸다.

그러면 퇴치해야겠네, 하고 웃자 한 아이가 말했다.

『하지만 음식을 나눠 줘.』

아이들은 하나둘씩 가르쳐 줬다.

『우리가 지내는 곳에 자주 빵을 두고 가.』

『우리를 잡아가려고 하는 나쁜 어른도 쫓아내 줘.』

『하지만 역시 무서워. 덜그럭덜그럭하고 그 녀석의 소리가 나면 다들 숨어. 그 녀석은 피비린내를 풍기니까.』

황폐한 도시에서 사는 전쟁고아에게 공포의 대상이면서 동시에 숭배의 대상인 것 같았다.

그리하여 얻은 별명은— 『쓰레기왕』.

잔해의 성에 군림하는 외톨이 임금님.

『……흥미가 생겼어, 매우.』

기드는 아이들을 보호하겠다고 약속하고서 왕과 만날 방법을 알아냈다.

그리하여 현재, 잔해에 둘러싸인 밤길에 서 있었다.

'바라는 대로 먹을 것을 들고 와 줬는데, 과연……?'

『쓰레기왕』의 거처는 판명되지 않았다. 게다가 제국 군인도 전쟁고아도, 아무도 확실하게 본 사람이 없기에 어떻게 생겼는지도 판명되지 않았다. 습격해 오기를 기다릴 수밖에 없었다.

'……왔다!'

금속이 끌리는 듯한 소리가 나더니 갑자기 사라졌다.

어둠 속에서 사람 형체가 튀어나왔다. 기드의 위치를 정확하게 파악하고 있었다.

'그리고— 빨라!!'

상대는 발소리를 내지 않고서 기드의 뒤로 재빨리 이동해 있었다. 금속 소리에만 반응한다면 당한다. 그것이 여러 번 육군 거점 기습을 성공시킨 비결인가.

"하지만— 허술해."

"—윽!"

몸을 돌리며 카운터를 날려 상대의 뺨에 주먹을 명중시켰다.

밤눈이 밝은 것은 기드도 마찬가지다.

타격감은 의외로 가벼웠다. 상대는 신음하면서도 착지했고, 곧장 기드와 거리를 뒀다.

그 움직임에 저도 모르게 감탄했다.

"오, 낙법을 취했나. 몸놀림이 가벼운 것 같은데—."

말은 도중에 멈췄다.

그냥 가벼운 게 아니었다. 적어도 성인을 때린 감각은 아니었다.

눈앞에서 고통스러워하며 쇠지레를 들고 있는 인물을 보고 경악했다. 무기와 움직임을 보면 그가 소문 속 인물임은 틀림없었다.

—『쓰레기왕』의 정체는 어린 소년이었다.

아직 열 살 정도. 어린 티가 나는 장발 소년이 귀기가 감도는 눈으로 기드를 강렬하게 노려보고 있었다. 맞은 것에 충격을 받은 듯 얼굴을 붉히고 있었다.

그 사실을 이해하는 데 몇 초의 시간이 필요했다.

"……그만하자."

기드는 두 손을 들어 적의가 없음을 보였다.

"어떻게 생각해도 양성 학교에 수용될 만한 그릇이 아니야. 너무 규격을 벗어났어."

기드는 메고 있던 가방에서 빵을 꺼내 내밀었다.

소년은 의도를 이해하지 못한 듯 빵을 향해 쇠지레를 휘둘렀다. 기드는 간파하고 피했다. 몇 번 반복하다 보니 소년은 기드에게 적의가 없음을 헤아리고서 쇠지레를 땅에 댔다.

기드는 말했다.

"─『화염』에 와. 그곳이 네가 살아야 할 곳이야."

소년은 의미를 이해하지 못한 모습으로 기드를 마주 보고 있었다.

하지만 배고픔에 저항할 수 없었는지 내민 빵을 받더니 바로 베어 물었다. 순식간에 절반쯤 삼키고서 나머지 절반은 주머니에 넣었다.

"전부 먹어."

기드는 쓴웃음을 지었다.

"이제 그 아이들을 지킬 필요는 없어."

소년은 의아한 얼굴로 기드를 보았다.

그것이 사제의 만남이었고, 『화톳불』 클라우스라는 스파이의 탄생이었다.

1장 《화톳불》 겉 I

 종전 직후 딘 공화국의 스파이팀 『화염』은 변혁기를 맞이했다.

 세계 대전의 전황을 뒤집은 『화염』이지만, 전쟁 초기에는 큰 타격을 받았다. 가르가드 제국에서 첩보 활동에 힘쓰던 두 스파이 『치성(熾盛)』과 『작뢰(炸雷)』가 사망했고, 선대 보스 『포락』은 책임지고 은퇴했다.

 그 후 새 보스가 된 『홍로』는 『포락』을 설득하여 다시 팀에 복귀시켰다. 두 여성 스파이가 세계에 이름을 떨치는 가운데, 『거광』기드도 가르가드 제국이 지배하는 지역에서 암약. 그리고 새로 『매연』과 『작골』을 스카우트했다.

 대전 직후의 중심 멤버는 다섯 명.

 ─『홍로』 페로니카. 보스이자 『세계 최고의 스파이』로 칭송받는 여성.

 ─『거광』 기드. 라일라트 왕국의 수호자 『니케』와 어깨를 견주는, 규격을 벗어난 격투가.

 ─『포락』 게르데. 수백 개의 전장에서 살아남은 『불사』라고 불리는 저격수.

 ─『매연』 루카스. 쌍둥이 형. 수십 개의 카지노를 헤집고 다닌 천재 게이머.

—『작골』 빌레. 쌍둥이 동생. 형과 함께 암약한, 미래를 내다보는 천재 점술가.

또한 대전 후, 『화염』은 인재 확보를 위해 새로운 스파이를 두 명 채용했다.

『선혹』 하이디. 페로니카가 찾아낸, 신시대의 『화염』을 짊어질 소녀.

그리고 아직 코드 네임을 받지 않은, 『쓰레기왕』이었던 소년.

기드가 소년을 데려온 지 2년이 지났다.

"시이이이이이이이러어어어어어어어어어어어어어!"

소년의 신경질적인 목소리가 하늘 높이 울렸다.

『화염』은 딘 공화국 내 항구 도시에 있는 「아지랑이 팰리스」라는 화려한 저택을 거점으로 삼고 있었다. 예전에는 왕족의 은신처로 쓰이던 곳이었다.

소년은— 통제 불능이었다.

신체의 성장 상태를 통해 열 살로 판단되고 「클라우스」라는 이름을 받은 뒤 2년이 지나 현재 열두 살. 이전의 고아 시절과는 딴판으로 남부러울 것 없는 생활이 주어졌다. 삼시 세끼 식사가 나오고. 청결한 옷과 침실이 있고. 지하에는 대욕탕도 있었다.

하지만 소년— 클라우스는 그 모든 것을 거부했다.

오늘은 스파이 훈련을 시키려는 기드로부터 도망치기 위해 「싫어어어어어어어어어어어어」라고 외치며 아지랑이 팰리스의 복도를 질주하고 있었다.

물론 전력으로 쫓는 기드에게서 도망칠 수 있을 리 없었다.

정원에서 따라잡은 기드는 「요놈!」 하고 소년의 팔을 잡아 강제로 제압하려고 했다. 그래도 클라우스는 몸을 비틀어 뿌리치려고 시도했다.

"날뛰지 마! 오늘만큼은 스파이로서—."

"흥!"

클라우스는 기드의 배를 주먹으로 때리려고 했다. 이제까지 여러 어른을 때려눕힌 필살 스트레이트.

기드는 그것을 피하고, 무방비해진 클라우스의 배에 주먹을 휘둘렀다.

"정당방위!"

"으헉!"

어른스럽지 못한 카운터는 클라우스의 배에 완벽하게 들어갔다.

클라우스는 입에서 타액을 흘리며 휘청거리다가, 옆으로 몸이 휙 돌아가며 그대로 쓰러졌다.

정원에 얼굴을 박은 채 누워서 꿈쩍도 하지 않았다.

기드는 뒤통수를 긁적였다.

"아? 또 기절시켜 버렸나. 괜찮아? 역시 조절이—."

"흥!"

갑자기 몸을 일으킨 클라우스는 전력 질주했다. 순식간에 기드와 거리를 벌려 건물 안으로 사라졌다.

진심으로 걱정했다가 허를 찔린 기드는 「저 꼬맹이가……!」라고 중얼거리며 주먹을 떨었다.

클라우스는 오늘도 훈련에서 도망쳤다.

그런 하루하루가 2년 가까이 계속되고 있었다.

클라우스는 짐승 같은 소년이었다.

처음 거뒀을 때 그는 너무나도 볼품없는 모습을 하고 있었다. 어른에게서 빼앗았을 사이즈가 안 맞는 옷은 피와 흙으로 엉망이었다.

기드는 그에게 청결한 옷을 줬다.

"싫어!"

하지만 클라우스는 쇠지레를 휘둘러 옷을 찢었다.

일단 몸을 만들어야 한다는 생각에 기드는 많은 음식을 준비했다. 어쨌든 소년은 쇠지레를 휘두를 힘이 어디서 나오는지 알 수 없을 만큼 야위어서 갈비뼈가 드러나 있을 정도였으니까.

기드는 요리를 만들고, 테이블 매너를 가르치기 위해 나이프와 포크를 클라우스에게 건넸다.

"싫어어어!"

하지만 클라우스는 식기를 내던졌다. 고기를 직접 손으로 잡고서 식당을 떠났다.

혹시 신경이 곤두서 있는 건 아닐까? 그렇게 생각하여 침실을 준비했지만—.

"시이이러어어어!"

클라우스에게 보여 준 직후, 그를 위한 침대는 쇠지레에 파괴되었다.

아무튼 대화조차 제대로 할 수 없었다.

언젠가 진정될 거라고 여기고서 기드는 임무를 수행하며 모습을 살폈지만, 전혀 그럴 기미가 보이지 않았다. 오늘도 클라우스는 불결한 옷을 입고, 목욕하지 않고, 지붕 위로 가져간 담요에서 자고, 부엌에서 직접 먹을 수 있을 듯한 것을 먹고, 훈련에서 도망쳤다.

기드를 피해 달아난 클라우스는 아지랑이 팰리스의 지붕에 올라가 다시 자려는 것 같았다.

이쯤 되니 역시 어이가 없었다.

"저 녀석, 얼마나 애를 먹이는 거야……."

"오늘도 아주 소란스럽네."

뒤에서 다정한 목소리가 들렸다.

페로니카였다. 『화염』의 보스— 코드 네임 『홍로』.

아름다운 진홍색 머리를 기른 여성으로, 걸을 때마다 흔들리는 머리카락은 타오르는 불꽃을 연상시켰다. 딱 봐도 범상치 않은 분위기는 26세라는 나이와는 어울리지 않았다. 입은 다정하게 미소 짓고 있지만, 눈동자 안쪽에는 헤아릴 수 없는 힘이 깃들어 있었다.

"보스?"

그녀를 보고 기드는 아연실색했다.

두 눈 밑에 짙은 그늘이 져 있었고, 피부에서 생기가 느껴지지 않았다.

"아니, 어떻게 된 거예요? 그 다크서클. 설마 한숨도 못—."

"맞아."

페로니카는 쓴웃음을 짓고서 하품했다.

"또 육군파랑 해군파가 대립했거든. 그 뒷감당은 고스란히 내 몫이니 정말 죽을 맛이야."

"……그런가요."

현재 대외정보실은 극도로 다망했다. 전후 평화 조약 체결을 앞두고 조금이라도 유리한 조건을 끌어내기 위한 공작을 진행해야만 했다. 그러면서 한편으로는 양성 학교 창설과 각 부서와의 연계, 치안 유지를 위한 국내 임무도 많았다.

현재 『화염』은 『포락』 『매연』 『작골』을 국외에 파견 중이었다. 페로니카의 부담은 이루 헤아릴 수 없었다.

평소에는 화장으로 감추고 있는, 오른쪽 눈 밑의 상처도 확실하게 보였다.

"하이디도 지도해야 하고."

하이디를 교육하는 것은 페로니카의 역할이었다.

그쪽은 순조로운 모양이라 기드로서는 면목이 없었다.

"어때? 클라우스가 임무를 수행하려면 더 시간이 걸릴 것 같아?"

"오늘도 저 모양이에요."

클라우스는 이미 지붕 위에서 잠들어 있었다.

함께 생활하기 시작한 당초에는 지붕에서 떨어지진 않을까 걱정했지만, 본인은 익숙한 모양인지 안정적이었다.

"……."

페로니카는 그런 클라우스를 가만히 바라보고 있었다.

"보스?"

"아니, 저 아이를 보고 있으면—."

목소리가 점차 작아져서 잘 들리지 않았다.

"……어쩌면 좋을까."

한숨 같은 음성이었다. 먼 곳을 보는 듯한 눈으로 클라우스를 보고 있었다. 뭔가 잃어버린 것을 떠올리는 듯한 눈. 거기에 미세하게 섞이는 차가움.

기드는 그 감정의 이유를 진작했으나 아무 말도 하지 않았다.

그녀에게서 느껴지는 희미한 우울을 감지하고 살짝 숨을 삼켰나.

"……당장 다른 방법을 생각할게요."

기드는 작게 고개를 끄덕였다.

"양성 학교에 데려가는 걸 포함해서, 뭔가—."

"나를 배려해서 엄하게 대할 필요는 없어."

페로니카가 놀리듯이 눈을 가늘게 떴다.

"—그렇다고 해서 내가 기드처럼 무른 것도 아니지만."

"……."

말의 진의는 읽어 낼 수 없었다.

거의 같은 시기에 『화염』에 스카우트된 기드도 그녀의 생각을 잘 파악할 수 없을 때가 있었다. 그녀가 보스가 된 이후로는 특히나 더.

'……어쨌든 이 이상 보스의 부담을 늘릴 순 없어.'

다망하기 그지없는 『화염』은 우수한 일손이 간절히 필요했다.

하지만 그걸 위한 인재는 여전히 육성되지 않았다.

세계 대전 직후 2년— 그건 『화염』에 있어서 인내의 시기이기도 했다.

오전 중에는 클라우스의 훈련을 포기하고, 낮에는 기드도 임무에 나섰다.

딘 공화국의 외무부 직원을 수족으로 부리기 위해 펜드 연방에서 스파이가 왔기 때문이다. 빈틈없는 녀석들이라고 감탄하며 구속. 상대와의 교섭 카드로 삼았다.

수도에서 돌아오니 심야였다.

클라우스는 이미 잠들어 버린 것 같았다. 지붕 위에서 담요를 두르고 있는 실루엣이 보였다.

홀은 불이 켜져 있었다. 중앙에 캔버스가 놓여 있고, 그 앞에 한 소녀가 서 있었다.

그녀는 홀에 들어온 기드를 웃으며 맞이했다.

"오늘도 아주 늦게 돌아왔네. 아빠."

"아빠라니―."

익숙하지 않은 호칭에 어깨를 으쓱였다.

―『선혹』하이디.

올해 열여섯 살이 되는, 클라우스보다 네 살 많은 소녀였다. 신설 같은 새하얀 피부와 머리카락, 그리고 눈. 상당히 색소가 옅은 체질인 것 같았다. 멍도 흉터도 없는 아름다운 피부를 볼 때마다 마치 꿈속 세계의 주민을 만난 듯한 신기한 감각이 들었다.

하지만 그런 그녀의 모습을 보고서 기드는 손으로 얼굴을 덮었다.

그녀는 실오라기 하나 걸치지 않고 있었다.

즉, **알몸**으로 서 있었다.

"옷을 입어."

"나야 어찌 되든 좋잖아."

"안 좋아."

"그보다 나를 그 꼬맹이와 단둘이 두지 마. 역겨워."

마이페이스로 말한 하이디는 노골적으로 눈썹을 찌푸렸다. 『꼬맹이』란 클라우스를 말하는 것이리라.

일단 기드는 근처에 떨어져 있던 옷을 던졌다.

하이디가 납득할 수 없다는 얼굴로 옷을 입는 동안, 기드는 정면에 있는 그림으로 시선을 옮겼다.

"이 그림……."

"어때? 보기만 해도 실로 불쾌해지지?"

8호 캔버스에 그려져 있는 것은 추상화였다.

악취미, 라는 말이 연상되었다. 진흙과 피가 섞인 듯한 형용할 수 없는 색의 나선이 무수히 있었다. 소용돌이끼리 복잡하게 뒤얽혀서 정면에 있으면 삼켜질 것 같았다.

"결과물이 나쁘지 않은 것 같네."

하이디의 만족스러워하는 목소리가 들렸다.

"—아빠 같은 달인의 의식을 몇 초 돌릴 수 있었어."

"……!"

듣기 전까지 하이디를 의식에서 지우고 있었다는 사실에 깜짝 놀랐다.

돌아보니 장난을 성공시켰다며 의기양양한 하이디가 있었다.

—사람의 감정을 조종하는 예술.

페로니카가 인정한 하이디의 이능이었다. 요리, 문예, 회화, 음악. 그것들을 구사하여 사람을 조종할 수 있었다. 열여섯 살이지만 그녀는 이미 웬만한 스파이는 흉내 낼 수 없는 비상식적인 기술을 가지고 있었다. 천재라고 할 수밖에 없었다.

그녀는 승자의 미소를 짓고서 소파에 앉았다.

"『화염』의 신입은 나 혼자면 충분하지 않아?"

"얼마나 자신 있는 거야, 너."

"내가 두 사람 몫을 할게. 그 꼬맹이는 잘라."

엄청난 자기 긍정에 기가 막혔다.

어떻게 대답할지 생각하고 있으니, 그녀는 「아아, 맞다」라며 미소 지었다.

"실은 그 꼬맹이의 처우에 관해 엄마가 말을 전해 달라고 했어."

"말을? 그런가, 오늘은 못 돌아오나."

하이디는 페로니카를 『엄마』, 기드를 『아빠』라고 불렀다.

페로니카가 돌아오지 못하는 건 드문 일이 아니었다. 이 나라에 서는 24시간 내내 누군가가 그녀를 필요로 했다.

하이디가 무표정으로 입을 열었다.

"—『클라우스를 임무에 데려가. 가치를 보이지 못한다면 쫓아내.』"

"뭐?"

잘못 들은 것 같아서 반문했다.

"야, 잠깐만. 정말로 보스가 그렇게 말했어? 거짓말이지?"

너무 난폭한 지시였다. 확실히 클라우스의 진퇴는 언젠가 생각해 야 할 문제다. 하지만 그런 중요한 사항을 다른 사람을 통해 전하 는 건 페로니카의 성격상 말도 안 되는 일이었다.

점심에 봤을 때 희미한 망설임이 있긴 했지만, 그렇다고 해도 너 무 갑작스러웠다.

"비난하려고?"

하이디는 강렬하게 기드를 노려보았다.

"기진맥진한 엄마의 모습을 봤으면서도, 그 판단이 틀렸다는 거야?"

목소리에는 범상치 않은 분노가 담겨 있었다. 진심으로 페로니카를 걱정하고, 클라우스를 싫어하는 표정이었다. 거부한다면 여기서 기드와 한바탕 싸우겠다는 각오마저 느껴졌다.

겁낼 필요는 없으나 그 감정은 존중했다.

"······아니, 타당해."

기드 쪽이 물러났다. 틀림없이 하이디의 헛소리겠지만, 내용은 타당했다. 보스의 넓은 아량에 계속 안주할 수는 없다.

구태여 믿어 주기로 했다.

"어쨌든 슬슬 그 녀석은 가치를 보일 때야."

무리라면 『화염』에서 내쫓을 수밖에 없다. 너무나 이기적인 논리여도.

아픔으로 가득한 이 세계는 그의 성장을 기다릴 수 있을 만큼 상냥하지 않다.

이튿날 아침, 기드는 빠르게 클라우스를 포획해 차에 태웠다.

자다 깬 소년을 밧줄로 꽁꽁 묶어서 뒷좌석에 던져 놓고, 기드는 그대로 경쾌하게 수도까지 차를 몰았다. 기드가 진짜 실력을 발휘하니 구속은 손쉬웠다.

"유, 유괴……."

"누가 들으면 오해하겠다."

클라우스의 항의를 기드는 손을 내저어 넘겼다.

남들 눈에는 아동 유괴로 보일 상황이었지만, 수상쩍게 여길 사람은 없었다.

수도가 가까워지자 기드는 뒷좌석에 말했다.

"수도 리디츠에서 갱단이 기승을 부리고 있어."

"……?"

"지금 수도는 혼돈에 빠져 있어. 소유자가 죽어서 주인 불명인 건물과 땅이 많거든. 그런 곳을 갱단이 점거하여 악랄하게 돈을 벌기 시작했어."

설명할 것도 없이 대전의 영향이었다.

현재 수도에는 신원 불명자가 많이 이주해 있었다. 행정은 부흥 사업을 시작하여 최대한 주거와 일자리를 주려고 하지만 수는 모자라서 악당이 되는 자도 많았다.

"동정의 여지는 있어. 자신의 일터가 포탄을 맞았어도, 농지를 짓밟혔어도, 사람은 먹고살아야 해. 하지만 사람의 길을 크게 벗어난 자는— 사냥할 수밖에 없어."

물론 범죄자라고 해도 스파이가 독단으로 처벌을 내릴 순 없다. 법에 따라 재판받을 권리는 있다.

그러나 개중에는 그 틀에서 벗어난 자가 있었다.

숨 쉬듯 범죄를 저지르고, 살인에 망설임이 없는, 악의 길에 빠져 버린 자.

기드는 그 갱들을 비밀리에 처리하라는 사명을 받았다.

"그건……."

뒷좌석에서 의문스러워하는 목소리가 들렸다.

"그거의…… 그거 아니야……?"

"……『치안 유지는 경찰과 군대의 역할 아니냐』라는 말을 하는 거라면, 맞아. 스파이의 일은 아니야."

클라우스의 말을 번역하여 대답했다.

2년을 함께 지내면서 약간이지만 의사소통이 가능해졌다.

"다만 경찰도 감당 못 하는 녀석들이 있어."

목적지에 도착했기에 기드는 차를 세웠다.

아직 제대로 복구되지 않아 전쟁의 상흔이 남아 있는, 반쯤 슬럼화한 곳. 무수한 갱이 모여 있는 최악의 구역이었다.

"동포가 『불가능』하다고 판단했을 때, 우리가 나서."

기드는 클라우스를 묶은 밧줄을 끊었다.

"─나라를 지키기 위해 『불가능』을 뒤집는다. 그게 『화염』이야."

어떤 의미에서는 첩보 기관조차 초월한 존재였다.

그걸 다시금 설명하는 이유는 이것이 클라우스의 첫 임무이기 때문이었다.

스카우트한 이래 기드는 클라우스를 임무에서 멀리 떨어뜨렸다. 실력이 불충분하고 제대로 지시도 따르지 않는 열두 살 소년을 임무에 데리고 다니는 건 너무 위험했다.

 하지만 이제 시험받을 때다.

 이래저래 2년간 기드와 계속 싸웠다. 테이블 매너는 몰라도 제대로 된 식사는 제공받았다. 최소한의 전투 기술을 갖추면서 신체 능력은 향상했을 터다.

 클라우스는 자신의 가치를 증명해야 했다.

 기드는 차에 실어 온, 클라우스가 애용하는 쇠지레를 내밀었다. 권총 다루는 법을 가르치지 않았으니, 이것이 가장 걸맞은 무기일 것이다.

 "너는 나를 도와줘야겠어. 이 지역 일대를 본거지로 삼은 갱단을 단속할 거야. 성과를 올린다면, 음…… 예전에 먹은 그 치즈 케이크 또 먹게 해 줄게."

 "……!"

 클라우스는 일순 눈을 크게 떴다.

 치즈 케이크는 클라우스를 길들이는 최종 수단이었다. 예전에 딱 한 번 클라우스에게 준 적이 있었다. 아마 난생처음 디저트를 먹어 봤을 클라우스는 감동했고, 혼자서 『화염』 모두의 케이크를 다 먹어 치웠다.

 클라우스는 고개를 끄덕거렸다.

 "다만 내 시야에서 벗어나지 마."

교섭이 성립된 듯하여 안도하면서 기드는 조수석에 있는 짐으로 손을 뻗었다.

"만일에 대비해서 발신기도 가져가. 항상 몸에 지니고—."

기드가 그렇게 말하며 뒷좌석으로 시선을 되돌렸을 때.

—클라우스는 이미 없었다.

아무도 없는 좌석이 있을 뿐이었다. 쇠지레도 없었다. 마법처럼 소리도 없이 뒷좌석의 문을 연 모양이었다.

잘못 본 거라고 믿고 싶었다.

"도망친 거냐아아아아아아아아아아아아아아아?!"

기드는 비명을 질렀다.

2년간 격투의 달인으로부터 계속 도망친 소년의 도주 기술은 신의 영역에 도달해 있었다.

클라우스는 기드의 말을 안 듣는 궁극의 문제아였다.

그의 기형성은 『화염』의 다른 멤버도 알아차려서 몇 번 논의가 이루어졌다. 그중에서도 하이디는 강하게 혐오하며 여러 번 기드에게 잔소리를 했다.

『그 꼬맹이, 이제 열두 살이잖아?』

깔보는 듯한 음성으로 말했다.

「너도 어리잖아」라는 기드의 지적은 통하지 않았다.

『상식이 없다는 사실은 눈감아 줄게. 하지만 제대로 대화가 안 되는 건 그냥 넘어갈 수 없어. 언어 능력의 발달이 늦는 건 교육의 문제라기보다—.』

명시적 언급은 자제한 것 같았다.

그러나 말하지 않아도 기드는 확실히 이해할 수 있었다. 신체 능력의 발달에 비해 의사소통 능력의 발달이 명백히 느렸다. 여섯 살 아이도 클라우스보다는 대화가 더 잘될 거다.

하이디는 코웃음 쳤다.

『어쨌든 스파이로서 치명적이야. 당장 내보내.』

얼마나 클라우스를 싫어하는 건가 싶어서 어이가 없어질 정도였다.

낮에 클라우스와 한 지붕 아래에서 보내는 탓에 불만이 끊이지 않는 듯했다. 예술 도구를 장난감처럼 다뤄서 망가진 적도 있는 것 같았다.

『네 의견이 전부 틀렸다고 하진 않겠지만.』

그녀의 감정을 존중하면서 기드는 말했다.

『내가 찾아낸 미래를 이 이상 깎아내리지 마.』

얼핏 보기엔 스파이에 적합하지 않은 소년이지만.

그가 간직하고 있는 가능성을 기드는 믿고 있었다.

◇◇◇

도주한 클라우스를 찾아내는 데 약 20분이 걸렸다.

발견하기까지 시간이 걸린 것은 클라우스가 임무에서 도망쳤다고 생각했기 때문이다. 평소처럼 해가 잘 드는 곳에서 낮잠 잘 생각일 거라고 예상하고 높은 곳과 공원을 찾았지만, 뒤쪽에서 총성이 들려 곧장 이해했다.

클라우스의 행동은 예상을 뛰어넘었다.

누가 생각이나 하겠는가?

열두 살 소년이 혼자서 갱단의 아지트를 습격할 거라고!

뒷골목에 도착하니 피 흘리며 혼절한 갱들이 무수히 나뒹굴고 있었다.

기절한 남자들은 칼뿐만 아니라 권총도 쥐고 있었다. 그 정도 무기로는 의미가 없었던 모양이다.

뒷골목 안쪽에 있는 건물에서 총성이 몇 발 울리더니 점차 잦아들었다.

기드가 그 최상층에 도달했을 때에는 전부 끝나 있었다.

"……이럼 돼?"

최상층 방에는 피를 뒤집어쓴 클라우스가 서 있었다.

그리고 갱 여섯 명이 기절해 있었다. 죽이진 않은 것 같지만, 약간의 후유증이 남을 듯한 주저 없는 폭력을 당한 상태였다.

기드가 노렸던 간부 격 남자들이 순식간에 나가떨어졌다.

뒷골목에 있던 갱들을 포함하면 총 30명.

클라우스는 무차별적으로, 눈에 보이는 모든 것을 습격한 것 같았다. 소속, 계급, 성별조차 관계없이 쇠지레로 후려친 듯했다. 결과적으로 그건 정답이었지만, 너무나도 망설임이 없었다.

"……너 이걸 혼자서?"

"응."

땀 한 방울 흘리지 않고 태연했다.

클라우스는 「아」 하고 떠올린 듯 입을 열었다.

"아까, 있었어."

"누가?"

반문했지만, 클라우스는 말문이 막힌 것처럼 아무 말도 하지 않았다. 어떻게 설명하면 좋을지 몰라서 당황스러운 것 같았다.

"……?"

기드도 알 수 없었다.

아는 사람이 있었던 걸지도 모르지만, 클라우스 쪽에서 포기한 듯 설명을 그만둬 버렸다. 피 묻은 쇠지레의 끝부분을 쓰러진 남자의 옷으로 닦고 방에서 나가려고 했다.

"배고파. 돌아갈래."

"그, 그래."

"두 배로 일했어. 그러니까 치즈 케이크. 두 배."

"……그걸 노리고 빠져나간 건가."

이유가 너무 의외라서 어이가 없었다.

하지만 클라우스가 임무에 공헌한 것은 인정할 수밖에 없었다. 이것저것 설교하고 싶은 점은 있지만.

―클라우스는 스파이로서 무한한 가능성을 간직하고 있다.

그것이 증명됐다는 사실이 묘하게 기뻐서 기드는 미소 지었다.

"클라우스."

"응?"

"딴 길로 새지 말고 곧장 돌아가. 나는 아직 할 일이 있어."

기드가 돌아가는 기찻값으로 잔돈을 던지자 캐치한 클라우스는 즉시 그 자리를 떠났다.

기드는 뒤처리를 해야 했다.

클라우스가 떠난 방에서 쓰러져 있는 남자들을 다시금 관찰했다.

'……클라우스가 해치운 건 부하인가. 두목은 부재했나……?'

쓰러진 남자들 중에는 가장 마크해야 할 인물이 없었다.

어쨌든 친분이 있는 경찰관에게 무전을 보냈다. 경찰이 달려와 쓰러져 있는 갱들을 체포할 것이다.

하지만 이 정도 인간들이라면 경찰이 대처할 수 있었다.

이 아지트에 경찰이 진입하지 못했던 것은 경찰조차 전율케 하는 갱이 존재했기 때문이다.

'『식인귀』의 두목―『여마(癘魔)』만큼은 확실하게 끝장내야 해.'

기드는 거점을 뒤져 그가 어디 있는지 찾고자 했다.

『여마』— 그 갱의 이름을 클라우스가 듣는 일은 없었다.

클라우스는 아무것도 모른다. 『식인귀』라는 이름조차 듣지 못했고, 애초에 임무라는 인식도 없이 그는 이날의 임무를 끝냈다.

하지만 이후 인생에서 그 존재와 큰 접점을 가진다.

『여마』에게는 자녀가 셋 있었다.

그 장녀는 후에— 『백귀』 지비아라는 이름을 받는다.

"—아무것도 안 준다. 뺏는 법만 가르쳐라."

그것이 『여마』의 교육 이론이었다.

지적 호기심을 채우기 위해 여자와 관계를 맺고, 태어난 아이에게 교육을 실시했다.

취미이자 오락. 무엇보다 연구였다.

이상적인 교육을 실시했을 때, 사람은 어떤 성장을 이루는지 실험하고 싶었다.

애정은 없었다. 배다른 세 아이는 부하에게 돌보라고 했고, 누가 아이를 때려서 멍이 생겨도 아무 말도 하지 않았다. 그저 그는 이틀에 한 번 아이들 앞에 나타나 폭력을 가르쳤고, 큰딸에게는 빼앗는 법을 전수했다.

그건 어떤 의미에서 궁극의 연구였다. 그는 늘 연구에 인생을 바쳤다.

"사람은 본능적으로 굶주림을 가지고 있어. 그 본능을 존중하기만 하면 돼."

한 아지트의 지하에 세 아이를 감금하는 방이 있었다. 『여마』는 양팔이 골절된 남자를 데려왔다. 통증에 신음하는 남자를 세 아이에게 보여 줬다. 『식인귀』에 맞선 자의 말로였다.

『여마』는 즐거워하며, 겁먹은 장녀에게 단검을 쥐여 줬다.

"—사람을 죽여 봐."

장녀는 아직 아홉 살이었다.

당연히 사람을 죽인 적 따위 없었다. 장녀는 몸서리치듯 고개를 좌우로 흔들었다.

『여마』는 귀에 대고 읊조렸다.

"그럼 뒤에 있는 동생들에게 맡길까? 가족을 생각하는 좋은 누나군."

양팔이 부러진 남자는 눈물을 흘리며 두려워하고 있었다. 그는 최선을 다해 저항할 것이다. 아이를 죽이는 데 성공하면 도망쳐도 된다고 미리 말해 뒀다.

양팔이 부러지긴 했지만, 아홉 살 소녀를 발로 차 죽이는 건 쉽다. 뒤에 있는 일곱 살과 여섯 살 아이는 당연히 간단하게 짓밟을 수 있다.

지킬 수 있는 사람은 장녀뿐이었다.

"어떻게 하는지는 가르쳤지."

"아아아아아아아아아아아아아아아아아아아아아아아!"

『여마』의 말과 함께 장녀는 소리 지르며 달렸다.

남자는 카운터로 발차기를 날리려고 했으나 장녀의 모습을 놓쳤다. 인식할 수 없게 된 것처럼 시야에서 소녀가 사라져 당황했다.

소녀는 남자의 뒤에 가 있었다.

기세를 몰아 모든 체중을 사용해 허벅지에 단검을 꽂았다.

"――!"

남자는 절규하며 그 자리에 무너졌다. 단검은 허벅지에 얕게 박힌 정도였지만, 균형을 잃기엔 충분했다. 양팔은 쓸 수 없어서 바닥에 머리부터 박으며 넘어졌다.

소녀는 단검을 놓고 비명을 지르며 뒷걸음질 쳤다.

피가 튀어 그녀의 팔을 끈적하게 적시고 있었다.

"……해, 했으니까, 이제."

소녀는 미성숙한 목소리로 말했다.

"이제, 괘, 괜찮은―."

"논외야."

『어마』는 쓰러진 남자의 뒤통수를 사격하고 장녀의 얼굴을 걷어찼다.

떠오른 소녀의 몸은 벽에 격돌했다. 그녀의 동생들이 울먹이며 비명을 질렀다.

"나는 죽이라고 했어."

『여마』는 방 앞에 대기시켰던 부하에게 말했다.

"깨어나면 훈육해 둬. 이 녀석은 실패작일지도 몰라."

낙담이 담긴 목소리였다.

고개를 가로젓고서, 울며 떨고 있는 차녀와 장남 쪽에 시선을 줬다.

"차기작에 걸까."

바닥에 엎어진 소녀가 숨을 삼켰지만, 『여마』의 시야에는 들어오지 않았다.

그는 흥이 깨졌다는 듯 자신의 아지트를 떠났다. 다음 진리를 추구하며 황폐한 거리를 나아갔다.

세계 대전으로 모든 것이 파괴된 도시는 『여마』가 향락의 길을 걷게 했다.

─무엇을 하든 세계에 유린당해 사람은 죽는다.

현실을 목격하고서 그는 인간이기를 그만뒀다. 옛 조직을 빠져나와 사리사욕을 위해 모든 시간을 썼다. 마음에 안 드는 것을 파괴하고, 대립하는 자를 죽이고, 돈을 빼앗고, 여자와 자고, 그리고 자신의 교육 이론을 계속 연구했다.

그저 굶주림을 따른다. 다른 가치 따위 찾지 않는다.

딘 공화국 수도에 탄생한 손댈 수 없는 괴물이었다.

그런 괴물이 도사리는 도시에서 클라우스는 멍하니 산책을 이어 가고 있었다.

딴 길로 새지 말고 곧장 돌아가라는 기드의 지시는 **어떤 사정** 때문에 따르지 않았다. 게다가 돌아가는 것에 긍정적인 마음은 안 들었다.

'그곳은…… 기분 나빠…….'

뒷골목을 정처 없이 걸으며 우울함에 시달렸다.

기어다니는 지저분한 쥐를, 향수를 느끼며 눈으로 좇았다. 그 화려한 저택에 쥐 같은 건 없었다. 국내 최고의 스파이팀이 쉬는 장소로서 관리비가 아낌없이 주어지고 있었다.

그 충실함이 클라우스는 숨 막혔다.

—소년에게는 부모의 기억이 없었다.

버려졌는지, 살해당했는지. 전쟁으로 황폐해진 도시에서 살았기에 『전쟁고아』로 취급받았지만, 과연 부모가 죽었는지도 확실하지 않았다.

스스로 잊었다.

무의식적으로 『망각』을 선택했다. 안 그러면 살아길 수 없었다. 다시는 손에 넣을 수 없는 존재를 생각해 봤자 허기가 채워지진 않는다. 무기라고는 쇠지레뿐인 소년이 제국 육군에게서 식량을 계속 뺏는 데 적요함은 가장 쓸데없는 감정이었다.

소년은 과거를 전부 버리고, 물질을 빼앗을 뿐인 몬스터가 되었다.

그래서 이해할 수 없었다. 기드 일행의 존재를.

먹는 것도, 입는 것도, 지낼 곳도, 전부 직접 빼앗아 왔다. 아무 것도 안 하는데 주어지는 모든 것이 기분 나빴다.

자신은— 무엇을 위해 그곳에 머무르는 걸까?

클라우스는 가슴을 옥죄는 불쾌감에 사로잡혀 골목을 걸었다.

불현듯 발을 멈췄다.

'아, 근데 치즈 케이크가…….'

포상을 떠올리고 고민했다.

아지랑이 팰리스에 돌아가고 싶진 않지만, 돌아가야 그 치즈 케이크를 얻을 수 있다. 가게가 어디 있는지도 몰라서 기드가 데려가 줘야 했다.

어쩔까, 생각하다가 클라우스는 뒤쪽의 살기를 알아차렸다.

본능적으로 몸을 틀었다.

얼굴 바로 옆으로 하얀 날이 스쳤다.

"——!!"

"피하나."

클라우스는 즉시 뒤로 물러나 습격자를 응시하며 쇠지레를 세게 쥐었다.

눈앞에 백발 남자가 서 있었다.

그 눈을 보자 소름이 돋았다. 사람을 잡아먹는 악마가 떠올랐다. 눈꼬리가 크게 올라간 가느다란 눈, 핏빛과 비슷한 붉은 눈동자. 검은색 정장 상·하의에는 얼룩 하나 없었지만, 어째선지 코를 막게 되는 피비린내가 났다.

"아까 다 죽어 가는 부하가 왔어."

남자는 새하얀 단검을 역수로 쥐고 있었다.

끝에 피가 묻어 있었다. 뺨을 베였다는 것을 그걸 보고 깨달았다.

"쇠지레를 든 애새끼가 아지트를 습격했다더군. 쉽사리 믿기 어려웠지만, 그 녀석 자신도 머리가 깨진 상태였던지라 바로 뒈졌어. 그랬는데 마침 눈앞에 네가 나타났지."

남자는 손수건을 꺼내 피를 닦고 클라우스를 보았다.

"하지만 그런 건 어찌 되든 좋아."

"……?"

"최고의 요리에 파리가 앉으면 어떤 기분이 들지? 세계 제일의 명화에 진흙이 한 방울 튀면 기분이 어떨까?"

그는 피곤한 듯 한숨을 쉬었다.

"유감스러운 기분이 들잖아."

클라우스는 쇠지레를 한 손에 든 채 땅을 세게 박차 달려들었다.

상대의 말은 이해할 수 없었지만, 자신을 죽이려 한다는 것은 명백했다. 그걸 그저 기다릴 소년이 아니었다.

그러나 눈앞에 있던 남자가 갑자기 사라졌다.

계속 눈으로 보고 있었을 텐데 인식할 수 없게 됐다. 있을 수 없는 사태에 곤혹스러웠다.

　다음 순간, 남자는 클라우스 옆에 서 있었다.

　쇠지레를 헛스윙하여 무방비해진 배에 남자의 무릎이 꽂혔다.

　"억—."

　"너는 걸작의 실패작이야."

　명치에 클린 히트하여 클라우스의 호흡이 멎었다. 배를 가격당했는데 플래시가 터진 것처럼 머릿속이 새하얘졌다.

　'방금— 무슨 일이—.'

　손발에서 힘이 빠져 그 자리에 쓰러졌다.

　쇠지레가 땅에 떨어지며 건조한 소리를 냈다.

　"아까워. 순수한 굶주림에 불순물이 섞여 버렸어."

　속수무책이었다.

　남자—『여마』가 단검을 쥐는 기척이 느껴졌지만, 전신의 신경을 잃은 것처럼 몸은 움직이지 않았다. 순식간에 움직임을 봉쇄당했다.

　"이 이상 망치기 전에 확실하게 처분해 주마."

　자신이 무슨 일을 당했는지조차 모른 채, 클라우스는 목을 꿰뚫리려 하고 있었다.

　클라우스가 『여마』와 대치하기 몇 분 전, 백발 소녀가 뒷골목을 달리고 있었다.

『여마』의 장녀였다. 그녀는 지하실에 감금되어 있었지만, 갑자기 무슨 소리가 나더니 아지트에서 감시가 사라진 게 느껴졌다.

조심조심 얼굴을 내밀자 무수한 갱이 의식을 잃고서 뻗어 있었다.

이유는 모르겠지만 이 기회를 놓칠 수는 없었다. 지금 도망치지 않으면 아빠가 동생들에게 고통을 준다. 그렇게 생각한 그녀는 건물을 빠져나왔다. 숨을 헐떡이며 거리를 질주했다.

"분명, 이쪽인가……?"

몇 번 밖에 나온 적은 있었다. 그럴 때마다 다시 끌려가서 처참한 폭력을 당했다.

기억을 더듬어 갱들이 우글거리는 골목을 벗어났다. 큰길까지 나가자, 통행인과 부딪칠 뻔했다.

"어이쿠, 아가씨. 괜찮아?"

다정한 남성의 목소리였다.

얼굴을 확인할 여유는 없었다. 부유층처럼 잘 차려입고 있었다. 고급스러운 플로럴 향수 냄새가 났다. 그 향에 이끌린 듯 그녀는 목소리를 냈다.

"겨, 경찰……."

"……?"

"빨리, 경찰한테 가야 해……! 안 그러면 그 녀석들이……!"

누구든 좋으니 아무튼 전해야 한다는 마음으로 호소했다.

부딪칠 뻔한 어른은 소녀를 위로하듯 무릎을 굽혀 눈높이를 맞춰 줬다. 단정하게 생긴 금발 청년이었다.

"경찰? 파출소는 코앞에 있어."

"그 녀석들은 안 돼. 아버지를 거역할 수 없어⋯⋯!"

그녀는 아버지가 금방 돌아올지도 모른다고 필사적으로 호소했다.

"빨리⋯⋯! 안 그러면, 동생들까지⋯⋯!"

"강한 누나구나."

청년은 전부 헤아린 듯 어깨를 두드렸다.

"경찰서는 이 길을 쭉 가면 나와."

정보를 얻음과 동시에 소녀는 달렸다. 체력을 한계까지 쥐어짜 큰길을 북쪽으로 나아갔다.

청년은 소녀를 쫓아가지 않고 그 등을 바라보았다.

"바래다주지 못해서 미안. 바로 연락하는 게 좋을 것 같아서."

청년은 가방에서 무전기를 꺼내 지인에게 연락했다.

방금 보고 들은 것을 전하고서 당장 사람을 파견할 수 없느냐고 상담했다. 다행히 청년의 상사가 현장에 있다고 했다.

"이것 참, 잠깐 귀국했더니 갑자기 휘말려 버렸네."

청년은 쓴웃음을 지으며 뒷골목 쪽으로 걸음을 옮겼다.

그는 직접 갱의 싸움에 관여하지 않는다. 격투는 서툴렀고, 무엇보다 자신이 나설 일은 없겠다고 판단했다. 그 사람이 있다면 아무 문제 없다.

"뭐, 이것도— 극상이네."

라벤더 향을 풍기는 청년—『작골』 빌레는 그렇게 말하고서 만족스럽게 고개를 끄덕였다.

◇◇◇

클라우스의 목에 단검이 닿기 직전이었다. 갑자기 몸이 들리더니 거칠게 내던져졌다.

엉덩방아를 찧으며 클라우스는 아연해했다.

생각지 못한 침입자가 나타나자, 단검을 쥔 『여마』도 눈을 크게 떴다.

그자는 너무나도 빨랐다. 뛰어난 동체 시력을 자부하는 클라우스와 『여마』조차 완벽히 포착할 수 없을 만큼 빠른 남자는 그대로 바람처럼 사라져 거리를 뒀다.

"야, 바보 제자. 내가 곧장 돌아가라고 했잖아."

기드가 어이없어하며 뒷머리를 긁적이고서 클라우스를 내려다보았다.

어안이 벙벙한 채로 클라우스는 대답했다.

"기차 타는 법, 몰라."

"······그건 내가 잘못했네."

잘못을 인정하고 어깨를 떨군 기드는 허술하게 대한 것을 반성하면서 『여마』를 응시했다.

"어쨌든 간발의 차이였어. 그 돌팔이 점쟁이한테서 정보가 들어올 줄이야."

『여마』는 나타난 기드를 보고 불쾌한 듯 눈썹을 찌푸렸다.

"과연, 네가 베푼 자인가."

"엉?"

"아까운 짓을 하는군. 이 아이는 굶주려 이렇게까지 성장했어. 방해하지 마."

강한 혐오감을 드러내며 내뱉었다.

"이 아이를 움직여 온 것은 굶주림일 텐데."

"……."

몇 번을 들어도 클라우스는 무슨 뜻인지 알 수 없었다.

하지만 목소리에 섞인 분노로 대충은 이해했다.

황폐한 도시에서 클라우스는 강함을 얻을 수 있었다. 목숨 걸고 제국 육군으로부터 식량을 훔치며 필사적으로 살아남았다. 부모의 기억조차 버리고, 타인으로부터 약탈을 이어 가는 몬스터가 되었다.

—그것은 『여마』가 이상적으로 여기는 교육의 완성형이었다.

그의 장녀— 후에 『백귀』 지비아라는 이름을 쓰는 소녀가 도달하게 하고 싶었던, 타인을 유린하기 위해 존재하는 곳. 연구의 최종 지점.

이에 기드는 조용히 웃었다.

"한참 빗나간 의견인데. 우리가 뭔가를 베풀고 있다고? 정반대야."

"뭐?"

"우리는 말이지, 베풂을 받고 있는 측이야."

힘 있게 말했다.

"보스와 약속한— 미래야."

『여마』는 전혀 이해하지 못하고 눈을 깜빡였다.

기드는 그 이상의 문답을 바라지 않고 허리춤에 찬 칼을 칼집에서 뽑았다. 갱의 교육론 따위 관심 없었다. 하지만 좋은 기회라고 느꼈다.

뒤에 있는 클라우스에게 말했다.

"잘 봐 둬, 바보 제자. 네가 다다르고, 이윽고 넘어서야 할 도달점이야."

"……!"

클라우스가 숨을 삼키는 것과 같은 타이밍에 『여마』가 격앙했다.

"베풀지 말라고 했잖아……!"

그는 단검을 역수로 고쳐 잡았다. 허리 쪽에 권총도 있었지만, 무의미하다고 헤아렸다.

『여마』는 순수한 암살 실력을 가지고 있었다. 경찰은 감당할 수 없는 괴물이었다.

국내의 이름난 스파이도 살해당했다. 그도 일종의 악의 경지에 도달해 있었다.

『여마』는 필살의 기술을 가지고 있었다.

"——!"

100명 이상의 인간을 참살하여 익힌 기술— 상대의 인식을 죽인다. 살기를 계속 발산하여 상대에게 다대한 긴장을 가하고 정신이 피폐해진 순간에 움직인다.

상대는 혼란과 공포로 생각이 끊겨 『여마』의 모습을 전혀 인식할 수 없게 된다.

후에 『백귀』 지비아가 「절도」라는 기술로 승화시키는 기술이었다.

"……사라져라."

『여마』는 기드의 인식 사각지대를 공략하여 접근해 있었다. 목의 경동맥을 군더더기 없는 동작으로 찌르고자 했다.

기드의 목이 찢어지며 피가 튀었다.

클라우스는 눈을 크게 뜨고서 그 광경을 목격했다.

선제공격을 가했을 터인 『여마』의 패배를 조용히 바라보고 있었다.

"간파했어."

기드는 기다리고 있었다.

상대가 모든 실력을 다 내보이는 순간을 즐기듯이. 목숨이 오가는 것조차 자신의 경지를 높이는 양분으로 맛보듯이.

―『여마』의 오른팔이 떨어졌다.

클라우스는 기드가 휘두른 칼의 궤적조차 볼 수 없었다. 다만 『여마』의 손목이 뒤늦게 베였다는 것을 깨달은 듯 약간의 공백 후에 단숨에 피를 분출하는 모습을 보고서 기드의 칼이 그랬음을 이해했다.

"……"

차원이 다른 무력에 클라우스는 말문이 막혔다.

눈앞에 있는 남자의 크기에 처음으로 충격을 받았다.

"돌아가자, 클라우스."

기드는 기절한 『여마』를 지혈하고서 자신의 목을 닦았다. 다행히 경상인 것 같았다.

"돌아가면 마저 훈련할 거야."

자신을 향한 미소에 클라우스는 거부하는 것을 잊어버렸다.

이후 『여마』의 장녀는 경찰서에 도착하여 아지트의 위치를 밀고하고 도움을 청한다. 경관이 그녀의 동생들을 확보하고, 『여마』를 포함해 살아남은 『식인귀』 멤버가 체포된다.

보호된 아이들은 고아원에서 평온하게 지내지만, 특수한 기능을 습득한 장녀는 후일 대외정보실 스카우트의 눈에 띄어 스파이 양성학교에 다닌다. 그것이 동생들과의 마지막 만남이 되리라는 것을 모른 채. 어떤 사건을 계기로 그녀에게는 『백귀』라는 이름이 주어진다.

안타깝게도 훈련은 실행되지 않았다.

귀가한 클라우스와 기드를 맞이한 것은 식당 가득 차려진 진수성찬이었다.

""——허?""

대연회가 열릴 듯한 요리에 두 사람은 한동안 말을 잇지 못했다.

식당에서는 페로니카가 콧노래를 부르며 음식을 식탁에 차리고 있었다. 다망할 터인 그녀가 솔선해서 준비하고 있는 것도 의문점 중 하나였다.

"어이어이, 보스. 어떻게 된 거예요? 이 수많은 진수성찬은—."

"온 도시의 셰프한테 급하게 갖다달라고 했어."

대수롭지 않게 페로니카가 대답했다.

도시 곳곳에 그녀가 구축한 협력자 네트워크가 있었다. 모든 사람이 그녀의 신원을 알지는 못하지만, 한마디 하면 무엇보다도 우선해서 그녀를 위해 움직여 준다.

중앙에는 좋아하는 특대 미트파이가 자리 잡고 있었다.

"아니, 보스는 쉬세요……. 나머지는 제가 할 테니까."

이마를 짚은 기드가 타일렀다.

한편 클라우스는 볼썽사납게 침을 뚝뚝 흘리고 있었다. 당장에라도 음식에 달려들 것 같은 소년에게 페로니카가 말했다.

"임무에 대해서는 빌레한테 대충 들었어. 문제없이 완수했구나."

"……응?"

"클라우스, 첫 임무 달성 축하해."

클라우스는 고개를 갸웃했다.

이때 처음으로 그는 이것이 첫 임무인 모양이라고 깨달았다. 기뻐하는 페로니카를 보고서 그것이 큰 의미를 가진다는 것을 이해하고 일단 침을 닦았다.

페로니카는 미소 지었다.

"—『화톳불』, 그게 네 코드 네임이야."

기드는 팔짱을 끼고 고개를 끄덕였다.

『화염』의 보스가 직접 이름을 주는 것. 그것이 의미하는 바는 하나뿐이었다.

"당신을 한 명의 스파이로서 정식으로 『화염』에 맞이하겠어요."

지금까지 클라우스는 말하자면 임시 고용 같은 상태였다.

하지만 그 잠재 능력은 이번 임무로 증명되었다. 갱단의 아지트를 눈 깜짝할 사이에 제압했다. 기밀 정보를 다루게 하기에는 너무 불안하지만, 전투 능력은 평범한 스파이를 뛰어넘었다.

장본인인 클라우스는 멍하니 눈을 깜빡였다.

그 제안을 뿌리치고 싶은 충동은 자연스럽게 사라진 상태였다.

클라우스는 옆에 선 기드를 힐끔 보고, 그리고 페로니카에게 시선을 되돌렸다.

—목숨을 잃기 직전에 구출해 압도적인 격의 차이를 보여 준 남자.

—그리고 그 남자가 충성을 맹세하는, 보통내기가 아닌 듯한 자상해 보이는 여자.

가슴에 따뜻한 감정이 북받쳐 올랐다.

이윽고 클라우스는 어눌한 목소리로 말했다.

"알겠어……. 스승님……. 보스……."

직후 기드가 등을 세게 쳐서 비틀거리고 말았다.

◇◇◇

그날 밤, 기드에 의해 강제로 욕조에 처박힌 후, 클라우스는 이제껏 먹어 본 적이 없는 양의 진수성찬을 먹었다. 배가 터질 듯한 포만감에 젖었다. 도중에 온 점술가라는 청년에게 놀림당하면서 침실이 있는 2층으로 올라갔다.

저택 끄트머리에 있는 가장 작은 방.

클라우스에게는 침실이 아니라 담요를 보관하는 곳이었다. 평소처럼 지붕에서 자려고 했다.

따끈따끈하고 행복한 기분이었다.

여전히 스파이라는 존재를 이해하지 못했고, 『화염』에 대해서도 잘 모르지만, 한동안 지내는 것도 나쁘지 않겠다는 생각이 들기 시작했다.

하지만 문손잡이를 잡았을 때, 들떴던 기분을 날려 버리는 차가운 목소리가 들렸다.

"어이, 어리석은 동생아."

하이디였다.

클라우스는 고개를 갸웃했다.

가장 나이가 비슷한 소녀이긴 하지만, 그녀는 클라우스를 싫어하는 모양이라 먼저 말을 건 적은 한 번도 없었다. 하물며 「동생」이라고 부른 적은 더더욱.

그녀는 거만하게 콧방귀를 뀌었다.

"엄마가 인정한 이상, 나도 인정하지. 매우 내키지 않지만."

"……눈, 빨갛지 않아?"

하이디는 퉁퉁 부은 눈을 알아차리지 못하도록 시선을 피했다.

클라우스는 모르는 일이지만, 그녀는 페로니카의 이름을 사칭하여 클라우스를 임무에 데려가라고 명령한 것 때문에 페로니카에게 눈물이 쏙 빠지게 설교를 듣게 되었다. 「엄마가 그걸 원하는 것 같았으니까!」라고 강조했지만, 페로니카는 들어 주지 않았다.

그런 사실을 숨기듯 하이디는 거만하게 팔짱을 꼈다.

"날 위해 홍차를 끓여."

"뭐?"

"말대꾸하지 마. 이 이상 엄마한테 폐를 끼칠 바에야 내가 직접 집안일이라도 주입해 주겠어. 이건 결정 사항이야."

잘은 모르겠지만 귀찮을 것 같다고 클라우스는 알아차렸다.

즉시 등을 돌려 도주를 꾀했다.

"싫—."

"—저항 금지야, 동생."

하이디는 소매에서 즉시 플루트를 꺼내 날카롭게 숨을 불어 넣었다.

아무리 클라우스가 재빨라도 음속보다는 느렸다. 하이디의 연주를 들은 순간, 갑자기 현기증이 엄습하여 그 자리에 꿇었다. 하마터면 진수성찬을 토할 뻔했다.

"나는 아빠처럼 자상하지 않아. 생활 전체를 관리해 주겠어."

하이디는 무릎 꿇은 클라우스를 즐겁게 내려다보며 다가왔다.

"자, 어리석은 동생아. 우선 상하 관계부터 심어 줄게."

"~~!!"

웅크린 클라우스의 등을 걷어차는 하이디에게 클라우스는 근원적인 공포를 느꼈다.

이리하여 그다지 문명인답다고는 할 수 없는 클라우스의 습관은 점차 개선된다. 매일 옷을 갈아입고, 목욕하고, 양치하고, 침대에서 자고, 겸사겸사 하이디의 시중을 들기 위해 요리와 청소 스킬을 습득한다.

기드의 훈련은 매일 소화하게 되었고, 남은 시간은 전부 하이디의 명령을 수행하기 위해 쓰였다. 하이디의 요구 수준은 높아서 클라우스의 가사 기술이 전문가 수준에 달할 때까지 절대 타협하지 않았다.

다망한 기드와 페로니카는 「뭐, 하이디가 돌봐 준다면야」「두 사람이 친해진 것 같아서 안심했어」라고 인정하며 그 폭주를 막지 않았다.

—동생은 누나에게 거역할 수 없다.

그것이 이 시기의 클라우스가 가장 가슴에 새긴 진실이었다.

클라우스 10세, 11세, 그리고 12세의 나날.

일류 스파이로 가는 길은 아직 험난했다.

회고 《선혹》

처음 아지랑이 팰리스에 온 날의 충격을 클라우스는 잊을 수 없다.

기드가 오늘부터 이곳에서 지내라며 데려온 곳은 그의 이전 생활과 완전히 동떨어진 대저택이었다. 아침 햇살을 받아 빛나는 건물에 발을 들였을 때, 높은 천장을 올려다보고 있던 탓에 푹신한 카펫에 발이 빠져 하마터면 넘어질 뻔했다. 갑자기 다른 세계에 온 것처럼 당황스러웠다.

하지만 그 이상으로 충격적이었던 것은 거실에 벌거벗은 소녀가 있던 것이었다.

"이 꼬맹이는 뭐야?"

캔버스 앞에서 알몸으로 붓을 들고 있는 순백색 소녀가 클라우스를 노려보았다. 이 화려한 공간에 너무나도 안 어울리는 여자였다.

기드가 손으로 얼굴을 덮고서 한숨을 쉬었다.

"옷을 입어."

"이런, 아빠. 나부(裸婦)는 회화의 기본이야."

"현대인의 기본은 옷을 입는 거야."

거울을 보며 자신의 나부화를 그리고 있었던 것 같았다.

소녀는 일단 붓을 내려놓고 클라우스를 향해 손을 내밀었다.

"나는 너보다 훨씬 전부터 여기 살고 있는 대선배야."

아무튼 거만한 태도에 얼떨떨했던 것을 강렬하게 기억하고 있다.

"―공경해. 내 명령은 절대야."

그것이 그녀와 클라우스의 관계를 단적으로 나타내는 한마디가 된다.

하이디가 명하는 대로 청소, 요리, 마사지, 장보기를 끝낸 후, 클라우스는 홀의 소파에서 멍하니 천장을 올려다보고 있었다. 아무튼 몸이 무거웠다. 누나 같은 존재는 심야여도 바라는 게 있으면 바로 클라우스를 깨워서 명령했다. 본인은 「스파이의 기초 훈련」이라고 하지만, 실제로는 단순한 억지라는 걸 알고 있었다.

그녀 덕에 조금씩 사회의 상식을 익히고 있으나, 그렇다고 고마운 마음은 전혀 들지 않았다.

"스승님."

마침 지나가던 기드에게 물었다.

"그 괴팍한 여자는 언제부터 있었어?"

"……하이디가 『화염』에 온 날이 언제냐고 묻고 싶은 거구나?"

기드는 전부 헤아리고 번역해 줬다.

실제로 그녀가 거만하게 구는 것은 아지랑이 팰리스에 먼저 왔기 때문인 것 같았다. 자신을 대선배라고 부르는 것을 봐도 명백했다.

기드는 「너한테는 말하지 않았지만」 하고 말하며 미안한 듯 머리를 긁적였다.

"응?"

"하이디가 여기 온 건 너를 스카우트한 전날이야."

이날, 클라우스와 하이디의 열세 번째 싸움이 촉발했다.

기드에게 진실을 들은 클라우스는 하이디의 방에 돌격했고, 「대선배 아니잖아아아아아!」라고 고함치며, 그림에 몰두해 있던 하이디의 캔버스를 쇠지레로 파괴했다. 맞는 말이긴 했지만, 당연히 하이디도 격앙했다.

"남의 예술을 뭐라고 생각하는 거야?!"

"시끄러워어어어어어어어어어어어어!!!"

"하! 이 야생아가! 내가 직접 문명을 주입해 주겠어!"

"벌거벗은 여자가 할 소리냐아아아아아아아!"

두 사람의 고함이 한동안 아지랑이 팰리스에 계속 울렸다. 그리고 이어서 유리창과 벽이 부서지는 듯한 소리가 났다. 테이블과 침대 등의 가구가 창밖으로 날아가 정원에 내던져지는 소리도.

그 소음들을 들으면서 페로니카는 웃는 얼굴로 홍차를 마시고 있었다.

"있지, 기드. 시끌벅적한 건 참 좋지만."

티타임 중에 업무 서류를 훑어보며 기드에게 조용히 말했다.

"슬슬 『화염』에는 생활 규칙이 필요할 것 같지 않아?"

"네, 시급히. 이 건물이 완전히 파괴되기 전에요."

이날 이후로 『화염』에는 공동생활 규칙이 만들어진다.

후에 아지랑이 팰리스의 주민을 구속하게 될 규칙은 그들의 싸움 때문에 만들어진 것임을 클라우스는 잘 모르고 있다.

2장 《화롯불》 겉 II

딘 공화국에서 악몽 같은 법 개정이 심의에 올라와 있었다.

경제부 장관과 보건복지부 장관 등 국가의 중추적 역할을 하는 정치가들이 국회 내부의 일실에 소집되었다. 경제 위원회에 소속된 국회 의원 좀 뮐러가 법률 개정안을 제출하기에 앞서 사전 교섭을 위해 관계 기관의 수장에게 와 달라고 한 것이었다.

하지만 회의실에 불려 온 보건복지부 차관인 우베 아펠 의원에게 그것은 청천벽력이었다. 기습과 같았다. 좀 뮐러의 개정안은 이미 관료 및 경제부 장관과 논의가 이루어져 비공식 승인을 얻은 상태였고, 관료들도 은밀히 움직이고 있었다. 이쯤 되면 사후 승인이었다. 갑자기 내민 개정안에 격앙했다.

"이런 폭거는 용납할 수 없어!"

그는 테이블을 세게 때리고서 외쳤다.

"이딴 개정안은 심의에 올리는 것 자체가 국가의 수치야! 살체 마을의 비극을 잊었나?!"

"어리석은 건 당신이죠. 아펠 선생님."

반면 좀 뮐러 의원은 냉담했다. 아직 마흔셋인 젊은 의원은 베테랑 의원의 압력에 떨지 않고 담담히 말했다.

"이상론만으로는 나라를 구할 수 없어요. 우리 정치가의 역할은 국민의 인기를 얻는 게 아니에요. 때로는 비난을 받더라도 나라의 이익을 위해 결단하는 것 아닐까요?"

그는 개정안이 적힌 서류를 손가락으로 두드렸다.

"선별이 필요합니다. 우리 정치가는 구할 상대를 늘 선택해야 해요."

—세계는 아픔으로 가득하다.

세계 대전이 종결된 지 3년. 가르가드 제국의 침략을 받았던 딘 공화국은 여전히 혼란스러웠다. 종전 직후 도시에 넘쳐 났던 갱들은 단속되어 갔지만, 경제는 여전히 불안정했다. 많은 사람이 전쟁으로 불탄 고향을 버리고 도시로 이주하면서 도시 환경은 더욱 험난해졌다. 반면 전사자가 많은 농촌에서는 경제의 역군인 성인이 전사하거나 이주하여 노동자 부족 현상이 일어나고 있었다.

앞이 보이지 않는 혼란 속에서 많은 정치가들이 분투하고 있었다.

한정된 예산을 어디에 쓸지 연일 의논을 거듭했다. 전 세계 어느 나라나 다 그렇듯 사리사욕을 채우는 악랄한 의원도 있었지만, 그런 그들조차도 조국의 위기에는 가슴 아파하며 국민을 위해 절실하게 말솜씨를 발휘했다.

그리고 분투하는 정치가의 배후에는 늘 스파이가 있었다.

◇◇◇

던 공화국의 도시, 스파이 기관 『화염』의 본거지에서 격렬한 전투가 벌어지고 있었다.

두 남자가 정원에서 맞부딪치고 있었다.

한쪽은 목도를 든 키 큰 남자, 『거광』 기드. 팔다리가 대벌레처럼 긴 그는 리치 차이를 살려 목도를 휘둘렀다.

"아직 느려!"

"윽! 웃기지 마!"

그런 그에게 열심히 덤비는 것은 『화톳불』 클라우스. 당시 13세. 고아 시절부터 애용하는 쇠지레를 움켜쥐고서 기드의 공격을 힘껏 받아넘기고 있었다.

일상적인 훈련 광경이었다.

아지랑이 팰리스에 처음 왔을 때 훈련을 빼먹는 경향이 있었던 클라우스는 이제 열심히 임하게 되었다. 갱 『여마』와의 싸움에서 기드의 파괴적인 강함을 눈에 새긴 뒤로 생긴 변화였다.

하지만 아직 당해 낼 수 있을 리 없어서 곧장 날아갔다.

"……윽."

"좋아, 오늘은 이쯤에서 끝내자."

드러누운 클라우스를 향해 의기양양하게 웃고서 기드는 떠났다.

클라우스는 바로 쫓아가려고 했다.

"아직 안 끝났―."

"어이, 동생. 난 한참 전부터 배가 고파."

하지만 몸을 앞으로 숙인 순간, 누군가가 등을 걷어찼다.

투명하게 느껴지는 순백색 머리와 피부를 가진, 비현실적인 오라 마저 풍기는 소녀. 『선혹』 하이디. 17세. 그녀는 방금 막 일어난 파자마 차림으로 클라우스를 노려보았다.

"달걀 요리를 먹고 싶은 기분이야. 시급히 준비하도록."

"……가끔은 직접 만들어 먹어."

"어젯밤에도 임무를 나갔던 누나에게 명령인가? 아, 엄마 것도 부탁해."

하이디는 반론을 허락하지 않고 일방적으로 전하고서 떠났다.

클라우스는 가만히 주먹을 움켜쥐고 있었지만, 이윽고 체념하고서 부엌으로 향했다.

아침 지도를 끝내고 홀에 돌아온 기드는 생각지 못한 인물과 만났다.

『홍로』 페로니카였다. 그녀는 만족스럽게 미소 짓고 있었다.

"클라우스도 성장하고 있네."

"보스, 돌아와 있었어요?"

정원에 있던 기드와 클라우스를 방해하지 않도록 기척을 지우고서 돌아온 모양이었다. 훈련 모습도 관찰한 것 같았다. 그녀는 종종 개구쟁이 같은 짓을 했다.

『홍로』는 얼마 전까지 국외에서 임무를 수행하고 있었다. 딘 공화국 내 신문사 사장의 딸이 가르가드 제국의 스파이에게 유괴당하는 사건이 일어났다. 긴급 사태라『홍로』가 직접 다른 멤버를 이끌고서 갔고 훌륭히 해결했다.

기드와 클라우스는 되찾은 소녀를 보호하기 위해 귀국했지만, 페로니카를 포함한 일부 멤버는 국외에 계속 남아 일련의 공작이 무엇을 노린 것인지 조사했다.

그녀는 심각한 얼굴로 말했다.

"그 유괴 사건— 생각지 못한 진전이 있을 것 같아. 루카스가 알아내 줬어. 애당초 발단인 신문사의 공작, 가르가드 제국 육군부의 강한 요망이었대."

"호오, 육군부요?"

"그래. 육군부의 장관급이 명령했다고 해. 묘한 소문을 듣고서."

페로니카가 희미하게 미소 지었다.

"—『딘 공화국은 비인도적 군사 병기를 비밀리에 개발하고 있다』라는 소문을."

"……그 트집은 뭐죠?"

"그런 개발을 우리가 모르는 이상, 헛소문이겠지. 누군가가 의도적으로 잘못된 정보를 유포해서 딘 공화국을 탐색하게 한 거야. **마치 다른 사실로부터 가르가드 제국의 주의를 돌리려는 것처럼.**"

행정부, 군부, 첩보 기관은『대외정보실』이 완전히 관리하고 있다. 가르가드 제국은 대외정보실의 감시가 미치지 않는 민간 첩보 기관— 즉, 신문사를 노린 것 같았다. 여러 스파이를 잠입시켜 던 공화국의 어두운 부분을 염탐하려고 했다. 하지만 성급한 공작은 드러났고, 스파이는 속속 구속되었다. 유괴는 발악이었다. 루카스가 전부 조사해 줬다.

페로니카가 말했다.

"기드, 내일 가르가드 제국에 가 줄래? 안 보이는 곳에서 무엇이 움직이고 있는지 조사해 줘."

"알겠습니다. 다만 제 쪽에서도 제안이 하나 있어요."

기드는 작게 고개를 끄덕이고 말했다.

"바보 제자를 데려가고 싶어요."

"클라우스? 확실히 이미 임무에는 참가시키고 있지만, 장기간은—."

페로니카가 눈썹을 찌푸렸을 때, 홀의 문이 열렸다.

들어온 것은 클라우스였다. 커다란 쟁반을 들고 있었다.

"밥, 만들었어."

무뚝뚝하게 말했다.

"어머, 고마워."

페로니카는 쟁반을 받아 근처 테이블에 놓고 식사를 시작했다. 토스트와 달걀 샐러드, 전날부터 준비해 뒀을 수프. 냅킨도 있는 걸 보면 하이디의 지시일까.

페로니카는 수프를 한 입 먹고서 눈이 휘둥그레졌다.

"……맛있다! 이거 정말 클라우스가 만들었어?"

"응. 다행이야."

클라우스는 고개를 끄덕였다. 표정은 별 변화가 없지만 살짝 쑥스러워하고 있는 것 같았다.

옆쪽 식당에서 하이디가 어이없어하는 소리가 들렸다.

"아니지, 엄마. 너무 오냐오냐하는 거야. 손질을 대충 해서 수프에 고기 누린내가 섞여 있잖아. 나는 인정 못 해."

굳이 목청 높여 주장했다.

그렇게 말하는 그녀도 확실하게 클라우스가 만든 아침을 먹고 있었기에 기드는 「만들어 준 걸 먹으면서 뭐 그리 잘났다고……」라며 어이없어한 뒤 페로니카를 보았다.

"뭐, 이게 이유예요."

"응……?"

"클라우스는 경험 속에서 성장해요."

지난 1년간 클라우스는 비약적인 성장을 이뤘다.

하이디의 지도 덕분인지, 야수 같았던 이전의 생활 습관이 개선되었고, 요리나 청소 등의 집안일도 소화하게 되었다. 괴멸적이었던 언어 능력도 조금은 개선되었다.

물론 그동안 하이디와 클라우스는 늘 싸웠고 「싫어!」「누나 말은 절대야!」라며 일상 곳곳에서 다퉜지만.

"몇 번 요리를 만들다 보니, 한 번 먹은 음식은 대체로 재현할 수 있게 됐어요. 경험한 건 뭐든 흡수해요. 빌레나 하이디 같은— 직감형 천재예요."

"……그렇구나. 말하는 게 서툰 만큼 직감이 예민해진 걸까."

"1~2년 정도 클라우스를 임무 속에서 살게 하려고요. 그게 이 녀석한테 맞는 수행이에요."

이미 클라우스는 몇 가지 임무를 경험했지만, 그걸로는 부족하다. 그에게 필요한 것은 24시간 하이디의 지도하에 가사 기술을 습득한 것처럼 24시간 임무 속에서 사는 것이다.

기드는 그렇게 확신하고서 보스에게 찬동을 구했다.

"—안 돼."

돌아온 것은 단호한 부정이었다.

페로니카는 찌르는 듯한 엄격한 눈으로 기드를 바라보고 있었다.

"일에는 순서가 있어. 네 제안은 열세 살 소년에게는 가혹해."

"아니, 그런 느긋한 소리를 할 때가—."

『가혹』한 것 정도로는 어림도 없어.

강한 확신이 담긴 페로니카의 목소리에 기드는 숨을 멈췄다.

조금 전에 클라우스의 요리를 칭찬했던 페로니카의 따뜻한 표정은 사라지고 스파이의 냉철함이 느껴졌다.

이윽고 그녀는 자조하듯 표정을 풀었다.

"—농담이야."

"보스가 말하면 진담으로 들리는데요."

"그저 클라우스에게 국외는 아직 이르다는 거야. 최우선으로 익혔으면 하는 기술이 있어."

"최우선?"

"─『안 죽는 기술』."

마침내 기드도 납득하고서 「아아」 하고 말했다.

"그러고 보니 그 사람이 돌아오죠."

마침, 저녁쯤에 『화염』의 멤버 한 명이 귀국하기로 되어 있었다. 기드는 원래부터 그녀와 교대하는 형태로 국외에 갈 예정이었다.

"─『불사』라고 칭송받는 할멈."

기드는 적을 빠르게 무력화하는 기술을 전수했지만, 몸을 지키는 수단은 최소한이었다.

수많은 총격전에서 살아남은 그 노파만큼 『안 죽는 기술』을 전수해 줄 적임자는 없다.

하지만 그녀가 지금까지 실시했던 수행을 떠올리고 기드는 쓴웃음을 지었다. 어쨌든 기드와 페로니카를 제외하면 다른 멤버는 모두 내뺐으니까.

"확실히 『가혹』하다는 표현으로는 부족하네요."

기드가 중얼거리자, 페로니카는 「그렇지?」라며 짓궂게 미소 지었다.

11세, 12세, 13세─ 이 무렵의 클라우스는 자주 낮잠을 잤다.

낮에는 기드의 격렬한 훈련을 받았고, 틈틈이 하이디로부터 『청소해』 『밥 만들어』 『마사지해』 등등 사사로운 요구가 날아들었다.

게다가 밤에 갑자기 기드가 깨워서 임무에 데려갈 때도 있었다. 늘 기진맥진했다.

자는 곳은 대체로 자신의 방이 아니라 홀이었다. 벽에 걸려 있는 커다란 괘종시계 바로 아래.

어째선지 그곳이 가장 편안했다.

그날 클라우스는 하이디가 명령한 보존식을 다 만들고서 또 잠들어 있었다. 부드러운 빛이 드는 홀에서 가만히 움직이지 않았다.

"……미안."

도중에 누군가가 찾아와 뭔가를 속삭였다.

클라우스의 머리를 쓰다듬고 있었다. 목소리는 울먹이고 있는 것 같기도 했다.

클라우스는 살짝 깨어나려고 했지만, 머리를 만지는 따뜻한 손이 기분 좋아서 다시 깊은 잠에 빠졌다.

깨어난 클라우스는 정면 소파에서 인기척을 느꼈다.

술과 담배 냄새가 났다. 누군가가 홀에서 쉬고 있는 것 같았다.

"제법 괜찮은 안주야. 이건 하이디가 만든 게 아니군."

아까 만든 버섯 오일 절임과 말린 방울토마토를 먹고 있었다. 보존식을 담아 뒀던 병은 이미 절반 이상 비어 있었다.

탱크톱과 청바지라는 러프한 차림새의 노파가 술병을 들고 있었다.

머리에 섞인 흰머리와 주름진 얼굴에서 나이가 느껴졌다. 하지만 그와 어울리지 않을 만큼 양팔은 단단한 근육에 덮여 있었다. 마치 근육으로 된 갑옷 같았다. 나이에 안 맞게 허리가 곧아서 확실한 코어 근육이 느껴졌다.

"오, 일어났나. 클라."

노파는 일어난 클라우스를 향해 웃었다.

"응?"

"안주 더 있어? 실력이 좋군."

클라우스는 눈가를 비비며 말했다.

"싫어."

고개를 가로저었다.

"⋯⋯게르데, 였던가? 귀찮아."

일단 일면식은 있는 노파였다.

『포락』게르데. 이전에『화염』의 보스였던 역전의 스파이.

특별히 친하지도 않기에 냉큼 떠나려고 했다. 모처럼 만든 요리를 멋대로 먹어서 미묘하게 짜증이 나 있었다.

「너, 이대로 있으면 죽겠군」이라는 말이 들렸다.

"아?"

"보스 말이 맞아. 바로 목숨을 잃을 타입이야. 기드는 뭘 가르쳤는지, 원."

"⋯⋯."

저도 모르게 멈춰 섰다.

이 시기의 클라우스는 이미 기드를 『스승』으로 인식하고 있었다. 짜증스럽게 느낄 때도 있지만, 당해 낼 수 없는 강함에 동경을 품고 있었다.

폄하당할 이유가 없었다.

몸 안쪽에서 열이 치솟았다.

게르데는 소파에 앉은 채 손가락을 까딱였다.

"―덤벼."

그 말을 듣기도 전에 몸은 움직이고 있었다.

여러 스파이를 죽이고 지금은 『배척』이라는 이름으로 각국의 스파이로부터 경계받기 시작한 소년의 돌려차기. 상대가 노파여도 봐주지 않았다.

하지만 게르데는 클라우스의 오른발을 쉽게 잡았다. 일어서지도 않았다. 소파에 앉은 채 클라우스를 들어 올리더니 바닥에 패대기쳤다.

몸을 일으키려고 했을 때, 술병이 목 앞에 와 있었다.

"너는 방금 죽었어."

"……!"

"아아, 『여마』라는 녀석한테도 죽을 뻔했다고 했으니 이로써 두 번째인가?"

사실을 지적당하고 입술을 세게 깨물었다. 그 굴욕과 공포는 여전히 몸에 남아 있었다.

게르데가 즐겁게 술병을 기울였다.

"안심해도 돼. 그 아이한테 부탁받았거든. 클라우스를 지도해 달라고. 좋아. 이『포락』님이 직접『불사』수행을 시켜 주기로 할까."

"불사?"

"그러면 더 강해질 수 있어. 기드 따위 짭도 안 되지."

음, 하는 소리가 흘러나왔다.

그녀의 말은 이해할 수 없지만,『기드보다 강해질 수 있다』라는 문구에는 흥미가 있었다.

"정말?"

"그럼. 나는 살면서 단 한 번도 거짓말한 적이 없어."

"……알았어. 수행, 부탁해."

그녀는「말 잘했어」라고 웃으며 술병에 직접 입을 댔고 단숨에 들이켰다.

보통 사람이라면 기절할 만한 양이었으나 그녀는 끄떡도 없었다. 술병을 내팽개치고서 일어섰다.

그 전신을 보고 전율했다.

'역시 이 여자, 이상해…….'

몇 번을 봐도 믿을 수가 없었다. 근육이 약동했다. 고령에는, 심지어 여성이라면 있을 수 없는 일이었다. 상완근부터 대퇴근까지 모든 근육이 맥동하여 눈앞의 클라우스를 압도했다.

"—자, 클라! 예순을 넘어도 현역으로 움직일 수 있는 불사의 근육을 만들어 볼까!!"

이리하여『불사』라고 칭송받는 저격수『포락』의 지옥 같은 지도가 시작됐다.

◇◇◇

게르데가 클라우스에게 어떤 훈련을 실시했는지.

안타깝게도 클라우스는 자세한 내용을 기억하지 못한다.

희미하게 기억하는 것은 「역시 수행은 싫어」라며 개시 한 시간 만에 우는소리를 한 것. 「근력 트레이닝」이라고 설명받았지만, 실태는 「고문」이나 「학대」라고 불러야 할 일이었다는 것. 게르데에게 다섯 번이나 살려 달라고 했던 것. 몇 번 토하며 아지랑이 팰리스에서 도주를 꾀했으나 게르데에게 붙잡힌 것. 온몸의 모든 근육이 끊어진 게 아닐까, 생각했던 것.

이 기간에 기드, 페로니카, 하이디의 반응은 다음과 같았다.

"겔 할멈. 나 이제 출국할 건데, 바보 제자가 자기도 데려가라고 울고불고—"

"잔말 말고 임무 수행하고 와. 어린애가 부모랑 떨어지기 싫어하는 거랑 비슷한 거야."

"게르데 씨. 자명종 대신 화기를 쓰는 건 금지했을 텐데요."

"교육의 범주야. 너도 예전에는 그렇게 깨웠잖아."

"게르데 할머님. 이 하이디가 술과 어울리는 과자를 만들었어요. 우후후."

"응? 센스가 있네. 아아, 그래. 너도 클라랑 같이—."

"제발 눈감아 줘요. 동생을 얼마든지 바칠게요."

참고로 당시에 국외 임무 중이었던 『매연』 루카스와 『작골』 빌레는 이 사실을 하이디에게 듣고서 귀국 일정을 연기시켰다.

지옥의 한 달이 지났을 무렵, 클라우스는 홀에 쓰러져 있었다.

"……불사의 육체를 손에 넣기 전에 죽을 거야……."

한 달 만의 휴식이었다.

의식이 까마득해지는 것을 느끼며 멍하니 있는데, 게르데가 클라우스의 멱살을 잡았다.

"이제 시작인데 뭔 소리야. 이건 워밍업이야."

"뭐?"

"갈까, 클라. 임무다."

저항할 기력도 없이 끌려갔다. 아직 반나절밖에 못 쉬었다.

"—『불사』의 비결은 실전으로 전수하마."

임무에 대한 자세한 내용은 게르데가 운전하는 대형 바이크에서 들었다.

뒷좌석에서 떨어지지 않게 꽉 매달리며 클라우스는 게르데의 말에 귀를 기울였다.

"지금 국회에서 어떤 법률의 개정이 검토되고 있어."

고속 도로를 달리며 게르데는 설명해 줬다.

"공장 및 탄광 노동에 관한 노동 환경 기준법 8조의 개정."

"……?"

"아아, 어려운 말은 잘 못 알아들었지. 요컨대 아동 노동의 해금이야. 어린아이한테도 더럽고 위험한 일을 시키자는 거지."

"으응……."

"탄광에서의 아동 노동은 20년 전에 원칙적으로 금지됐지만, 대전의 영향으로 지방에서는 노동력이 심각하게 부족해. 그러니 긴급 시인 지금은 아이를 동원해서라도 일을 시키자는 얘기야."

클라우스는 애매하게 대답하고서 고개를 갸웃했다.

게르데는 설명을 계속했다.

"보건복지부 차관 아펠이 필사적으로 반대하고 있지만, 아마 어려울 거야. 일부 자본가가 크게 밀어주고 있어. 국난이니 어쩔 수 없다고 변명하면서."

"……."

"다만 개정파의 중심인 좀 뮐러 의원에게는 어두운 소문이 있어."

목소리를 낮추고 말했다.

40대 중반으로, 의원치고는 젊은 남자였다. 경제 분야에 밝아 자본가들과 끈끈한 관계를 맺고 있는 보수계 정치가라고 했다. 자본가의 경제 활동을 유지하는 정책을 좋아하여, 기존의 복지 제도 개혁을 바라는 좌파 아펠 의원과는 자주 대립하고 있는 것 같았다.

"밤마다 외국인과 밀회한다는 목격 정보가 있어. 게다가 두 달 전부터 그와 가까운 인간이 속속 의문사하고 있어. 지난주에 비서로 잠입했던 대외정보실의 스파이도 살해당했어. 그래서 황급히 페로니카가 임무를 이어받은 거야."

살해당한 인간은 이미 다섯 명. 좀 뮐러와 친한 관계였을 터인 사람들이 표적이 되었다. 범인의 목적은 불명이었다.

페로니카는 이 이상의 희생은 없어야 한다며 일시적으로 수사를 중단시켰다.

동포가 『불가능』이라고 판단한 임무는 『화염』이 맡는다.

"이 의원의 속내를 캐내는 게 이번 임무야."

"…………응."

게르데가 그렇게 설명을 마무리하자 클라우스는 애매하게 대답했다.

이때 게르데는 큰 실수를 저질렀지만, 그것을 깨달았을 때는 이미 늦은 뒤였다.

게르데가 바이크를 멈춘 곳은 수도 근처의 공장 지대였다.

대하를 따라 공장 수십 개가 늘어서서 검은 연기를 하늘로 피워 올리고 있었다. 나라의 공장이라고도 할 수 있는 국내 최대의 공장 밀집지였다. 전에 이 나라를 점령했던 가르가드 제국은 이 공장들을 그대로 사용할 예정이었기에 대전으로 파괴되지 않았다.

공업 부품, 화학 약품, 직물, 자동차 부품, 식품, 다양한 제품이 이곳에서 제조되어 전 세계로 출하된다. 딘 공화국의 경제를 지탱하는 중심지였다.

게르데는 바이크를 숨기고서 아무한테도 들키지 않게 행동하라고 클라우스에게 명했다.

그녀가 향한 곳은 자동차 부품 공장이었다. 엔진 관련 부품을 만들고 있었다. 기름 냄새가 진동했다.

공장 내에는 작업복을 입은 노동자가 많이 있었다. 그리고 그 노동자들에게 고개 숙여 인사받으며 공장을 걸어가는 정장 차림의 남자가 있었다.

"저건 라돈 모크. 이 근방 공장의 일부는 저자의 것이라는 대자본가야. 좀 뮐러 의원의 법 개정을 지원하는 것도 저 남자지."

들어 보니 클라우스도 아는 자동차 회사의 사장인 것 같았다.

"좀 뮐러 의원은 오늘 밤 라돈을 비롯한 자본가들과 의견 청취회를 열 예정이야. 살해당한 다섯 번째 피해자는 라돈과 긴밀한 관계였던 자본가고. 아무튼 저 남자를 마크할까."

게르데는 완전히 기척을 없애고서 라돈을 감시했다.

정장 단추가 불쌍할 정도로 뚱뚱한 라돈이라는 남자는 공장 사람 몇 명에게 말을 건 후 이동하기 시작했다. 공장 내를 시찰 중인 것 같았다.

게르데와 클라우스도 그늘에 숨어 공장에 들어갔다.

엔진의 일부인 것 같은 부품이 벨트 컨베이어 위를 흘러갔다. 그 벨트를 사이에 두고서 여러 노동자가 조립 작업을 하고 있었다. 테니스 코트가 스무 개쯤 들어갈 만한 넓이의 공장 전체에서 비슷한 광경이 전개되고 있었다.

기계 뒤에 숨어서 클라우스가 감상을 툭 흘렸다.

"……노동자, 많잖아."

"도시 지역은 일자리를 잃은 인간이 수두룩하니까. 하지만 지방은 달라. 하물며 광산은 더하지."

게르데는 슬프게 중얼거렸다.

"그래도 이런 법 개정은 터무니없어. 6년 전에도 비극은 있었어."

"응?"

"북부의 살체라는 마을에서 많은 아이를 비밀리에 광산에서 일하게 했었어. 발각된 건 암반 붕괴 사고로 아이 열네 명이 죽었을 때야. 허망하지. 살아남은 몇몇 아이도 폐렴에 걸리거나 낙석 때문에 안면이 함몰됐어."

크게 한숨을 쉬었다.

"그러니 이런 법 개정은 묘한 힘이 작용하고 있다고 생각할 수밖에 없는데—"

"—있어."

"엉?"

"저 녀석들, 합중국의 스파이야."

갑자기 클라우스가 손가락으로 어딘가를 가리켰다.

그 방향에는 공장 시찰 중인 라돈 모크에게 친근하게 말을 걸고 있는 정장 차림의 일파가 있었다. 웃으며 인사를 나누고 있었다. 남자 다섯 명.

라돈의 사업 동료로만 보였다. 웃으며 공장을 관찰하고 있었고, 라돈도 자랑스럽게 그들을 안내하고 있었다.

게르데가 「근거는?」 하고 묻자, 클라우스는 「감」이라고 말했다.

"……그러냐. 일단 상황을 보자. 저 녀석들이 정말로 스파이라면 조만간 좀 뮐러 의원과도―"

―게르데가 저지른 큰 실수.

그것은 클라우스의 성격을 이해하지 못한 것이었다. 관계가 아직 얕았기 때문이다.

『화염』에 가입한 이래 클라우스가 성장시킨 능력은 전투와 가사 스킬뿐이었다.

즉― **여전히 클라우스는 스파이로서 풋내기였다.**

심지어 스파이라는 존재에 관심조차 없었다.

물론 게르데도 어렴풋이 짐작하고 있었지만, 클라우스는 그 상정조차 웃돌았다.

"패고 올게."

갑자기 클라우스가 달려 나갔다.

적은 팬다. 그러면 대부분은 끝난다. 그것이 그의 임무에 대한 이해였다.

—그 외에는 어찌 되든 좋다.

게르데의 이야기를 그는 처음부터 듣고 있지 않았다. 아동 노동에도 의원에게도 관심이 없었다.

클라우스는 쇠지레를 움켜쥐고, 숨어 있던 기계 뒤에서 뛰쳐나가 곧장 라돈 모크에게 갔다.

"바보야!"

게르데가 제지할 겨를도 없었다. 클라우스의 돌발 행동에 반응이 늦어졌다.

이미 클라우스는 쇠지레를 들고, 라돈 주변에 있는 남자들에게 접근해 있었다. 그들은 처음엔 평범한 일반 시민처럼 당황하는 모습을 보였지만, 이내 클라우스가 든 쇠지레를 보고 그의 정체를 알아차린 것 같았다.

『배척』— 쇠지레를 다루는 공화국의 스파이는 각국의 첩보 기관이 경계하기 시작한 상태였다.

클라우스가 예상한 대로 그들은 무자이아 합중국의 첩보 기관 『JJJ』^{트리플 잭}의 스파이였다. 소년에게 맞서기 위해 권총을 꺼내 즉시 발포했다.

숙련된 실력을 가진 적이었기에 클라우스는 일단 총알을 피하는 데 전념했다.

공장 내에 총성이 울려 퍼지며 직공들이 비명을 질렀다. 일대가 패닉에 빠졌다. 허둥지둥 도망치려고 하는 사람, 그 자리에 웅크리는 사람. 긴급 정지된 벨트 컨베이어에서 부품이 낙하해 큰 소리를 내며 부서졌다.

"……대체 기드는 뭘 가르친 거야. 나중에 그 녀석한테도 설교해야겠어."

혼란이 퍼지는 현장을 보고 게르데는 어깨를 떨궜다.

그리고서 조용히 입술을 핥았다.

"다만— 일단은 이 나라를 위협하려고 한 바보들을 혼쭐내기로 할까."

바지에서 꺼낸 것은 분해된 소총이었다. 정강이에 숨겨 뒀다가 바로 조립할 수 있는 그녀만의 특제 총.

이후 게르데의 움직임은 저격수의 실력을 초월해 있었다.

그녀는 1킬로 떨어져 있는 상대도 사격할 수 있지만, 그건 기술의 편린이다.

『포락』 게르데는 기꺼이 총격전의 최전선으로 뛰쳐나간다.

—상대가 쏜 총알보다 빠르게 움직이면 절대 맞지 않는다.

그런 보통 사람은 이해할 수 없는 발상에서 만들어진 발놀림. 정지와 급발진의 연속. 급격한 완급 조절로 종횡무진 움직여 상대는 목표를 전혀 겨냥할 수 없다.

클라우스는 『JJJ』의 스파이 다섯 명을 상대로 열세에 몰려 있었다.

다섯 스파이는 미처 도망치지 못한 직공을 방패로 삼듯 움직이고 있었다. 국민을 인질로 잡고서 클라우스에게 권총을 계속 발포

했다.

"클라, 움직이지 마!!"

그런 상황에 게르데의 고함이 울렸다.

다섯 남자가 총구를 겨누는 곳으로 게르데는 당당히 뛰쳐나갔다.

기적 같은 광경이 펼쳐졌다.

다섯 남자가 게르데에게 총알을 쐈지만, 그것들은 전부 게르데의 옆을 통과했다. 마법 같았다. 일순 사라졌다가 다른 곳으로 순간 이동한 것처럼 너무나 빠른 속도로 움직였다.

1초 후, 각각 다른 곳에 있던 다섯 남자가 거의 동시에 뒤로 나자빠졌다.

직공을 방패로 삼은 것은 위협도 되지 않았다. 게르데가 쏜 총알은 다섯 명의 어깨를 완벽하게 파괴했다.

클라우스가 노렸던 스파이는 전부 쓰러졌다.

게르데가 쏜 총에 어깨를 꿰뚫려 저항할 수 없게 된 그들을 클라우스가 때려눕혔다. 제대로 끝장을 내려고 했지만, 게르데가 노려봐서 자제했다.

클라우스는 쇠지레를 휘둘러 피를 털었다. 덜덜 떨고 있는 라돈의 고급 정장으로 끝부분의 피를 닦고서 「좋아, 끝」 하고 말하며 숨을 내쉬었다.

간단히 정리됐다.

그들이 어떤 음모를 품고 있었는지는 신문해서 알아내면 된다.

"겔 할멈, 『불사』란 게 이런 거야?"

클라우스는 걸어온 게르데를 향해 웃었다.

"상대가 뭘 하기 전에 해치워 버리면—."

말은 도중에 막혔다.

뺨을 세게 맞았다. 게르데가 예비 동작 없이 클라우스의 뺨을 때린 것이다.

"어……?"

"웃기지 마!"

아연해하는 클라우스의 멱살을 잡고서 게르데는 호통쳤다.

"너는 방금 지켜야 할 국민을 위험에 빠뜨렸어!!"

게르데의 뒤에는 머리를 감싸고서 웅크린 직공이 있었다.

이미 총격전은 끝났는데 여전히 떨고 있었다. 신에게 기도를 올리는 자가 있는가 하면, 한심하게 우는 어른도 있었다.

갑자기 총격전이 시작되어 그들은 패닉에 빠져 있었다.

"대전이 끝난 지 이제 3년이야. 그런 때에 울려 퍼지는 총성을 들어야 했던 그들의 고통을 알아?"

"……."

클라우스는 아무 말도 할 수 없었다.

게르데는 클라우스를 내팽개쳤다.

"잘 들어. 『불사』의 비결은 강철 같은 육체도 아니고 경계심도 아니야."

"뭐……?"

"그걸 모른다면 넌 금방 죽어. 그런 미숙자는 임무에 방해돼."

엉덩방아를 찧은 클라우스를 게르데는 고요히 내려다보았다. 그리고 발길을 돌려 기절한 스파이를 한 명 들고 공장을 떠났다.

따라오지 말라고 뒷모습이 말하고 있었다.

클라우스는 입술을 깨물었다.

질책받았다는 건 알겠는데, 말뜻을 이해할 수 없었다. 경솔했던 것을 나무란 걸까? 하지만 『불사』는 경계심이 아니라고 했다.

"……이해가 안 돼."

클라우스를 공장에 방치하고서 게르데는 단독 행동을 시작했다.

결과만 보자면 클라우스의 행동은 묘수였다. 구속한 무자이아 합중국의 스파이는 그들의 리더였고 많은 정보를 가지고 있었다.

물론 어디까지나 결과론이었다. 그렇게 대책 없이 돌격하면 국민에게 피해가 미칠 수 있고, 만약 이들의 지휘관이 따로 있었다면 자취를 감췄을 것이다. 그렇게 되면 전모를 파악하는 데 시간이 걸렸으리라. 클라우스의 행동은 너무 위험성이 컸다.

어쨌든 구속한 스파이에게서 정보를 캐내 좀 밀러 의원과 법 개정에 관한 모든 정보를 얻을 수 있었다. 임무는 90% 끝났다.

저녁 무렵, 게르데는 국회 근처에 있는 의원의 사무소를 찾아가 본인이 돌아오길 기다렸다. 『『합중국과의 비밀 거래』라고 하면 대충 알 거야』라고 비서에게 말하고서 응접실에 밀고 들어갔다.

정리정돈이 잘된 응접실에서 차를 마시고 있으니 뮐러 의원이 돌아왔다.

응접실에 들어온 의원은 게르데를 보고 눈을 크게 떴다.

"당신은⋯⋯."

"대외정보실의 『포락』. ―『화염』이라는 조직의 이름 정도는 들어봤겠지?"

뮐러 의원의 첫인상은 나쁘지 않았다.

갑자기 나타난 게르데를 두려워하지 않고 관찰하듯 바라보고 있었다.

수염을 길렀고, 국회 의원이라는 직함이 부끄럽지 않은 위엄 있는 얼굴을 하고 있었다. 머리와 수염은 매일 관리하고 있는지, 이미 해가 지기 시작한 시각이지만 전혀 헝클어져 있지 않았다. 몸도 탄탄했다. 의원으로서 360도 어딜 봐도 빈틈이 없었다.

"소문은 들었습니다. 안 보이는 곳에서 이 나라를 지탱해 온 스파이팀."

그는 온화하게 미소 짓고서 게르데의 정면 좌석에 앉았다.

"실재했을 줄은 몰랐습니다. 뵙게 되어 영광입니다."

"그래? 당신, 의원치고는 상당히 저자세네."

"경의입니다. 『화염』이라는 전설에 대한."

"속이 시커먼 녀석의 경의 따위 믿을 수 없는데. 냉큼 본성을 드러내."

게르데는 비웃듯이 몸을 흔들었다.

"전부 들었어. 당신이 관여하고 있는 합중국과의 비밀 거래도."

".........................."

뮐러 의원의 침묵은 길었다.

이 지경에 이르러서 시치미를 떼려고 하지는 않았다. 그저 게르데의 기량을 가늠하듯 지그시 얼굴을 바라봤다.

입술이 작게 움직였다.

"『선별』— 그것이야말로 정치가의 역할이라고 생각하지 않으십니까?"

"뭐?"

"이상론은 누구든 말할 수 있어요. 『대규모 재해 대책을 세워야 한다』『교육에 힘을 할애해야 한다』『고령자를 버리지 마라』『복지 수당을 늘려라』『도로를 정비해라』『도시를 청결히 해라』『범죄를 단속해라』『방위비를 늘려라』『문화를 지켜라』 말하는 건 간단합니다."

지친 듯한 한숨이 흘러나왔다.

"하지만 예산에는 한계가 있어요. 우리 정치가는 늘 『선별』을 요구받습니다."

마음에는 안 들지만 일리 있었다.

정치가의 중요한 일이 예산안 작성이다. 자신들에게 투표해 준 국민을 위해 조금이라도 예산을 배정받으려고 입담을 발휘한다. 국채도 무한히 발행할 수 있는 건 아니다.

무엇을 구하고, 무엇을 구하지 않을지.

정치가들은 크든 작든 늘 선별하고 있다.

게르데는 관자놀이를 가볍게 만졌다.

"그래서 당신이 도출한 결론은—."

"아동 노동을 해금하면 무자이아 합중국의 회사들이 국내에 공장을 지어 주겠다— 그렇게 제안한 밀약에 응하기로 했습니다."

이게 바로 뮐러 의원이 법 개정을 추진하는 이유였다.

경제에 정통한 그는 전문가와 의논했고, 이대로는 딘 공화국의 부흥— 즉, 경제적 안정까지 몇십 년이 걸릴 거라고 전망했다. 원래부터 딘 공화국은 다른 대국과 비교하여 경제 기반이 약했다. 식민지도 없었다. 경제 불황이 발생할 때마다 국민은 굶주리고, 폭동이 일어나고, 도시에서는 갱이 기승을 부릴 것이다.

그러던 차에 무자이아 합중국의 외교관이 설득했다.

값싼 노동력— 즉, 아동 노동을 해금한다면 세계적 대기업인 무자이아 합중국의 회사들이 공장을 설립할 거라고.

뮐러 의원은 고민 끝에 그 이야기에 응했다.

게르데는 입술을 핥았다.

"그건 매국 행위야. 이 나라를 합중국의 식민지로 만들고 싶은 건가?"

"하지만 합중국과의 관계가 밀접해지면 국방상의 부담도 줄일 수 있습니다. 다시 타국의 침략을 받아 국민이 살해당하는 비극은 피해야 해요."

"보나 마나 그렇게 외교관이 설득했겠지. 국내 자본가를 우대해 온 당신이 설마 이럴 줄이야."

"항상 국익의 최대화를 바라고 있을 뿐입니다. 합중국의 비호하에 들어가는 건 보상이 커요."

"하! 그렇군. 그 나라는 식민지가 없어. 대신 서중앙의 약소국을 경제적 식민지로 삼기로 했나."

"노예가 되는 건 아닙니다. 고용 창출은 지금 필요 불가결해요."

"그렇다고 해서 아이를 희생할 수 있냐고!"

"비상시이기 때문입니다. 지금도 일할 곳이 없어서 갱이 될 수밖에 없는 고아가 얼마나 많습니까! 얄팍한 이상론은 희생을 키워요. 경제를 안정시킨 후에 다시 법을 개정하면 됩니다."

뮐러 의원의 목소리가 점차 열기를 띠었다.

"언젠가 후세는 제가 옳았다고 판단해 줄 겁니다. ―선별이야말로 저의 정치가 인생이에요."

눈동자에서 확실한 열량이 느껴졌다.

뮐러 의원은 어디까지나 이것이 최선이라고 판단하여 매진하고자 하고 있었다. 이상을 내다 버린 현실주의자.

그는 가느다란 목소리로 중얼거렸다.

"제가 성인군자라고 생각하진 않습니다. 이 나라의 번영을 바라며 비정한 선택을 해 왔어요. 어린아이의 권리를 희생한 적이 처음도 아닙니다. 언젠가 지옥에 떨어지겠죠."

그 눈동자에서 비애와 죄책감이 얼핏 보였다. 그럼에도 결단해야 한다고 각오를 다졌을 것이다.

게르데는 손으로 얼굴을 덮었다.

—이 이상은 참견해선 안 된다.

스파이의 역할을 넘을 수도 있다. 타국의 정치가라면 모를까, 자국의 정치가를 협박해선 안 된다. 국민 선거로 당선한 정치가를 독단으로 협박하여 뒤에서 움직이는 것은 민주주의의 이념에 반한다. 정보를 상층부에 전하고, 판단은 내각부에 맡길 수밖에 없다.

"……법 개정은 실현될 것 같나?"

"네. 곧 내각이 승인할 겁니다. 많은 자본가로부터 지지도 받고 있습니다. 그들에게는 수십만 명의 노동자가 있어요. 그 표밭은 무시할 수 없죠."

"그야 조금이라도 싼 노동자를 원하는 탐욕스러운 자본가는 찬동하겠지. 무자이아 합중국의 대기업님에게 유린당하는 미래를 모른다면."

"속이는 듯한 형태가 되는 것이 유감스럽습니다."

낮에 라돈 모크가 무자이아 합중국의 스파이에게 공장을 안내했던 것은 그들을 합중국 기업의 중역이라고 알고 있었기 때문인 것 같았다. 실상은 적진 시찰이었지만.

역시 이대로 가면 법 개정은 실현되어 버릴지도 모른다.

게르데는 고개를 가로저었다.

"……일단은. 내가 오랜 경험으로 얻은 식견만이라도 말할까."

"음?"

"스파이로서 잔혹한 선택을 해 오긴 했어. 생명을 버리는 건 일상다반사야. 하지만 선별이란 건 말이지, 모든 것을 고민한 끝에 취하는 수단이야. 반드시 어둠을 만들어 내. 당신이 버린 인간이 그대로 세상에서 사라져 줄 거라고 생각한다면 큰 오산이야."

"……어쩔 수 없는 희생입니다."

뮐러 의원은 괴로운 듯 입술을 깨물고서 말했다.

이미 다 상정했다고 말하고 싶은 것 같은 표정이었다.

하지만 그가 정말로 이해하고 있다는 생각은 안 들었다.

"—당신 주위에서 일어나고 있는 연쇄 살인 사건. 그에 관해서는?"

"예?"

그는 곤혹스러워하며 눈을 크게 떴다.

"저도 공포를 느끼고 있는 안건입니다만, 지금 이 얘기랑 무슨 관계가……?"

고개를 갸웃하는 뮐러 의원을 게르데는 세게 걷어차고 싶어졌다.

뮐러 의원에게 짚이는 것이 있었다면 일이 쉽게 풀렸으리라. 하지만 이 일은 그도 모르는 것 같았다. 게르데가 신문한 스파이도 모르고 있었다.

아무도 이해하지 못하고 있는 긴급 사태가 촉발된 것이다.

'일이 귀찮아졌어……!'

역전의 스파이라지만 역시 초조함에 휩싸였다.

'페로니카 녀석. 터무니없는 임무를 넘겼구나……!'

속으로 악담을 했으나, 지금 그녀를 탓해 봤자 소용없다.

이미 시작된 것이다.

버려진 측 인간의 반역이.

클라우스는 해가 저물기 시작한 공업 지대를 혼자 걷고 있었다.

게르데에게 버려졌으나 돌아갈 수단이 없었다. 돈도 없었다. 그녀가 데리러 올 때까지 시간을 때울 수밖에 없었다. 깊은 짜증을 품고서 터벅터벅 발을 움직였다.

머리를 식히라고 게르데는 말했지만, 심사는 잔뜩 꼬여 있었다.

간단히 말하자면— 삐져 있었다.

최선을 다했는데도 혼나서, 풀 길 없는 화를 품고 있었다.

'……이해가 안 돼. 애초에 나도 어린애고…… 아동 노동이야…….'

적당한 공장을 발견한 클라우스는 노출된 파이프를 잡고서 지붕으로 기어 올라갔다. 그리고 더 높은 곳으로. 이 파이프에서 저 파이프로, 이 지붕에서 저 지붕으로, 이 굴뚝에서 저 굴뚝으로 기민하게 점프하여 공업 지대에서 가장 높은 굴뚝에 도달했다.

유유히 흐르는 대하를 따라 많은 공장이 늘어서 있었다. 석양빛을 받으며 때때로 굴뚝에서 연기나 불꽃을 내뿜었다. 기계끼리 부딪치는 소리가 둔중하게 울려, 공업 지대 전체가 커다란 생물인 것 같다는 착각이 들게 했다.

이것이 생물이라면 공업 지대에서 일하는 무수한 사람들은 세포인가.

'왜 이 녀석들을 지켜야 하는데……'

바쁘게 일하는 직공들을 내려다보았다.

속에서 올라오는 건 희미한 분노였다.

'이 어른들은 나를 지켜 주지 않았어……'

세월이 지나면서 종전 당시 자신이 놓여 있었던 상황도 이해하게 되었다.

어른들은 도망쳤고, 제국 육군에 점령당한 도시에 남겨져 혼자 열심히 살아남았다. 때로는 다른 아이들에게 식량을 나눠 주며 계속 싸웠다.

자신을 지켜 주는 사람 따위 없었다.

괴로움도 쓸쓸함도 전부 마음을 찔러 댔었다.

'─스파이가 뭔데?'

그래서 납득할 수 없었다.

물 흐르듯 찾아오게 된 『화염』은 국내 최고의 스파이팀이었다. 하지만 클라우스에게 이 나라에 이바지할 이유 따위 하나도 없었다.

'법률이 달라지든 말든 딱히 상관없다고……'

울부짖듯 크게 소리를 질렀다.

그렇게 충동을 발산하고서 클라우스는 지상에 내려섰다.

게르데가 데리러 왔기를 기대하며 스파이들과 싸웠던 자동차 공장으로 돌아갔다.

역시 가동은 안 하고 있는 것 같았지만, 아직 직공들은 돌아가지 않고 공장 주변에서 쉬고 있었다. 어차피 그들에게는 이미 모습을 드러냈기에 당당히 그 옆을 걸어갔다. 갑자기 중년 여성이 말을 걸어왔다.

"애, 꼬마야."

"아?"

"이쪽으로 오련? 낮에 총격전에 맞섰던 애 맞지?"

클라우스를 향해 손짓하고 있는 것은 공장 옆 잔디밭에 앉아 있는 다섯 명의 여성 그룹이었다. 20대부터 50대까지 나이는 제각각이지만 다들 똑같은 작업복을 입고서 사이좋게 밥을 먹고 있었다.

"밤부터 공장을 재개시켜야 하거든. 그 전에 배를 채우는 중이야. 같이 먹지 않을래?"

그녀들은 커다란 호밀빵을 들고 있었다.

공복인 클라우스에게는 저항할 수 없는 유혹이었다.

작게 고개를 끄덕이고서 「자신은 이곳 관계자의 아들이다」「낮에 심부름을 왔는데 그 녀석들이 총을 꺼내는 게 보였다」「무서웠다」「직접 뛰어든 것처럼 보였다고? 기분 탓이다」라고 대충 거짓말하며 여성 그룹에 끼었다.

빵을 베어 물고서 불현듯 감상을 말했다.

"밤에도 일하는구나. 대단하네."

"그야, 뭐, 돈이 없으니까."

조금 전에 클라우스를 초대한 여성이 쓰게 웃었다.

"하지만 다들 가난하니 투정 부릴 순 없지."

"흐음. 남편은 돈 안 벌어?"

"대전으로 죽어 버렸어. 여기 있는 사람은 다들 그래."

생각지 못한 대답이 돌아와서 클라우스는 입을 다물었다.

여성들은 지친 얼굴로 쓴웃음을 지었다.

"괜찮아. 힘들긴 하지만, 마음은 정리됐어."

"응. 나도 너만 한 자식이 있었는데. 포탄에……."

"나는 고향에 독가스가 살포됐어. 친척은 다~ 죽어 버렸어."

"대전으로 죽지 않았어도. 이번에는 같은 국민끼리 쟁탈전이야. 갱이 식량을 노리고 죽인 사람도 있어."

그녀들은 일제히 말하기 시작했다.

자신들이 대전으로 인해 어떤 고통을 짊어졌는지. 도망치기 급급했다. 그러면서 가족을 잃고 절망에 빠졌다. 포탄 때문에 청력을 잃을 뻔한 사람도 있었다. 여전히 밤에는 불을 켜 둔 채 잔다. 직장을 잃었는데 이 공장에서 일할 수 있게 되어 얼마나 다행인지. 자식이나 부모를 잃은 것을 슬퍼할 새도 없고, 그래도 배를 채우기 위해 매일 컨베이어로 운반되는 부품을 조립하고 있다.

"……."

클라우스는 아무 말도 못 하고 그저 바라볼 수밖에 없었다.

한 가지 납득할 수 없는 사실이 있었다.

괴로웠다고 토로하는 그녀들은 희미하게 웃고 있었다.

"싫지 않아?"

"응?"

"이렇게 아침부터 밤까지 일하고. 화 안 나? 힘들지 않아?"

"당연히 힘들지. 매일 녹초가 돼."

대답은 바로 돌아왔다.

"하지만 다들 힘드니까. 다 같이 힘든 걸 짊어지고서 조금이라도 세상을 좋게 만들 수밖에 없지 않을까?"

웃으며 꺼낸 그 말을 듣고 클라우스는 얼굴이 화끈거렸다.

질문받기 싫어서 고개를 숙여 버렸다. 접시를 깬 순간을 하이디가 봤을 때처럼 창피했다.

그래도 좀 더 이야기를 듣고 싶어서 입을 열었을 때, 가슴이 술렁거렸다.

심장이 크게 쿵쾅거리기 시작했다. 몸 안쪽에서 솟구친 충동이 클라우스의 본능에 호소하고 있었다. 그의 연마된 직감이 위기를 알아차렸다.

빵을 입에 넣고 일어났다.

"가야겠어."

"응?"

"빵, 고마워. 지금은, 미안. 안 좋은 예감이 들어서."

더듬거리면서도 말한 뒤, 클라우스는 땅을 박찼다.

◇◇◇

　그 살인귀는 딘 공화국 북부의 농촌, 살체에서 태어났다.

　주된 산업은 광산업과 임업. 산업 혁명 시에는 도시에 대량의 석
탄을 보내기 위해 많은 사람이 일하러 왔었지만, 점차 채굴량이 떨
어지자 인구도 점점 줄어들었다. 예전의 영화를 잊지 못하는 자들
만이 농촌에 남았다. 한번 올라간 생활 수준을 내릴 수는 없었다.
조금이라도 괜찮은 삶을 유지하려고 어린아이까지 광산에 보내 얼
마 없는 석탄을 채굴하게 했다. 마을에서 아이가 농사를 돕는 건
당연했다. 그 사실도 그들의 윤리관을 왜곡시켰다.

　살인귀는 열네 살 엄마와 열다섯 살 아빠 사이에서 태어났다.

　부모는 어릴 때부터 광산에서 일했다. 수건으로 입을 막아도 폐
가 타는 듯이 아팠다. 그렇게 번 돈은 부모가 뜯어 갔다. 성행위가
유일한 오락이었다. 피임하는 법 따위 배우지 못했다.

　그 살인귀는 태어난 직후부터 자신의 비틀림을 알아차렸지만, 유
년기에는 아직 안정적인 정신을 유지할 수 있었다. 부모로부터 애
정을 받았다. 그들은 아들이 아홉 살 생일을 맞이한 날부터 광산에
서 일하게 했고, 부모나 자식이나 그것을 의문으로 여기지 않았다.

　이윽고 세계 대전이 일어나 성인은 군대에 가 버렸다.

　광산에서 일하는 인원의 절반 이상이 어린아이가 되었다.

　낙반 사고가 일어난 것은 그런 시기였다. 무계획적인 채굴이 원인
이었다. 살인귀와 함께 일했던 많은 아이가 압사했다.

그는 코뼈가 함몰될 정도로 다쳤으나 목숨을 건졌다.

그때부터 정신이 비틀리는 것을 막을 수 없게 되었다. 부모는 전쟁으로 죽었다. 마을 동료들은 사고로 죽었다. 가슴이 찢어지는 듯한 비애와 분노를 받아 줄 존재가 필요했다. 살인 충동을 따라 들개를 죽였을 때, 가슴의 통증이 미약하게 완화되는 것을 느꼈다.

세계 대전으로부터 3년 후. 그는 도시의 공장에서 일하면서 이따금 작은 동물을 죽이며 일신의 안정을 꾀했다. 그러나 더 깊이 타락할 계기가 찾아왔다.

─공장 노동법 개정 심의.

신문의 글자가 눈에 들어왔을 때, 그는 자신이 해야 할 일을 이해했다.

법안 개정파의 중심인 좀 밀러의 관계자를 모조리 죽인 후, 의원 본인을 죽인다.

살체 마을에서의 비극이 머릿속을 스쳤고, 그의 몸은 움직이고 있었다.

그것은 복수도 개혁도 아닌 단순한 충동.

한 명의 슬픈 살인귀가 탄생한 순간이었다.

이미 다섯 명을 죽인 살인귀가 오늘 밤 정한 목표물은 라돈 모크였다.

그 의원과 유착하여 법 개정을 밀어주는 중심인물.

라돈은 갑자기 촉발된 총격전 때문에 경찰에게 경위를 진술한 뒤 해 질 무렵에야 겨우 공장에 돌아왔다. 그의 입장에서는 영문 모를 소동이었다. 심지어 진술도 갑자기 중단되었다. 내각부가 현장 경찰에게 압력을 가한 것 같았다.

혼란을 가라앉히지 못한 채 일단 공업 지대의 본사로 돌아왔을 때, 운전하는 차 앞을 어떤 사람이 막아섰다.

"너, 넌 뭐야—!"

급정지한 라돈은 운전석에서 내렸다. 하마터면 칠 뻔한 사람에게 따져 들었다.

차 앞에 선 사람— 살인귀는 그걸 기다렸다는 듯 품에서 권총을 꺼냈다.

"밝힐 이름 따위 없다⋯⋯."

살인귀는 말했다.

"⋯⋯나는 그저 죽지 못한 자다⋯⋯. 살체의⋯⋯."

라돈은 거의 이해할 수 없는 말이었지만, 눈앞의 남자가 최근 소문이 돌고 있는 살인귀라는 것은 알아차렸다.

창백해진 라돈에게 살인귀는 총구를 겨눴다.

하지만 그때 갑자기 쇠지레가 날아와 살인귀의 권총을 튕겼다.

방해꾼이 나타났다고 해서 살인귀가 동요하지는 않았다. 간혹 있는 일이었다. 예전에 대외정보실의 스파이라는 자가 방해한 적도 있지만, 문제없이 수행했다.

"⋯⋯왜 나를 방해하지⋯⋯?"

"빵에 대한 답례."

라돈의 후방에 나타난 클라우스는 짧게 말했다.

"그 아저씨가 죽으면 공장에서 일하는 아줌마들이 곤란해져."

훼방을 당한 살인귀는 크게 숨을 내쉬었고, 일단 방해꾼의 숨통을 끊으려고 했다.

클라우스는 맞서듯 앞으로 나섰다.

그 살인귀는 머지않아 대외정보실의 스파이로서 이름을 얻는다.

—『개풍』 크노.

—후에 엘리트팀 『봉황』의 일원이 되는 이재(異才).

해 질 녘 공업 지대.

젊은 날의 『개풍』 크노와 『화톳불』 클라우스의 싸움이 시작됐다.

시종일관 우세했던 것은 살인귀였다.

나이는 그가 네 살 많았다. 7년 후와 달리 이 당시에는 그도 몸집이 크지 않았지만, 열세 살과 열일곱 살의 체격은 크게 차이가 났다. 순수하게 주먹다짐을 벌였다면 클라우스는 패배했을 것이다.

하지만 무기를 다룬다고 해서 우세한가 하면 그렇지도 않았다. 살인귀는 공격 수단도 풍부했다. 양손에는 바이스 같은 기계가 달려 있었고, 자동차 보닛을 뜯어 휘두를 만한 힘이 있었다. 몸의 관절에는 권총이 장착되어 있었다. 긴장을 늦추면 생각지 못한 일격을 받는다.

회수한 쇠지레를 휘두를 뿐인 클라우스는 점차 궁지에 몰렸다.

직감만으로 이곳에 오긴 했지만, 이후의 대책은 없었다.

살인귀의 배에서 갑자기 튀어나온 바늘을 쇠지레로 쳐 냈으나 한 개가 어깨에 박히고 말았다. 끝에 독이 묻어 있었는지 몸에서 불쾌한 열이 났다.

클라우스의 몸에 점점 상처가 늘기 시작했다.

살인귀는 표정을 무너뜨리지 않고, 살인 계획을 짜는 듯한 눈으로 클라우스를 관찰하고 있었다. 여전히 많은 흉기를 온몸에 숨기고 있을 것이다.

클라우스의 다리 움직임이 점차 느려졌다.

살인귀의 팔꿈치에서 발사된 총알을 아슬아슬하게 피하고 필사적으로 거리를 뒀다.

중독된 상황에서 클라우스가 느낀 것은 살인귀의 집념이었다.

'이 사람의 공격, 엄청 괴로워 보여……'

전해졌다.

살인귀의 일거수일투족에는 한없이 깊은 비애가 있었다.

우세한 쪽은 살인귀인데 전혀 여유가 없었다. 그의 공격에는 증오로는 완전히 설명할 수 없는 감정이 담겨 있었다.

'얼마나 준비를 거듭한 거지? 어떤 과거를 가져야 이렇게까지 몰두할 수 있지?'

클라우스는 공격을 피하며 기회를 엿봤다.

살인귀가 갑자기 접근하더니 커다란 전기톱을 휘둘렀다. 왼팔 소매 속에 설치해 둔 것 같았다. 움직이는 톱날에 맞아 쇠지레가 튕겼다.

이어서 휘둘린 전기톱을 피하고 살인귀의 몸을 걷어찼다.

'조금씩, 알겠어……'

숨을 고르며 더 깊이 사고했다.

머릿속에 있던 것은 빵을 준 공장 노동자. 그리고 게르데의 말. 혹은 지금까지 자신을 이끌어 준 기드와 페로니카의 뒷모습이었다.

무엇보다 눈앞의 살인귀가 가르쳐 줬다.

'나만 불행한 게 아니야.'

클라우스는 고독에 시달리며 살았던 시기가 있다.

하지만 그건 전혀 특별하지 않았던 거다.

'이 나라에는— 이 세계에는, 비극이 넘쳐 나……'

그런 당연한 사실을 놓치고 있었다. 살기 급급해서 시야가 협소 해졌었다.

하지만 이제는 안다. 살인귀의 공격이 가르쳐 줬다.

누구나 가슴에 큰 상처를 입고서 살고 있다. 한탄하면서도, 조금 이라도 행복해지려고 발버둥 치고 있다. 살인귀의 전기톱에서 나는 전동기 소리는 그의 비명이다.

'—이 세계는 아픔으로 가득해.'

살인귀는 일단 물러나더니 왼팔의 전기톱을 접어 넣었다.

약 5분간 격렬한 공방이 펼쳐졌지만 그는 상처 하나 없이 멀쩡했다.

"……비켜라. 너는 표적이 아니다."

조용히 말했다.

"갈증이 끊이지 않아……. 나를 치유하는 건 네가 아니다……!"

"시끄러워."

클라우스는 튕겼던 쇠지레를 다시 한번 움켜쥐었다.

"불행하면 뭘 하든 용서돼?"

"……닥쳐라. 나에 대해 뭘 알지?"

"관심 없어. 너만 불쌍한 게 아니야."

살인귀는 입술을 깨물더니 호통쳤다.

"그딴 건 위로가 되지 않는다……!"

"위로하는 거 아닌데."

도발하듯 웃었다.

"이 잔혹한 사실을 받아들여야 한다고. 우리는……!"

클라우스는 크게 숨을 들이마셨다.

쇠지레를 크게 치켜들었다.

"—쳐 죽여야 하는 건 이 세계야."

장기전으로 가면 승산이 없다고 판단했다. 분하지만, 지금까지
거듭해 온 준비가 너무 다르다. 물량으로 밀려 버린다.

다음 일격으로 결판을 내겠다. 그렇게 각오하고서 쇠지레를 세게
움켜쥐었다.

◇◇◇

　나중에 합류한 게르데는 클라우스가 도출한 결론을 듣더니 「맞아」라며 만족스럽게 고개를 끄덕이고『불사』에 관해 간단히 밝혔다.

　"『불사』의 비결은『죽기 싫어』라는 강한 마음이야."

　"허?"

　너무 두루뭉술해서 클라우스는 아연해했다.

　저도 모르게 반문했다.

　"아니, 좀 더…… 없어? 늘 도주로를 확보한다든가."

　"자잘한 기술은 있지만, 결국『죽기 싫어』라는 마음을 이기는 건 없어."

　"뭐가 그래……."

　이때 클라우스에게 좀 더 어휘력이 있었다면 「멋대가리 없어」라고 중얼거렸을 것이다.

　"……그럼 그 고문 같은 근력 트레이닝은 뭐야?"

　"증명이지. 넌 축복받았어. 보통 사람이 그 훈련을 따라올 수 있을 리가 없으니까."

　이윽고 게르데는 머리를 토닥이며 타이르듯 말했다.

　"깨닫도록 해. 축복받은 네가, 이 아픔으로 가득한 세계에서 해야 할 일을."

◇◇◇

클라우스가 살인귀에게 날린 것은 목숨을 건 일격이었다.

상대방을 향해 단숨에 곧장 달려가 그저 혼신의 힘을 때려 박을 뿐이었다.

클라우스는 10미터 거리를 거의 순식간에 좁혔다. 그것은 아직 불완전했으나 게르데의 발놀림을 모방한 것이었다. 한 달간 주입받은 근력 트레이닝으로 그의 신체 능력은 더 연마되어 있었다.

하지만 그 대응까지도 살인귀는 예상하고 있었다.

속도에 다소 놀라긴 했지만, 궁지에 몰린 사냥감이 이판사판의 도박에 나서는 것은 드물지 않았다. 왼팔에 장착된 전기톱을 다시 꺼내며 그 움직임에 카운터로 맞섰다.

순수한 부딪침.

금속끼리 충돌하며, 노을 진 공업 지대에 날카로운 소리가 울려 퍼졌다.

두 사람이 무기를 잃은 것은 동시였다. 클라우스의 손에서 쇠지레가 튕겨 날아갔고, 그와 같은 타이밍에 살인귀의 전기톱도 파괴되었다.

"——!"

살인귀는 놀라서 눈을 크게 떴다.

강도 부족을 후회하면서두 다음 무기로 끝장을 내려고 했다.

하지만 클라우스의 공격이 더 빨랐다.

클라우스의 주먹이 살인귀의 목을 세게 때렸다.

승패를 나눈 것은 판단 속도였다.

새 무기를 찾지 않고 주먹으로 덤볐다면 체격이 더 큰 살인귀가 유리했을 것이다. 하지만 상대를 확실하게 죽이고자 한 살인귀는 필살의 무기를 택했고, 확실하게 살아남고자 한 클라우스는 가장 빨리 상대를 행동 불능으로 만들 수단을 이용했다.

판단 속도가 승패를 갈랐다.

—『세계를 바꿀 때까지 죽을 수 없다』라는 강한 각오.

그것이 『포락』 게르데가 클라우스에게 전수한 『불사』의 비결이었다.

뮐러 의원 사무소의 응접실에 내선 전화가 걸려 왔다.

게르데가 턱짓하자 뮐러 의원은 수화기를 들었다.

긴 통화였다. 도중에 뮐러 의원은 몇 번이나 당황한 소리를 냈다. 이마에서 땀을 흘리며 괴로운 듯 숨이 가빠졌다. 상대를 설득하려 고 하는 것 같았지만, 상대방은 일방적으로 전화를 끊어 버린 모양이었다. 뮐러 의원은 수화기를 내려놓았다.

"······방금 전화가 왔습니다."

잠긴 목소리로 말했다.

"라돈 모크 씨한테서 온 거였습니다. 방금 살인귀인 것 같은 남자에게 습격받았다고 합니다. 그자는 자신이 살체 붕괴 사고의 생존자라고 했답니다⋯⋯."

"⋯⋯그렇군. 원한인가."

"모크 씨는 현재 경찰에게 보호받았다고 합니다. 그리고—."

그는 크게 한숨을 쉬며 의자에 고쳐 앉았다.

"—그 법안의 성립을 기다려 달라고 했습니다."

게르데는 예상치 못한 말을 듣고 미소 지었다.

법 개정의 최대 지지자가 라돈 모크였을 터다. 그의 종업원 수십만 명의 표밭을 이용해 다른 의원을 설득할 예정이었다면, 그의 변심은 큰 타격일 것이다.

"흐응. 뭐, 타당한 판단이지. 살인귀에게 동료가 없으리라는 보장도 없으니까."

웃으며 말하자 뮐러가 원망하는 얼굴로 노려보았다.

"이렇게 될 걸 예상하셨습니까?"

"그럴 리가. 난 몰라."

사실이었다.

게르데도 놀라고 있었다.

'의외인 건 살인귀에게 습격받은 라돈 모크가 살아남았다는 거려나. 이유는 모르겠지만⋯⋯. 그리고 보니 그 공장에 클라를—.'

거기까지 생각이 이르렀을 때, 무심코 미소가 지어졌다.

기대 이상의 성과를 올려 준 모양이다.

무릎을 치며 호쾌하게 웃고서 게르데는 뮐러 의원에게 말했다.

"뭐, 이걸 계기로 반성하는 게 어때? 당신도 살인귀에게 습격당하긴 싫잖아?"

"……."

게르데는 이 정치가를 싫어하진 않았다.

편협한 현실주의자라서 윤리적인 위태로움을 품고 있지만, 이상론만으로 꾸려 나갈 수 없는 것이 정치였다. 나라의 정상에 설 그릇은 아니어도 필요한 인재이긴 했다. 실제로 그가 이 정도 영향력을 얻은 것은 지금까지 그가 주도한 경제 정책이 성공했기 때문이었다.

다만 이번에는 조금 폭주한 느낌이 있었다.

조금이라도 반성했으면 싶었지만.

"틀리지 않았습니다. 제가— 아니, 내가 틀렸을 리 없어."

"마침내 본심을 들을 수 있을 것 같군."

게르데는 이를 보이며 웃었다.

뮐러가 상대를 치켜세우는 듯한 저자세를 그만두고서 강렬한 시선을 보내왔다.

하지만 직후에 그가 중얼거린 말은 게르데의 예상을 뛰어넘었다.

"추한 딸을, 격리했어."

"뭐?"

게르데도 모르는 사실이었다.

원래부터 임무를 수행하기 전에 꼼꼼히 조사하는 타입은 아니었다. 그녀는 뮐러에게 세 아들과 딸 하나가 있다는 것밖에 몰랐다.

"날 때부터 얼굴에 추한 멍을 가진 아이야. 사교계에서 만난 자들은 얼굴을 찡그리며 못 본척했지.『좀 뮐러는 악마의 아이를 낳았다』라고 기사화하려는 가십도 있었어. 이 나라를 바꾸는 정치가로 계속 있으려면 딸의 존재는 성가셨어. 그래서 외딴 별장에 가뒀어."

단숨에 말하고서 뮐러 의원은 하소연하는 듯한 목소리를 냈다.

"……이제 와서 내가 틀렸다고 딸에게 말할 수 있겠냐고."

게르데는 말을 잇지 못했다.

뮐러 의원은 다시 등을 곧게 폈다.

"말했을 텐데. —선별이야말로 내 정치가 인생이야."

그것이 그의 시야를 좁힌 이유였다.

좀 뮐러 의원은 이미 아이의 행복을 짓밟았다.

이 나라의 번영을 바라면서— 다름 아닌 자신의 딸을.

좀 뮐러의 딸은— 후에 『애랑』 그레테라는 이름을 받는다.

임무 후 게르데는 뮐러 의원에게 스파이 양성 학교의 존재를 가르쳐 줬다. 뮐러 의원은 나름대로 갈등하고서 1년간「요양」이란 명목으로 딸을 외국에 이주시킨 후, 몰래 스파이 양성 학교에 보낸다. 또한 이 무렵부터 뮐러 의원은 점차 자본가를 포함한 보수 세력과 거리를 두고 중도 좌파 입장을 취하게 된다.

구속된 살인귀는— 후에 『해골』 크노라는 이름을 받는다.

극형이 타당했으나, 그 경력과 높은 기술을 고려하여 3년간의 옥중 생활을 거친 뒤 양성 학교에 간다. 그는 늘 가면을 쓰고서 과묵하게 생활했다. 이윽고 졸업 시험에 합격하여 『개풍』으로 코드 네임을 바꾼다.

게르데는 공업 지대로 돌아가 클라우스를 회수했다.

바이크 뒷좌석에 앉히고 평소보다 속도를 늦춰 아지랑이 팰리스로 귀환했다. 도중에 클라우스로부터 살인귀와의 싸움을 들었다. 바람에 묻히지 않게 필사적으로 목소리를 높이는 클라우스의 말을 놓치지 않으려고 액셀을 늦췄다.

"클라 덕분에 한 여자아이를 구하게 될 것 같아."

"응······?"

"뭐, 몰라도 돼."

게르데의 말에 클라우스는 고개를 갸웃했지만, 그 이상 추궁하지 않았다.

그의 관심은 다른 곳에 있는 듯했다.

"······조금 알 것 같아."

주저하며 말했다.

"『화염』에 대해······ 스파이에 대해, 아주 조금."

"음, 그건 잘됐군."

원래 그것이 목적이었다.

페로니카의 제안이었다. 아동 노동이라는 문제라면 나이가 비슷한 클라우스도 관심을 가지지 않겠냐며 그녀가 타진했고 게르데는 받아들였다. 실체 마을의 살인귀와 싸운 것은 예상 밖의 일이었지만, 두 사람이 생각했던 방향에 안착해 준 것 같았다.

이제는 입장이 역전되어 버린 이전 부하의 모습을 떠올리고 게르데는 말했다.

"클라."

"응?"

"힘내라. 그 아이는 말이지, 너를······."

하지만 도중에 말하지 않기로 했다.

『그 아이』— 페로니카의 사정까지 전할 필요는 없다고 판단했다. 이미 클라우스는 졸린 것 같았다. 목소리에 힘이 없었다.

"아니, 아무것도 아니야."

게르데는 그렇게 짧게 말하고서 액셀을 돌렸다.

『화톳불』 13세, 그리고 14세.

귀가 후 게르데로부터 사격 기술을 배우고 그녀와의 수행을 끝냈다. 이후 클라우스는 기드와 임무 속에서 사는 나날을 보내기 시작한다. 그저 폭력을 휘두르기만 하던 시대는 끝난다. 펜드 연방, 라일라트 왕국, 가르가드 제국 등 전 세계를 돌아다니며 다른 멤버와 임무를 경험하고 스파이로서의 재능을 꽃피워 나간다.

『화염』에 변화가 생기기 시작한 것도 이 시기였다.

회고 《포락》

『화염』의 새 멤버, 클라우스와 하이디의 지도는 기본적으로 멤버 전원이 번갈아 시행했다.

재능이 너무 넘쳐서 양성 학교에 보낼 수 없는 수습 스파이. 기본적으로 클라우스는 기드가, 하이디는 페로니카가 담당했지만, 간혹 다른 동료도 지도했다.

이날, 담화실로 두 사람을 불러낸 사람은 게르데였다.

"실제로 목숨을 취사선택하는 순간은 스파이에게 얼마든지 있어."

술병을 든 채 지도를 시작했다.

스파이로서의 마음가짐을 가르치겠다며, 공장법 관련 임무 후 클라우스와 하이디를 부른 것이었다. 지도라기보다는 주정뱅이의 설교라는 생각이 없진 않았으나 일단 귀를 기울였다.

소파에 앉은 클라우스와 하이디에게 게르데는 말했다.

"유명한 철학 명제야. 선로를 달리던 광차가 폭주하고 있어. 이대로 가면 전방에서 작업 중인 작업원 다섯 명이 목숨을 잃어. 너희는 선로의 분기기 앞에 있어. 광차의 진로를 바꾸면 다섯 명은 확실하게 살아. 하지만 그럴 경우 다른 선로에 있는 한 명이 목숨을 잃어."

「책임자 나오라고 해」라고 클라우스가.

「생명 보험은 가입되어 있나?」라고 하이디가 말했다.

두 사람의 야유를 묵살하고서 게르데는 강렬한 시선을 보냈다.

"자, 너희는 어떤 결정을 내릴 거지? 광차의 진로를 바꿀 건가?"

간단히 말하자면 『다섯 명을 살리기 위해서라면 한 명을 죽여도 되는가』라는 명제인 것 같았다.

하이디가 「그거야 간단해」라며 자랑스레 가슴을 쭉 폈다.

"광차를 폭—."

"참고로 이런 질문에 『광차를 탈선시킨다』처럼 이야기의 전제를 파괴하는 대답을 지껄인 얼간이는 가차 없이 패고 있어. 본질을 외면하지 마."

"후후, 아무것도 아니야."

물론 여섯 명을 살린다는 답은 없다. 게다가 과실이나 감독 책임 등의 요인도 고려하면 안 된다고 했다. 순수하게 질문과 마주하라고 게르데는 명했다.

클라우스는 즉답할 수 없었다.

한동안 고민하고서 클라우스는 손을 들었다.

"겔 할멈이라면 어쩔 거야?"

"나뿐만 아니라 페로니카와 기드, 빌레의 의견도 일치해."

그녀는 확실하게 말했다.

"─분기기를 움직여. 모든 것을 고민한 끝에 다른 수단이 없다면 당연하지."

그것이 스파이의 삶이라고 그녀는 말하고 싶은 것 같았다.

냉혹하다고 매도당하더라도 선택해야만 하는 이상, 국가의 번영을 위해 비정한 판단을 내린다. 경제를 위해 아이를 버렸던 정치가를 규탄할 수 있는 청렴결백한 입장은 아니었다.

하이디는 팔짱을 끼고서 「나도 그렇게 대답하려고 했어」라며 고개를 끄덕였다.

정말이냐고 지적하고 싶은 것을 클라우스는 참았다. 귀찮은 일은 만들지 않는다.

게르데는 「클라는?」 하고 말하며 술병의 바닥을 척 들었다.

다시금 생각해 봤다. 예를 들어 어떤 유사한 경우가 있을지. 어떤 적이 국민 다섯 명을 죽이려고 한다. 적을 죽이기 위해 폭탄을 사용하면 다섯 명을 살릴 수 있지만 다른 인간이 죽는다. 늑장 부리면 국민 다섯 명은 살해당한다.

그런 발상이 머릿속을 스쳤을 때, 자연스럽게 답은 정해져 있었다.

"─생각하기 싫어."

그렇게 중얼거린 클라우스를 게르데가 「왜?」라고 물으며 노려보았다.

"만약 현실에서 비슷한 경우가 일어났을 때, 생각의 폭을 좁힐 것 같으니까."

"······바보 루카스랑 똑같은 대답인가."

"어?"

"싫지 않아. 다만— 나한테 맞을 각오는 되어 있겠지?"

클라우스는 소파에서 일어나 자신의 양팔을 뒤로 보냈다.

"쳐!"

"으랴!!"

게르데는 술병을 테이블에 놓고 포효하며 클라우스의 배에 주먹을 꽂았다. 노파라는 게 믿기지 않을 정도의 충격은 격렬한 소리를 내며 클라우스를 담화실 벽까지 날려 버렸다.

클라우스는 배를 부여잡고서 아픔을 견디며 몸을 웅크렸다.

"······근육뇌 스파이들의 발상은 이해할 수가 없어."

하이디는 질색했다.

3장 《화톳불》 곁Ⅲ

기적 소리가 클라우스의 잠을 방해했다.

졸린 머리를 자극하는 기차의 굉음에 침대에서 몸을 일으켰다. 2층 침대의 위층에 있다는 것을 잊고 천장에 머리를 부딪치고 말았다. 키가 큰 결과지만, 최근에는 답답하다고 느끼는 일도 많았다.

15세. ―『화염』에 온 지 5년이 지났다.

바쁘게 전 세계를 돌아다니다 보니 세월이 순식간에 흘러갔다. 온갖 임무 장소에서 기드가 우유와 고기를 먹으라고 강요하여 몸이 단숨에 만들어졌다. 정신 쪽이 따라잡지 못해 자신의 힘을 주체하지 못할 정도였다.

아무튼 2층 침대의 위층에서 몸을 내밀어 아래층에 있는 남자에게 말했다.

"스승님, 밥 사다 줘."

"너는 연장자에 대한 경의가 없어?"

스승인 기드는 침대에 드러누워 신문을 읽고 있었다. 차창으로 들어온 빛이 그의 베갯머리까지 미치고 있었다.

기드는 빛에 신문을 비추며 표정을 바꾸지 않고 말했다.

"곧 귀환할 수 있어. 밥이라면 아지랑이 팰리스에서 먹으면 되잖아."

"……."

국외 임무에서 돌아온 직후였다. 임무 장소의 사정 때문에 나라 북단에 있는 비행장에 도착한 것이 아침이었고, 그 후 곧장 기차를 타 거점이 있는 항구 도시까지 돌아오는 길이었다.

클라우스가 위층에서 계속 몸을 내밀고 있자 기드가 신문에서 시선을 뗐다.

"왜? 긴장돼?"

"뭐?"

"1년 만에 귀국했잖아. 조금은 의식이 돼?"

놀리듯 웃어서 클라우스는 고개를 가로저었다.

"그럴 리가. 다만……."

"음?"

기드가 얼굴을 찌푸렸다.

"아니."

클라우스는 내밀었던 몸을 집어넣었다.

"아무것도 아니야."

—세계는 아픔으로 가득하다.

세계 대전이 종결된 지 5년. 가르가드 제국의 침략을 받았던 딘 공화국은 여전히 수많은 피해가 남아 있긴 해도 부흥을 향해 움직이기 시작한 상태였다. 범죄 건수는 감소했고, 경제적 안정도 되찾고 있었다.

한편, 다른 나라들은 혼란이 계속되고 있었다.

『화염』을 비롯한 많은 스파이의 분투로 치안이 유지된 딘 공화국과 달리, 정치 정세가 크게 어지러워진 나라도 많았다. 세계 대전의 책임을 지고서 정권을 교체할 수밖에 없었던 나라나 경제 불황으로 혁명이 일어난 나라도 있었다. 도시 곳곳에서 폭력과 항쟁이 촉발되고 있었다.

물론 그것들에는 타국 스파이들의 공작도 관여해 있었다.

—그림자 전쟁.

타국 스파이들을 내버려두면 자국은 눈 깜짝할 사이에 유린당한다.

그 사실이 세계에 알려져 나가던 시기이기도 했다.

"파티를 개최하겠어요."

페로니카가 뜬금없이 선언했다.

클라우스와 기드가 아지랑이 팰리스에 돌아온 날의 오후였다. 현재 있는 멤버끼리 점심을 먹고 있는데 페로니카가 말했다.

"빌레도 오늘 돌아올 예정이고, 다다음 주에는 게르데 씨도 귀국할 예정이야. 오랜만에 전원 집합. 이건 성대한 파티를 해야지."

갑작스러운 제안에 클라우스는 눈을 크게 떴다.

원래부터 페로니카에게는 파티 버릇이라고 해야 할까, 아무튼 축하하고 싶어 하는 버릇이 있었다. 그녀는 기본적으로 국내에서 활동했고, 다른 멤버는 외국에 파견되는 경향이 있었다. 누군가가 귀국하면 그녀는 곧장 축하를 시작했다.

페로니카는 전에 없이 기뻐 보였다.

전원 집합은 드문 일이었다.

예전에 신문사 사장 영애 유괴 사건을 해결했을 때 이후로 처음이었다. 2년 만인가.

진수성찬을 먹을 수 있겠다며 기대하고 있으니, 클라우스 옆에서 한 소녀가 손을 들었다.

"나한테 맡겨 줬으면 해."

하이디였다. 19세가 된 그녀는 머리를 허리까지 기르고, 성인의 색향을 풍기는 미녀로 성장해 있었다. 그녀가 길을 걷기만 해도 많은 사람이 시선을 빼앗겼다.

페로니카가 고개를 살짝 기울였다.

"어머, 하이디. 해 주려고?"

"후후, 엄마가 기뻐하는 걸 보니 왠지 나까지 기뻐져. 『선혹』의 이름을 걸고 최고의 행사로 만들겠어."

"고마워. 그럼 꼭 좀 부탁할게."

"흐흥. 마음 푹 놓고 있어."

성장했어도 페로니카에 대한 그녀의 사랑은 변함없었다. 페로니카에게 부탁받고서 얼굴이 헤벌쭉 풀어져 있었다.

클라우스에게는 좋은 일이었다.

하이디가 직접 만든 요리는 일품이다. 혹은 그녀의 입맛으로 엄선된 요리사를 여러 명 데려올 것이다. 완벽하게 파티장을 세팅하고, 최고의 연주와 요리를 준비할 터다.

'……기대될지도.'

그렇게 설레는 마음으로 점심 식사를 마쳤을 때였다.

클라우스가 자기 방으로 돌아가려고 혼자가 됐을 때, 하이디가 어깨를 두드렸다.

"어리석은 동생아."

그녀는 어깨를 잡은 손에 힘을 줬다.

"준비는 너에게 일임하마."

"뭐?"

"나는 바빠. 출판사가 정한 마감 기한이 있거든. 그 외에도 미술상과의 약속이 꽉 차 있어서 아무튼 손이 모자라. 아아, 참으로 아쉬워."

하이디는 과장되게 고개를 가로저었다.

이 시기에 하이디는 스파이 직무와 병행하여 관능소설가와 유채화가로서도 활동하고 있었다. 아주 자기 마음대로 살고 있었다.

하지만 그것과 이건 다른 얘기였다.

"그럼 왜 하겠다고 했어?"

"엄마를 위해서."

"그럼 왜 나한테 떠넘기는데?"

"날 위해서."

"웃기지 마."

"동생에게 거부권은 없어. 자, 준비금이야."

하이디는 반론을 허락하지 않고 지갑을 건넸다.

페로니카한테 받았을 윤택한 자금이 담긴 지갑은 묵직했다.

하지만 그 무게만큼 클라우스의 기분은 가라앉았다.

"……."

지난 몇 년간 누적된 경험으로 클라우스와 하이디의 관계는 완성되어 있었다. 누나 말에는 절대복종. 유연하게 대처하는 그녀를 적으로 돌리면, 그녀는 즉시 물밑 작업을 끝내 클라우스의 움직임을 봉쇄한다. 정보전으로는 승산이 없었다.

거절할 수 없었다.

즐거운 발걸음으로 떠나는 하이디의 뒷모습을 그저 바라볼 수밖에 없었다.

"진짜 제멋대로인 여자야……!"

욕했지만 허무할 뿐이었다.

약육강식. 『화염』의 말단인 이상, 명령은 따를 수밖에 없다.

'젠장, 어떡할까…….'

지갑을 던졌다가 받고서 클라우스는 머리를 쓸어 올렸다.

이런 행사를 기획하는 건 서툴렀다. 임무로 파티에 참석하는 일은 있어도 기획 쪽 경험은 없었다. 다른 사람과의 교류 자체가 서툴렀다. 다소 경험은 쌓았지만, 그래도 대인 능력은 웬만한 스파이 이하일 것이다. 잘하는 분야가 전투인 인간에게는 부담스러운 일이었다.

골머리를 앓고 있으니, 정면에서 쾌활한 목소리가 들렸다.

"도움이 필요한 것 같네, 클라우스!"

"응?"

고개를 들어 상대의 모습을 보고 숨을 삼켰다.

저도 모르게 눈을 크게 뜨고서 바라보고 말았다.

'……돌아와 있었나.'

점심 식사 자리에는 없었었다.

나이는 스물두 살인데 소년처럼 붙임성 좋게 웃고 있었다. 지금의 클라우스와 키는 비슷했다. 유행을 반영한 금발을 찰랑이며, 호기심으로 반짝거리는 시선을 보내왔다. 스파이라는 게 믿기지 않을 만큼 천진난만했다.

"루카스 형이야. 어서 와, 클라우스."

그렇게 말하며 그는 밝게 손을 흔들었다.

—『매연』루카스.

클라우스에게 친형 같은 존재이자 『화염』의 멤버였다.

그는 클라우스의 가슴을 즐겁게 툭 쳤다.

"또 키가 컸네. 기드 씨의 식사 관리 덕분인가?"

"겔 할멈이 내준 근력 운동 메뉴도 있으니까."

"그걸 전부 소화하고 있어? 대단하다."

웃으며 말한 그는 기쁜 듯 클라우스의 어깨에 팔을 둘렀다.

"표정이 어둡네. 귀국하자마자 하이디가 귀찮은 일이라도 떠넘겼어?"

"정답."

"그 제멋대로 아가씨는 진짜 어쩔 수 없다니까."

루카스는 클라우스 옆에서 크게 웃었다.

아무튼 다른 사람과의 거리감이 가까운 남자는 한바탕 웃은 후 「하는 수 없지」라고 중얼거렸다.

"내가 도와줄게. 곤경에 처한 동생을 버릴 순 없지."

바랄 나위 없는 제안에 「오」 하며 눈을 크게 떴다.

아이디어가 전혀 없었던지라 그야말로 구원의 손길이었다.

클라우스가 「부탁드립니다」라며 간청하자 루카스는 「괘념치 말거라」 하고 믿음직하게 웃으며 대답해 줬다.

우호적인 태도를 보고서, 나쁜 사람은 아니구나, 하고 다시금 느꼈다.

거의 악동이었던 클라우스에게 외국에서 돌아올 때마다 선물을 사다 줬던 남자였다. 하이디와의 싸움도 여러 번 중재해 줬다. 기드나 게르데와도 친해서, 그가 있는 아지랑이 팰리스는 평소보다 몇 배는 더 시끌벅적해졌다.

하지만 클라우스의 가슴속에는 복잡한 감정이 요동치고 있었다.

"……"

루카스는 어딘가 속내가 보이지 않았다. 엇갈려 임무를 나갈 때가 많아서 대화를 나눌 시간도 별로 없었다. 선을 느낄 때가 있었다.

물론 기본적인 정보는 알고 있었다.

'……『쌍둥이 형』『천재 게이머』『세계 대전 때부터 「화염」을 지탱한 중추』.'

클라우스는 그를 바라보았다.

'—『화염』의 차기 보스.'

언젠가 페로니카를 대신하여 『화염』의 정점에 설 남자.

스승인 『거광』 기드를 건너뛰고서 페로니카가 직접 지명한 수재.

그가 대체 어떤 사람인지, 이 기회에 확인하고 싶었다.

◇◇◇

루카스가 「일단은 준비금을 배로 불리자」라고 제안했기에 두 사람은 딘 공화국 남단에 있는 유흥가로 갔다. 수많은 고층 호텔이 즐비하여 국내에서는 손꼽히는 관광지가 되어 있었다.

준비금은 이 나라 월평균 소득의 두 배 정도 있었지만, 그걸로는 부족한 것 같았다.

두 사람은 드레스 코드를 따라 턱시도 차림으로 지하 도박장에 들어갔다. 게임은 룰렛, 바카라, 주사위를 사용한 유희 등. 커다란 홀에 서른 명쯤 되는 남녀가 모여 서로의 칩을 뺏고, 때로는 환호

성을 질렀다.

들어가자마자 루카스는 즐겁게 두 팔을 벌렸다.

"딘 공화국에서 노는 건 오랜만이야~ 피가 끓네."

"그보다 평범하게 놀 수 있어?"

담배 냄새에 얼굴을 찌푸리고서 클라우스가 물었다.

전 세계의 도박장을 어지럽힌 남자— 그게 루카스의 전설이었다.

"경계받지 않아?"

"아니. 그렇진 않아. 주인이랑도 엄청 친해."

"흐응, 의외네. 싫어할 줄 알았는데."

"도박장 출입을 금지당하면 갬블러는 끝장이니까."

그 말대로, 루카스가 홀의 중심으로 가자 주인으로 보이는 남성이 손을 비비며 달려왔다. 루카스보다 두 배 가까이 나이가 많은 남자가 공손하게 머리를 숙였다.

루카스는 준비금을 전부 칩으로 교환하고 클라우스를 향해 웃었다.

"잘 봐 둬. 도박장은 처음이지?"

"……응. 맡길게."

클라우스는 그를 전면적으로 믿었다.

갬블은 그의 본업일 터다. 세계 각국의 많은 정치가와 자본가를 도박장에서 함정에 빠뜨려 약점을 잡은 남자다. 그 수완은 기드도 칭찬했었다.

루카스는 콧노래를 부르며 블랙잭 테이블에 앉았다. 홀 스태프에게 와인 칵테일을 주문하고, 딜러가 나눠 주는 카드를 입맛 다시며 바라보았다.

규칙을 모르는지라 클라우스는 관찰에 전념했다.

일단 이기고 있는지, 게임이 끝날 때마다 루카스의 칩은 조금씩 늘어났다.

감탄하고 있는데 옆에서 누군가가 말을 걸어왔다.

"형이 귀찮게 하고 있나 보네."

루카스와 똑같이 생긴 청년.

—『작골』 빌레.

루카스의 쌍둥이 동생이었다. 그도 귀국해 있었던 모양이다. 형과 색만 다른 턱시도를 입고서 웃으며 손을 흔들었다.

"이곳 스태프랑 친하거든. 형이 도박장에 오면 바로 나한테 알려주기로 되어 있어. 왜 여기서 이러고 있어?"

"원흉은 안하무인 여자."

"파악했어. 클라우스도 힘들겠네."

최소한의 말만 듣고도 짐작해 주는 빌레는 참으로 고마운 존재였다.

루카스와 달리 그 앞에서는 긴장되지 않았다. 빈번히 귀국하기에 클라우스는 여러 번 만난 적이 있었다. 아직 클라우스의 어휘력이 부족했던 시절에는 표정을 헤아려 의사소통해 줬었다.

정보 불일치가 있어선 안 되니 일단 일련의 경위를 설명했다. 페로니카의 파티와 하이디의 위탁.

"하지만 다행이야."

마지막으로 감사를 전했다.

"전혀 아이디어가 없었으니까. 루카스 씨가 도와준다니 살 것 같아. 준비금을 늘린다고 해서 이곳에─."

"응……?"

빌레는 클라우스의 말을 잘랐다.

살짝 고개를 갸웃한 후, 루카스 근처에 쌓인 칩을 보고, 다시 클라우스에게 시선을 되돌리더니, 뭔가 납득한 듯 「아아」하고 한숨을 쉬었다.

"클라우스, 너는 크게 오해하고 있어."

"오해?"

말뜻을 이해할 수 없었다.

마침 그때, 블랙잭은 뜨겁게 달아올라 있었다. 루카스가 호쾌하게 「올인!!」이라고 선언했고, 테이블을 둘러싼 구경꾼들이 「오오」하고 흥분한 목소리를 냈다.

클라이맥스에 달했는지 딜러가 시간을 들여 카드를 뒤집었다.

루카스가 입가를 히죽 비틀었다.

그런 상황을 바라보며 빌레는 어이없다는 듯 웃었다.

"형은 말이지, 갬블은 잘 못해."

다음 순간, 딜러는 루카스의 칩을 전부 빼어 갔다.

구경꾼들이 배를 잡고서 폭소했고, 아까 봤던 도박장 주인도 만족스럽게 고개를 끄덕이고 있었다.

규칙을 모르는 클라우스도 이해할 수 있었다.

눈앞에는— 무일푼이 되어 어깨를 떨군 루카스가 있었다.

"하아아아아아아아아아아아아?"

도박장 근처 골목에서 클라우스는 루카스의 멱살을 잡고 있었다.

"뭐 하자는 거야, 뭐 하자는 거야, 뭐 하자는 거야?!"

힐책하고. 비난하고. 화내고. 욕하고. 질타하고. 경멸하고— 최대한의 어휘를 사용하여 루카스에게 고함쳤다.

체격이라면 클라우스가 더 좋았다. 멱살을 잡힌 루카스는 건조대에 널린 행주처럼 힘없이 계속 흔들렸다. 「멀미 나아아」 하고 우는소리를 했지만, 가차 없이 그의 몸을 흔들었다.

마지막으로 땅에 내동댕이치자, 루카스는 벌러덩 나자빠진 채 말했다.

"진짜로 이번에는 될 것 같았단 말이지. 왜일까."

"알 바야?!"

손을 부들부들 떨면서 소리를 꽥 질렀다.

루카스를 의지해 버린 자신을 용서할 수 없었다. 충격적이라 드러눕고 싶어졌지만, 지금은 무일푼으로 어떻게 파티를 열지 생각해야 했다.

클라우스는 일단 루카스를 일으켜 세우고 물었다.

"당신 지금은? 보충해."

"없어. 보스한테 빚이 있어서 성공 보수에서 공제돼."

자세한 얘기를 들어 보니, 루카스는 페로니카에게 막대한 빚이 있는 것 같았다. 임무 자금을 매번 도박으로 탕진하는 모양이라 『다음에 나한테 돈을 요구하면 땅에 묻어 버릴 거야』라고 험악한 위협을 받고 있다고 했다.

클라우스는 변제 능력이 없는 그를 무시하고 빌레를 보았다.

"비, 빌레 씨한테 빌리는 건……?"

"나도 없어. 형이 전부 날려 버려서."

빌레는 웃으며 대답했다.

듣자 하니 그도 루카스한테 돈을 빌려준 것 같았다. 보수 대부분을 형에게 빌려주고, 형이 호쾌하게 돈을 잃는 모습을 보는 걸 사랑한다고 했다.

"당신들 쌍둥이 진짜 뭐야?!"

"그러는 클라우스는 어떤데?"

루카스가 말했다.

"저금 꽤 있지? 낭비 따위 안 할 것 같으니까."

클라우스는 고개를 저었다.

"……인출 못 해."

"아?"

"보스가 관리하고 있어. 매월 100덴트 주고, 갖고 싶은 게 있으면 상담하라고……."

"어린애냐." "용돈제구나."

열두 살 때 고급 침구와 고급 과자를 마구 구매한 이후로 그렇게 됐다.

아무튼 상황 정리는 끝났다.

페로니카가 준 준비금은 다 날렸다. 루카스와 빌레는 무일푼이고, 클라우스도 자유롭게 쓸 수 있는 돈이 없다.

"……답이 없지 않아?!"

저도 모르게 놀란 목소리를 내고 있었다.

이대로는 요리도 없고 술도 없는 파티를 개최해야만 한다. 기대하던 페로니카는 크게 슬퍼할 것이다.

"……아니지, 이 경우엔 하이디가 혼날 테니까 상관없나?"

"그 생각은 좀 아닌 것 같은데."

온화한 목소리로 빌레가 나무랐다.

하지만 책임 소재는 상당히 미묘했다.

자기가 하겠다고 말해 놓고서 통째로 떠넘긴 하이디, 똑같이 떠넘긴 클라우스, 그리고 맡은 준비금을 전액 도박으로 날린 루카스. 가장 잘못한 것은 누구인가?

끙끙대며 고민하고 있으니, 루카스가 숨을 푹 내쉬었다.

"어쩔 수 없지."

한숨과 함께 말했다.

"알바라도 할까."

◇◇◇

　뷰마루 왕국은 국제 정세에서 입장이 미묘한 나라다.

　역사적으로는 가르가드 제국과 동맹 관계고 교류도 깊은 나라였다. 그래서 세계 대전이 처음 촉발했을 때도 가르가드 제국과 연대하겠다고 왕정부는 표명했다.

　하지만 뷰마루 왕국은 제국의 정보를 연합국 측에 몰래 유출하고 있었다.

　요컨대 가르가드 제국을 배신했다. 펜드 연방 및 라일라트 왕국과 비밀 조약을 맺고 있었다. 양국의 스파이가 암약한 듯했다. 이 배신이 승패를 결정하는 요인 중 하나가 되었다.

　그래서 결과적으로 「승전국」이 되었지만, 안타깝게도 비밀 조약은 전후에 무효화되어, 약속받았던 영토는 얻지 못했다. 게다가 대전으로 피폐해진 경제는 큰 불황을 일으켜 「불명예스러운 승전국」으로서 국내외로 문제를 안고 있었다.

　클라우스, 루카스, 빌레는 그런 뷰마루 왕국에 와 있었다.

　루카스는 전화로 페로니카에게 「임무 중에 빼먹은 일이 있어서 클라우스도 잠깐 데려가겠다」라고 설명한 뒤 곧장 항구에서 이동. 도박으로 돈을 날린 이튿날 밤에 도착해 있었다.

　항구에서는 여성 스파이 두 명이 차에 탄 채 기다리고 있었다.

"여~ 오랜만이야!"

검은색 5인승 세단을 향해 루카스는 손을 흔들며 다가갔다.

운전석과 조수석에는 머리색이 똑같은 여성이 타고 있었다.

투명하게 느껴지는 백은색 머리. 20대 초반의 상당히 젊어 보이는 콤비였다. 차가운 심해색 눈도 똑같았다. 비슷하게 생겼지만 머리 길이는 크게 차이 나서, 한 명은 짧게 잘랐고, 다른 한 명은 어깨를 넘을 만큼 길었다.

루카스가 소개해 줬다.

"클라우스도 이름 정도는 들어 봤지? 『아카자 자매』라고, 뷰마루 왕국에서는 유명한 스파이야."

기드가 가르쳐 줬었다.

오랫동안 뷰마루 왕국 첩보 기관 『커스』와 중심적인 역할을 한 스파이 『카게다네』의 제자들이었다. 특기는 잠입 수사와 암살로, 지금은 스승을 웃돈다고 여겨지는 2인조.

"최근까지 나랑 같이 가르가드 제국에서 활동했었어. 이번 고용주야."

머리가 긴 쪽이 언니 반나, 짧은 쪽이 동생 오리에타라고 했다.

그녀들은 차에서 내리지 않았다.

운전석에서 언니 반나가 심해색 눈으로 클라우스를 관찰했다.

"네가 『배척』인가. 생각보다 어리군."

"이미 쇠지레는 졸업했어."

"근래에는 『파쇄자』라고도 불리던가."

반나는 시간 낭비를 줄이려는 듯 뒷좌석에 타라고 재촉했다.

"절대복종이야. 거부는 일절 인정 안 해. 심부름꾼으로 부려 먹어 주겠어."

「고마워~」 하고 루카스가 말했다.

"비상시가 아니라면 너희에게 부탁 안 해."

클라우스와 쌍둥이가 승차하자 반나는 곧장 차를 몰기 시작했다. 뷰마루 왕국의 수도인 루네까지 단숨에 달렸다.

"지금 뷰마루 왕국은 위기야."

도중에 루카스가 해설해 줬다.

"너도 알다시피 가르가드 제국 녀석들은 패전 후, 내부 공작으로 타국을 침략하는 쪽으로 방침을 바꿨어. 각국의 반정부 사상을 가진 인간에게 접촉해서 무기와 자본을 지원하지. 나는 제국 내에서 그 전모를 파헤치는 중에 이 자매와 만났고―."

반나가 감정이 담기지 않은 목소리로 루카스의 설명을 이어받았다.

"―가르가드 제국의 스파이는 이미 뷰마루 왕국 내에서 상당히 세력을 확대하고 있다는 정보를 얻었어. 우리는 곧장 귀국했지만, 이미 늦은 상태였어. 수많은 활동가가 급진파 정치가를 추대하고, 퇴역 군인과 쿠데타를 일으키려고 해."

목소리는 담담했으나 희미한 초조함이 보였다.

"이미 녀석들은 대도시 사르폴리에 집결해 있어. 일주일 안에 봉기하겠지."

상당히 사태가 긴박하다고 했다.

뷰마루 왕국의 첩보 기관은 매번 대응이 늦어졌고 쿠데타를 감지하지 못했다. 가르가드 제국의 스파이는 상당히 비밀리에 모략을 진행했다.

덧붙여 루카스가 말하길, 제국은 딘 공화국에도 비슷한 공작을 했던 모양이지만, 하이디와 페로니카가 이미 스파이를 구속했다고 했다.

"이 쿠데타를 저지하는 게 너희가 할 일이야."

반나가 차갑게 명했다.

줄곧 침묵하던 오리에타가 「착수금은 없어. 성공 보수뿐이야」라고 부연 설명을 했다.

루카스는 미리 파악하고 있었는지 납득한 듯 고개를 끄덕였다.

"……."

한편 클라우스는 말을 잇지 못하고 있었다.

천천히 정보를 정리한 뒤 「있지, 빌레 씨」 하고 옆에 있는 의형에게 물었다.

"왜?"

"이거, 진짜 알바야?"

"응. 보수도 커."

"어떻게 생각해도 이적 행위인데……."

"기드 씨한테 안 들키면 삼등분하자."

이 이상은 생각하지 않기로 했다.

파티를 기획하자는 얘기가 왜 타국의 쿠데타를 저지하는 것이 되었을까. 이쯤 되면 용병에 가깝다. 전부 하이디 잘못이라고 체념했다.

"그런데—."

도중에 반나가 핸들을 쥐며 말했다.

"—아무리 너희가 『화염』이라고 해도, 국가의 명운이 걸린 사태에 아무런 보험도 없이 믿을 순 없어. 최소한 한 명은 인질이 되어 줘야겠어."

당연한 요구였다.

첩보 기관 간에 협력은 있어도 협조는 없다. 『화염』 멤버 한 명의 생살여탈권을 쥐는 것이 이번 고용 관계를 맺는 조건이리라.

가장 말단인 클라우스가 나서려고 했을 때였다.

"내가 인질이 될게."

루카스가 즉답했다.

"아마 가장 도움이 안 될 테니까."

클라우스는 어안이 벙벙해져서 그의 옆모습을 보았다.

반나는 김이 빠진 것처럼 「……뭐, 좋겠지」라며 평탄한 목소리로 대답했다.

—쿠데타 무력화.

그것이 클라우스와 쌍둥이의 임무였다. 일을 받은 동기는 「파티

자금 조달」이지만, 이제 도망칠 수 없었다.

수도에서 200킬로 떨어진 도시 사르폴리에 반정부 활동가가 차례차례 모이고 있다고 했다. 며칠 안에 그들의 계획을 무산시키지 못하면 그들은 진군을 개시할 테고 수도는 포화에 휩싸인다. 첩보 기관과 경찰은 총력을 기울여 지도자 구속에 힘을 쏟고 있었다.

"제가 감시원으로서 함께 행동하겠습니다."

수사 활동에 따라온 것은 『아카자 자매』의 동생— 오리에타였다.

엄격한 위압감을 발산하는 언니와 달리, 동생의 음성은 쿨하고 사무적이었다.

"이게 우리와 『매연』이 훔친, 가르가드 제국으로부터 지원을 받은 활동가 일람입니다. 근일 중으로 수도에 진군하여 정권 탈취를 시도할 겁니다."

오리에타가 내민 일람에는 스무 명에 가까운 활동가의 이름이 열거되어 있었다.

그녀는 싸늘한 목소리로 말했다.

"이 쿠데타를 선동하는 지도자를 구속하여 운동을 진압합시다."

다만 그들은 제국의 스파이로부터 지도를 받아 교묘하게 잠복 중이었다. 관계자로 보이는 자를 체포해도 지도자가 어디 있는지는 전혀 알 수 없었다.

왕정부는 조금씩 궁지에 몰리고 있었다.

첩보 기관 『커스』의 정상급 공작원 『아카자 자매』는 고뇌 끝에 다른 동료들 몰래 루카스를 고용하자는 결단을 내린 것 같았다.

"그럼 갈까. 클라우스."

뷰마루 왕국에 도착한 다음 날 점심부터 수사에 착수했다.

루카스는 구속되었기에 빌레와 함께 거리를 걸었다.

사르폴리는 인구 100만 명을 넘는 대도시였다. 2천 년 이상의 역사를 자랑하여 중세 시대의 성과 궁전도 많이 남아 있었다. 화산과 바다 사이에 있는 항구 도시는 예전엔 황제의 휴양지였을 만큼 아름다운 거리를 자랑했다.

걷기 시작한 클라우스는 곧장 도시의 문제를 깨달았다.

첫 번째 특징은 인구 과밀이었다. 색색의 페인트로 칠한 고층 아파트가 곳곳에 있었다. 역사적으로 항상 번화했던 항구 도시는 많은 사람으로 혼잡했다. 두 번째 특징으로 지하 공간이 많았다. 천 년도 더 전에 정비된, 현재는 방치된 구 상하수도와, 교회를 건립하기 위해 쓰였다는 응회암 채굴장이 시내 도처에 있었다.

활동가가 숨기 좋다는 의미에서 이토록 성가신 도시는 없었다.

"성질만 보면 라일라트 왕국의 수도 피르카와 비슷해."

클라우스가 숨을 멈추고 있으니, 옆에서 빌레가 갑자기 말했다.

"공부가 된다니까. 그 나라에서 첩보 활동에 힘쓸 때."

"왜 라일라트 얘기가 나와?"

"너무나도 비틀려 있는 나라니까. 언젠가 딘 공화국에 해를 끼칠지도 몰라. 배워 두는 것이 좋을 테지."

꺼림칙한 경고를 남기며 빌레가 길을 꺾었다.

"일단은 사람이 모이는 곳에 가자. 그 활동가들―『회색 셔츠 부대』의 술집에."

도시의 중심지에서 벗어난 변두리 술집으로 이동했다. 가게 밖까지 시끌벅적한 목소리가 들렸다. 한낮인데도 붐비고 있었다.

클라우스 일행은 가게 구석에 있는 와인통 테이블로 이동했다.

가게 안에서는 회색 셔츠를 입은 남자들이 잔을 한 손에 들고서 호기롭게 떠들고 있었다. 회색 옷은 쿠데타 참가자의 연대를 나타내기 위한 사인이었다. 그들이 『회색 셔츠 부대』라고 불리는 이유였다.

점내는 그들의 쾌활한 목소리로 떠들썩했다.

"찬동자가 속속 모이고 있어. 다음 주면 진군할 만한 수가 모일 거야." "해치우자! 정부군이 뭐가 대수냐고!" "사회당은 얼어 죽을! 노동자의 적이잖아." "가로네 님이 수상이 되면 이 나라는 바뀔 거야!"

낮부터 술잔을 주고받으며 사기를 높이고 있는 것 같았다.

"……전부 체포 못 해?"

작은 목소리로 클라우스가 묻자 오리에타는 고개를 가로저었다.

"무모해. 『회색 셔츠 부대』는 이미 3만 명 이상. 곧 4만 명을 넘어."

"그렇게나……."

"말단 몇 명을 구속해 봤자 저들의 의분을 부채질할 뿐이야. 목표는 오직 지도자야."

쿠데타의 열기는 클라우스의 예상을 웃돌고 있었다.

빌레가 해설해 줬다.

"왕정부가 실패했거든. 불황을 어떻게든 하려고 공산주의에 빠져서 국민의 재산과 행동 전체를 관리하려고 했어. 자신의 재산을 뺏

길지도 모른다고 우려한 자본가와 부르주아는 정부에 등을 돌렸고, 파업을 진압당한 노동자들도 실망했어."

그 결과, 전직 군인인 가로네라는 정치가가 활동가에게 추대되어 반정부 운동이 활발해진 것 같았다. 쿠데타의 중심은 세계 대전에서 살아남은 퇴역 군인들이었다.

클라우스는 계속 질문했다.

"그럼 쿠데타가 성공하는 게 나라를 위한 일 아니야?"

직설적인 의견에 오리에타가 「이봐」라고 말하며 눈썹을 찌푸렸다.

빌레가 고개를 저었다.

"그건 판단할 수 없으려나. 저들은 수도에 진군할 생각이야. 쿠데타가 장기화하면 내전이 돼. 최악의 경우에는 새로운 전쟁의 불씨가 될 수도 있어."

그건 딘 공화국도 피하고 싶은 가능성이라고 했다.

사람들의 이야기에 귀를 기울여 얼추 상황 파악을 끝내고서 가게 밖으로 나갔다.

"그래서? 지도자를 찾을 방법은 있어?"

본격적으로 임무를 시작하면서 오리에타가 노려보았다.

빌레가 「그렇게 안달 내지 마」라고 웃으며 달랬다.

"그보다 클라우스. 이번 기회에 내가 지도해 줄까."

"지도?"

"기드 씨한테 들었어. 나랑 비슷한 타입이지? 가르칠 게 많을 것 같아."

고개를 끄덕였다. 직감으로 사물을 이해하는 감각 타입이었다.

무시당한 오리에타가 「뭘 태평하게……」라며 인상을 찌푸렸지만, 빌레는 신경 쓰지 않는 것 같았다. 형과 마찬가지로 억센 성격인 듯했다.

"빌레 씨도 그래?"

"내 호칭, 잊었어?"

"……점술가."

"맞아. 물론 초자연적인 힘은 아니야. 콜드 리딩을 할 줄 아는 거지. 겉모습이나 말투를 통해 처음 보는 상대의 심정이나 신원을 알아맞혀."

"……?"

"직접 보여 주는 게 빠르겠지. 일단 큰길을 봐 봐."

두 사람의 눈앞에는 도시의 중심지로 가는 큰길이 뻗어 있었다.

몇백 명, 몇천 명이 오가고 있었다. 가구 장인 남성이 가게 앞에서 의자를 이륜차에 싣고 있었다. 목공 남성들은 협력해서 목재를 옮겼다. 달리는 마차를 최신 자동차가 빠르게 추월했다. 석공으로 보이는 남자가 벽돌로 포장된 길을 수리하고 있었다. 화려한 빨간색 숄을 두른 여성은 가슴 부분이 크게 파인 옷을 입고서 행인들에게 과일을 권하고 있었다.

"이를테면, 저 여성."

빌레는 그중에서 혼자 걸음을 서두르고 있는 여성을 가리켰다.

직후, 둑이 터진 것처럼 그의 입에서 노도와 같은 말이 쏟아져

나왔다.

"외모를 보면 20대 중반이려나? 반지는 있으니까 기혼자겠지. 목에 주목해 줬으면 해. 화장으로 가리고 있지만, 멍이 있어. 바이올린 연주자는 간혹 저 위치에 멍이 생긴다고 해. 하지만 이상하지. 이 나라에서 바이올린을 즐길 수 있는 건 부유층뿐이야. 근데 왜 저렇게 초라한 모습을 하고 있을까? 사연이 있어서 몰락했을까? 아니야. 입술이 깨끗해. 영양이 치우치거나 관리를 게을리하면 금방 거칠어지는 곳이야. 지금도 생활 수준은 유지되고 있어. 그런데 굳이 초라한 차림을 하고 있지. 신경 쓰이는 건 가방이야. 이중 바닥이야. 봉합선이 이상하지? 자유파 부르주아들은 쿠데타를 지원하고 있어. 그리고 여성은 잘 경계받지 않아. 딸이나 아내를 이용해서 기밀 정보를 전달하고 있는 거려나. ―오리에타, 네 동료에게 미행시키는 게 좋겠어. 지도자가 숨어 있는 아지트가 발견될지도 몰라."

관찰 결과와 추리를 단숨에 말했다.

갑자기 대량의 추리를 듣게 된 클라우스는 낮게 신음하고 말았다.

하지만 정말로 경악스러운 건 빌레가 이어서 한 말이었다.

"이걸 1초 안에 수행해. ―직감으로."

대수롭지 않은 일처럼 아무렇지도 않게 말했다.

거의 노타임에 가까웠다.

본 순간, 즉시 판단하여 본질을 간파하라고 말하고 있는 것이었다.

"5분이면 300명은 조사를 끝낼 수 있어. 한 시간에 3600명. 하루에 5만 명. 둘이서 하면 10만 명인가. 활동가의 간부 정도는 며칠이면 찾아."

비정상적인 예상을 말했다.

물론 그런 페이스로 사람을 만날 수 있을 리가 없기에 어디까지나 이상적인 수치였다. 하지만 빌레의 태도에서는 「사람이 시야에 들어오면 가능하다」라는 자부심이 묻어났다.

옆에 있는 오리에타도 경악하고 있었다.

"이 남자."

말이 툭 흘러나왔다.

"머리가 회까닥한 거야?"

사무적이었던 쿨한 표정이 무너지고 입을 쩍 벌리고 있었다.

빌레는 그런 그녀를 무시하고 클라우스에게 말했다.

"클라우스, 할 수 있을 것 같아?"

망설인 건 몇 초였다.

"아마."

작게 고개를 끄덕였다.

"—할 수 있어."

오리에타가 믿을 수 없다는 얼굴로 눈을 깜빡였다.

하지만 실제로 클라우스에게 완전히 낯선 기술은 아니었다.

무의식적으로 해 왔다. 직감만으로 사물을 판단하고 최선의 선택지를 잡는 스킬.

그렇지 않았다면 세계 대전으로 황폐해진 도시에서 살아남을 수 없었다. 갱들과 싸울 수 없었다. 전 세계의 스파이들과 맞붙을 수 없었다.

부족한 언어 능력과 맞바꿔 손에 넣은 초 직감.

"응. —극상이네."

알고 있었다는 듯 빌레가 등을 두드렸다.

클라우스는 긴장을 풀고 쓴웃음을 지었다.

"하지만 빌레 씨만큼 정확할지는 자신이 없어."

"처음에는 도와줄게."

빌레가 자상하게 미소 지었다.

"소중한 의동생이잖아. 내 전부를 쏟아부어 줄게. —네가 망가지지 않는다면."

도발적인 말에 클라우스도 「당연하지……!」라고 대답했다.

종잡을 수 없는 점술가를 따라 클라우스는 사르폴리의 큰길을 나아가기 시작했다.

"……나흘 만에 해낼 줄은 몰랐어."

제출한 자료를 바라보며 반나는 경악하고 있었다.

사르폴리에 있는 『아카자 자매』의 거점이었다. 다른 주민에게 정체를 들키지 않도록 일반 맨션의 일실을 빌리고 있었다.

그 개조된 실내에서 클라우스와 빌레는 보고를 마쳤다.

수사는 압도적으로 빨리 끝났다. 주로 빌레가 활약했지만, 비밀 결사의 지도자나 간부들과 가까운 자를 발견하면 곧바로 오리에타를 통해 다른 공작원을 시켜 미행하게 했다. 차례차례 아지트를 밝혀내서 눈 깜짝할 사이에 목록을 90% 이상 채웠다.

불과 나흘 만에.

스무 명이 넘는 지도자와 간부들의 소재지는 대부분 밝혀졌다. 지금은 일제 적발을 위해 다른 공작원들이 감시하고 있었다.

빌레의 관찰안은 단순히 수상한 자를 특정하는 게 아니었다. 한 번 보기만 해도 상대방의 약점과 욕구를 높은 정확도로 알아맞힐 수 있었다. 때로는 돈을 쥐어 주고, 때로는 고민을 해결하여, 같은 편으로 포섭해 나갔다. 최종적으로는 서른 명 이상의 협력자가 빌레의 앞잡이가 되어 회색 셔츠 부대를 배신했다.

"……역시 대단하다고 말할 수밖에 없군."

반나는 자료를 라이터로 태우며 한숨을 쉬었다.

"이게 『화염』인가. 적으로 돌리고 싶지 않아."

"당연하지. 우리를 얕보지 마."

아무것도 안 했는데 어째선지 루카스가 우쭐거렸다.

참고로 그는 나흘간 인질로서 우아한 생활을 보낸 것 같았다. 대중 소설을 닥치는 대로 읽고, 반나에게 과자를 계속 요구한 모양이었다.

두세 마디 잔소리하고 싶어졌지만, 다른 점이 신경 쓰여서 끼어들었다.

"이제 어쩔 거야? 활동가들을 구속해?"

지도자들이 일제히 체포되면 쿠데타는 저지할 수 있을 터다. 4만 명의 회색 셔츠 부대도 이끌 자가 없어지면 오합지졸이 된다.

언제 그들이 수도로 진군해도 이상하지 않았다. 즉시 구속해야 한다.

반나는 부정했다.

"거기까지 수고를 끼칠 생각은 없어. 내일 우리와 정부군이 협력하여 동시에 모든 아지트를 습격할 거야. 너희의 도움은 불필요해."

"흐응."

참가할 마음이 가득했던 클라우스는 맥이 빠졌다.

빌레가 「왜 아쉬워해?」라며 쓴웃음을 지었다.

"이념은 달라도 동포니까. 내 손으로 처리해 주고 싶어."

반나는 살짝 시선을 떨어뜨렸다.

"국왕은 말살을 명할 테니까."

뭐? 하고 눈을 깜빡였다.

이제 구속만 하면 된다고 생각하고 있었다. 왕국은 법치주의일 터다. 아무리 죄인이어도 재판을 받을 권리는 있다.

"뭘 새삼 놀라?"

오리에타가 어이없어하며 말했다.

"국가의 치안을 위협한 역적을 왕이 용납할 리 없어. 지도자와 간부뿐만 아니라, 아지트에 인간이 얼마나 있든 그 자리에서 총살형. 그렇게 명령이 내려와 있어."

"무슨 말을 하고 싶은지는 알겠지만."

클라우스는 작게 말을 흘렸다.

"아지트는 드러났어. 최루 가스를 사용하면 전부 말살하지 않아도 돼."

"그건 스파이가 판단할 일이 아니야."

"상대는 악인이 아니야. 수단은 거칠지만, 원인을 따지면 정부의 실책이—."

말을 도중에 멈춰 버렸다.

이미 반나도 오리에타도 흥미를 잃었음을 알아차렸다. 그녀들은 클라우스의 헛소리에 귀를 기울이지 않고서 다음 단계를 향해 움직이고 있었다.

반나는 방구석에 있는 금고를 열어 안에서 두툼한 봉투를 꺼냈다. 어딘가 불만스러운 듯, 소파에 있는 루카스에게 던졌다.

"보수다. 이거 들고 어서 꺼져."

"응, 항상 고마워."

루카스는 봉투에 든 지폐를 세기 시작했다. 약속한 금액이 맞는지 씩 웃었다.

"또 일손이 필요하면 연락해."

"다음엔 너 말고 다른 사람이 와. 네 얼굴은 이제 지겨워."

무뚝뚝한 신뢰가 느껴지는 음성이었다.

루카스는 더 얘기하지 않고 「갈까」라고 말한 뒤, 지폐 다발을 가방에 챙기고서 방을 나갔다.

임무는 밤늦게 끝났기에 그날은 호텔에서 하루 묵게 되었다.

루카스의 제안으로 성공 보수 일부를 사용해 사치를 부렸다. 뷰마루 왕국은 라일라트 왕국과 어깨를 견주는 세계적인 미식의 나라였다. 조개와 오징어가 듬뿍 쓰인 피자를 먹고, 해안에 있는 최고급 호텔의 스위트룸을 예약했다.

클라우스는 내내 조용했다.

이러고 있는 동안에도 뷰마루 왕국의 수도에서는 밤새 쿠데타를 진압하기 위한 계획이 세워지고 있을 것이다. 내일 밤에 군대와 경찰이 아지트를 습격한다. 빌레와 클라우스가 파헤친 정보를 바탕으로, 민중을 선동한 활동가는 한 명도 남김없이 말살된다.

"……"

스위트룸은 최상층인 7층에 있었고 테라스도 마련되어 있었다.

클라우스는 한발 먼저 호텔로 돌아왔다.

밤바람을 맞으며 거리를 내려다보았다.

테라스에서는 사르폴리를 대표하는 역사적 건축물인 성을 볼 수 있었다. 지금은 그저 관광지였다. 성 앞에는 이제나저제나 호령을 기다리고 있는 회색 셔츠 부대가 있었다.

내일 밤, 사령탑을 잃은 그들은 어떤 최후를 맞이할까.

"무슨 일이야? 클라우스."

이윽고 빌레가 방에 돌아왔다. 테라스에 있는 클라우스를 위로하듯 부드러운 시선을 보냈다.

"고민이 있는 거지? 식사 중에도 줄곧 신경 쓰고 있는 것 같았어."

그의 옆에 루카스의 모습은 없었다. 아직 술집을 돌아다니고 있는 걸까.

빌레는 룸서비스로 주스를 주문해 줬다. 배달된 포도 주스를 두 개의 샴페인 잔에 따르고서 테라스에 있는 유리 의자에 앉았다.

이 점술가에게 숨길 수 있을 것 같진 않아서 클라우스는 그의 옆에 앉았다.

"루카스는, 마음이 안 아픈 걸까?"

자신들이 알아낸 정보로 많은 활동가가 처형당한다.

물론 활동가들도 각오한 일일 테고, 그들을 방치하면 시민이 희생될지도 모른다. 그걸 이해해도 숨 막히는 당혹감이 사라지지 않았다.

빌레는 샴페인 잔을 잡았다.

"왜 그게 신경 쓰여?"

"왜냐니……."

"사실은 더 근본적인 것 때문에 고민하고 있지. 아니야?"

전부 꿰뚫어 보고 있는 것처럼 희미하게 미소 지었다.

체념의 한숨을 쉬었다.

클라우스는 이 임무를 수행하기 전부터 망설임을 품고 있었다. 하지만 말로 잘 표현할 수 없어서 검은 안개처럼 마음에 계속 남아 있었다.

"……나도 사람을 죽인 적은 있어. 많은 사람의 생명을 뺏었어."

시간을 들여 언어화했다.

예전에 많은 갱을 죽인 적이 있다. 전혀 주저하지 않고.

『화염』에 거둬지기 전에도 방위를 위해 죽인 적이 있다. 다른 고아들이 『몬스터』라며 경멸해도 흉행을 멈추지 않았다.

원래 같으면 『커스』의 처형을 비난할 수 있는 입장은 아니었다.

"……앞으로도 필요하다면 그럴 거야. 하지만 최근엔, 괴로워져. 조금씩 세계가 보여서…… 알게 됐어. 내가 죽였던 인간도 사랑해 준 사람이나 사랑하는 사람이 있어. 소중한 연결 고리가 있어. 그건, 분명—"

말을 자아내는 대신, 기드와 페로니카, 게르데의 얼굴을 떠올렸다.

고아인 자신을 받아들여 준 사람들.

아직도 자신에게 그들이 어떤 존재인지 알 수 없었다. 하지만 만약 그들을 상처 입히는 자가 있다면 화가 날 것이다. 그들의 적은 클라우스에게도 적이다.

—아픔으로 가득한 세계에서 연결된 자들.

그 온기를 접했을 때, **그걸 뺏는 것이 얼마나 깊은 죄인지 깨달아 버렸다.**

자신은 얼마나 많은 소중한 존재를 빼앗아 온 걸까.

"······자신의 처지를 객관적으로 볼 수 있게 됐구나."

자상한 음성으로 빌레가 말했다.

"인생을 새롭게 보는 건 나쁜 일이 아니야. 기드 씨도 기뻐할 거야. 평범한 교육을 받지 않고 줄곧 스파이 일을 해 왔는걸. 당연하지."

"······응."

"그래서 신경 쓰이는 거지? 『화염』의 차기 보스가 될 형이."

"······그런 걸지도 몰라."

클라우스를 지금까지 키워 준 공동체―『화염』.

그건 결국 일개 첩보 기관에 불과한 존재인 걸까. 자신은 그저 뛰어난 스파이로서 거둬진 걸까. 지금 여기서 애정 비슷한 걸 받고 있는 것은 페로니카와 기드의 판단에 불과한 걸까.

―루카스의 사고를 읽을 수 없었다.

본인이나 국익을 위해 제멋대로 행동하고 있는 것처럼 보였다.

하지만 그것이야말로 스파이로서 올바른 일이고, 본래의 『화염』인 걸까?

"―나 온갖 말을 듣고 있네."

갑자기 뒤에서 나른한 목소리가 들렸다.

화들짝 놀라 돌아보니 방금 클라우스가 화제로 삼았던 인물이 있었다.

"루카스······."

"근데 너, 동생은 『빌레 씨』라고 부르면서 왜 나는 그냥 이름으로 부르는 거야?"

이야기를 다 듣고 있었던 모양이다.

기척이 전혀 없었다. 물론 빌레가 눈치 못 챘을 리 없지만, 그는 생글생글 웃기만 할 뿐 미안해하는 기색도 없었다.

루카스는 멋쩍은 듯 뒤통수를 긁적이고 있었다.

"……어쩔 수 없지. 길을 잃은 동생에게 형으로서 조언해 줄게."

"뭐?"

"네 마음대로 해. 아무도 널 만류하지 않아."

전혀 대답이 되지 않는 조언이었다.

그는 여전히 테라스석에 놓여 있던 포도 주스 병을 잡더니 건배하듯 클라우스의 잔에 부딪치고 호쾌하게 병나발을 불기 시작했다.

남은 주스를 전부 다 마시고서 웃었다.

"우리는 천재고 최강이야. 그러니까 누구보다 자유로워도 돼."

동녘이 밝아 온다.

―정부군의 『쿠데타』 진압이 결행되기 열 시간 전.

태양조차 완전히 뜨지 않은 새벽.

고요한 거리를 루카스는 홀로 걷고 있었다.

활기 넘치는 사르폴리 시가지에서 벗어난 곳에 그 언덕이 있었다. 고급스럽고 차분한 저택이 늘어서 있는 지구는 예전에 귀족들이 용암으로부터 피난해 온 것이 기원이라고 한다. 1000년 전에 예배당이 지어졌고, 600년 전에는 성이 건설되었다. 그 성은 사르폴리의 거리를 내려다보며, 외적의 침공을 가장 먼저 포착하는 감시대 측면을 겸비하고 있었다.

산티가성— 지금은 관광 명소인 성에 루카스는 들어갔다.

물론 아직 영업시간은 아니었다. 『출입 금지』 차단막을 넘어갔다.

외벽을 따라 이어진 돌계단을 오르자, 강풍이 긴 머리를 흔들었다. 바다에서 불어오는 바람이 사르폴리의 하늘을 달려 루카스한테까지 왔다.

옥상에서 눈을 가늘게 뜨고 풍경을 바라보고 있는데 그 시야 끄트머리에 한 남자가 잡혔다.

루카스는 작게 손을 들었다.

"어때? 쿠데타 준비는 잘되어 가고 있어?"

"『매연』 님……!"

회색 셔츠를 입은 대머리 남자가 눈을 동그랗게 뜨고 있었다. 이름은 마렝고. 아직 30대 중반으로 외모가 주는 인상보다 나이는 젊지만, 세계 대전을 경험한 군인이라고 했다. 조국에 대한 넘치는 열정을 가슴에 품고서 이 쿠데타를 기획한 지도자 중 한 명이었다.

"이번에 지원해 주셔서 정말 감사합니다."

그는 루카스를 보자마자 머리를 숙였다.

"당신이 첩보 기관 『커스』와 내통해 주시지 않았다면 저희는 정부군에 진압당했을 겁니다. 귀중한 정보를 제공해 주셔서 감사합니다."

"그렇다면 지시한 대로?"

"네. 곧 이 도시에서 쿠데타가 시작됩니다."

마렝고는 히죽 웃었다.

"정부군이 준비를 마치기 전에 서둘러 먼저 폭동을 선동할 겁니다. 일단 거리에 불을 질러서 혼란을 일으킬 겁니다."

자랑스럽게 말하는 것을 듣고 루카스는 「응, 좋네」 하고 고개를 끄덕였다.

—『매연』 루카스는 활동가와 내통하고 있었다.

가르가드 제국에서 『아카자 자매』가 손에 넣은 뷰마루 왕국 내 활동가 목록. 당연히 협력한 루카스도 훑어봤다. 그들이 구체적으로 어디 있는지는 이미 빌레가 밝혀냈다.

마렝고는 첩보 기관 『커스』에 보고하지 않은 활동가였다.

정치가 가로네와 가장 친밀한, 이 쿠데타의 중심인물.

"어젯밤에 당신이 아지트를 알아내셨을 때는 간담이 서늘했습니다."

그는 사근사근하게 웃었다.

"경찰이나 첩보 기관에 신고당하면 저희는 끝장이었습니다. 하지만 당신은 우리 편이었죠."

"처음 보는 나를 용케 믿어 줬어."

"당연하죠. 그렇게 상세한 자료가 있는데 믿을 수밖에요."

"정부군의 움직임은 대체로 그 자매한테서 들었으니까."

"그리고 『화염』이라는 이름은 들은 적이 있습니다. 세계 대전을 종결시킨 주역."

"거의 보스 덕분이지만."

친근하게 대화를 나누고 있으니, 공기가 쪼개지는 듯한 굉음이 울렸다.

"─시작된 모양입니다."

성의 옥상 끝으로 가서, 연기가 피어오르는 거리를 내려다보았다.

시내 여덟 군데에서 동시에 폭탄이 기동했다. 불이 나며 시내 각지에서 검은 연기가 피어오르고 있었다. 새벽에 갑자기 깨어나게 된 민중은 건물에서 뛰쳐나와 비명을 지르며 혼비백산 도망쳤다. 아이가 우는 소리가 들렸다.

이 기습적인 폭파 테러는 사르폴리에 있는 회색 셔츠 부대 대부분이 몰랐다.

사전에 알고 있던 것은 일부 간부들뿐이었다.

"오~ 요란하게 터뜨렸네."

루카스는 놀란 듯 눈을 동그랗게 떴다.

하하! 하고 마렝고가 크게 웃으며 거리의 모습을 보여 줬다.

"네, 그럼요. 보세요. 경찰과 정부군은 전혀 대응하지 못하고 있어요. 넋이 나가서 허둥대고만 있죠. 참으로 우스꽝스러워요."

경찰관이 거리에 나와 있긴 했지만, 우왕좌왕 도망치는 사람들을 속수무책으로 바라보고 있었다.

저녁에 돌격할 예정이었던 그들은 새벽의 폭발을 상정하지 않았을 것이다. 애초에 수도에서 오는 지원군도 다 모이지 않은 단계였다.

—하지만 회색 셔츠 부대는 다르다.

쿠데타 개시를 며칠이나 기다리던 사람들이다. 갑작스러운 폭발에 놀라긴 하겠지만, 곧장 사태를 이해하고 간부들 곁으로 모일 것이다. 4만 명이 모인다면 지금의 경찰과 정부군이 막을 수 있을 리없다.

"회색 셔츠 부대는 시내 곳곳에서 호령하는 간부 곁에 모여 곧장진군을 시작할 겁니다."

마렝고는 흥분하여 얼굴이 벌게져 있었다.

"수도의 국회 의사당을 포위하기까지 이틀도 안 걸리겠죠. 가로네 님을 수상으로 만들고 공화제를 실현시킬 겁니다."

"……"

루카스는 말없이 거리를 계속 바라보았다.

휘말린 무고한 시민들에게는 미안함을 느꼈다.

수도가 아니라 설마 사르폴리에서 폭파 사건이 일어날 줄은 생각도 못 했을 터. 울부짖으면서 거리를 뛰는 시민들의 모습이 잘보였다. 갓난아기를 안고서 필사적으로 불길을 피해 도망치는 여성을 보자 가슴이 아팠다.

전부 자신이 이끈 결과였다.

도시 일부를 파괴하는 제안을 간부들은 바로 받아들였다. 쿠데타를 실현하기 위해 필요한 희생이라고 판단했다.

마렝고는 다시금 감사의 뜻을 전하기 위해 악수를 청하려고 했다.

"『매연』 님, 전부 당신이 이끌어 주셔서—"

"아아, 그래. 그런데—."

루카스는 그의 손을 뿌리쳤다.

"—이 놀이에 언제까지 장단을 맞춰 주면 돼?"

"예……?"

성에서 보이는 큰길에는 회색 셔츠 부대 사람이 모이기 시작하고 있었다. 한 간부를 중심으로 소총을 든 남자들이 소리를 지르고 있었다. 수는 50명 이상.

그 집단이 갑자기 흐트러지나 싶더니— 와해됐다.

진군은 좀처럼 시작되지 않았다.

회색 셔츠 부대 사람이 쿠데타를 지휘하는 간부들 곁에 모이려고 하면 누군가에게 습격받아 철수했다. 간부도 금세 누군가에게 습격받아 기절했다.

회색 셔츠 부대의 집단이 시가지에서 차례차례 습격받았다.

진군을 지휘하는 인간이 사라지면 회색 셔츠 부대는 오합지졸이다. 누구한테 달려가야 할지 몰라 거리에서 우왕좌왕할 수밖에 없다.

"왜……? 정부군은 준비 따위 못 했을 텐데. 대체 누가—."

마렝고도 이상 사태를 알아차린 것 같았다. 얼굴이 창백해져 있었다.

루카스도 놀라기는 했다.

미리 듣긴 했지만, 상상 이상의 활약을 보여 주고 있었다.

"기드 씨랑 겔 할멈한테 단련받은 만큼 확실히 다르네. 마치 수
라 같아."

그의 무용을 칭찬하며 루카스는 말했다.

"당신의 쿠데타를 끝내는 건— 내 의동생이야."

뷰마루 왕국 첩보 기관 『커스』의 공작원 『사육사』는 폭파 테러를
멍하니 보고 있었다.

어릴 때부터 특이한 재능을 인정받아 18세에 현장에 투입된 젊
은 여성 공작원이었다. 극우 활동가를 단속하기 위해 사르폴리에
서 활동 중이던 그녀는 새벽에 울린 폭발음을 듣고 수면실에서 뛰
쳐나와 그 참상을 목도했다.

'대체 무슨 일이……'

거리 곳곳에서 연기가 피어오르고, 시민들의 비명이 울려 퍼졌다.

상층부가 예상했던 회색 셔츠 부대의 진군은 내일일 터. 예상치
못한 사태에 눈앞에 펼쳐지는 악몽을 멍하니 바라볼 수밖에 없었다.

회색 셔츠 부대는 진군 개시 신호임을 알아차렸는지 차례차례 거
리로 뛰쳐나오고 있었다.

그녀는 상관이 있을 작전실로 즉시 향했다.

"오리에타 님!!"

『아카자 자매』로서 각국에 이름을 떨치고 있는 스파이 중 동생이

그녀의 상관이었다.

오리에타는 심해색 눈으로 거리를 바라보고 있었다.

"빨리 시민을 대피시키죠! 지원군이 올 때까지—."

"—『원탁』에서 지령이 떨어졌어. 지금 당장 회색 셔츠 부대를 몰살하라고."

오리에타가 담담히 말했다.

『원탁』은 뷰마루 왕국의 내각에 해당했다. 국왕과 수상, 각부 장관들로 구성된, 국가를 움직이는 최고 기관이었다.

아마 수상이나 국왕이 이 폭파 테러 소식을 듣고 즉시 지령을 내렸을 것이다.

"당장 몰살하라고요……?!"

하지만 내용을 믿을 수 없어서 『사육사』는 눈을 동그랗게 떴다.

"외람되지만 말씀드리겠습니다. 무리예요! 군인 4만 명을 저희끼리 제압하라니. 게다가 대규모 화기를 사용하면, 피난하지 못한 시민이—."

"휘말려도 상관없어."

"예……?"

"수도로 진군시키는 것보다는 나아. 그게 『원탁』이 내린 결단이야."

오리에타의 목소리에서는 비애가 묻어났다.

"최악의 상황에는— 네가 가진 비장의 카드를 쓰라고 했어."

면전에 던져진 답은 폭탄보다도 가혹한 학살 지시였다.

『사육사』는 코드 네임대로 어떤 존재를 키우고 있었다. 그 관리

재능을 인정받아 첩보 기관에 배속되었다.

하지만 본인의 바람은 어디까지나 국민을 돕는 것이었다.

무고한 시민들을 죽이는 것도 아니고, 하물며 나라의 개혁을 바라는 활동가를 살해하는 것도 아니었다. 경제 정책의 실패에 분노하는 그들의 마음은 사무치게 이해가 갔다. 그녀의 가족은 가난해서 의료비를 낼 수 없어 유행병으로 죽었다.

"……지킬 필요가, 있나요?"

저도 모르게 중얼거리고 있었다.

"이딴 국왕을…… 돼지들을……. 왜 우리는 서로를 죽이는 거죠?"

"우리가 생각할 일이 아니야."

"벌 받아야 하는 건 왕정부 아닌가요?!"

"그럼 네가 뭘 할 수 있는데?"

전혀 관심 없다는 듯 오리에타는 『사육사』와 눈을 맞추려하지 않았다.

그녀의 시선은 줄곧 사르폴리의 거리에 가 있었다.

폭발을 피해 도망칠 곳을 찾아 거리를 우왕좌왕하는 시민들. 그 시민들을 제치고서 소총을 끌어안고 여관에서 뛰쳐나오는 회색 셔츠 부대의 남자들. 「진군이다!」라고 소리 지르며 다른 대원들에게 결기를 촉구했다. 흥분한 그들은 시위하듯 상점의 쇼윈도를 깨며 소란을 피웠다.

'……여기서 저들을 못 막으면 다음엔 수도가 불길에 휩싸이는 거야?'

이상론이나 정의가 통하지 않는 폭력의 세계.

서로를 죽일 수밖에 없는 현실.

'……다른 시민이 한 명도 휘말리지 않게? 그런 건 불가능해.'

눈앞의 참극을 보고 무력감에 빠졌다. 무리라는 건 누구나 알 수 있었다.

그때, 오리에타가 「아니, 역시 상황을 보자」라며 정반대 제안을 했다.

왜 의견을 바꿨을까 의문을 느낀 순간, 말도 안 되는 광경이 눈에 날아들었다.

─큰길에 모이기 시작했던 회색 셔츠 부대 남자들이 갑자기 기절했다.

조금 전까지 소리를 질러 대던 건장한 남자들이 차례차례 쓰러졌다.

폭력조차 봉하는 이해를 벗어난 폭력이라는 걸 깨닫는 데 시간이 필요했다. 즉시 창문에 달라붙었다.

"……저게 『파쇄자^{액스}』인가."

전율한 것처럼 오리에타의 목소리는 떨리고 있었다.

『사육사』는 마음을 뒤흔드는 감정과 함께 그 남자의 무용을 지켜보았다.

◇◇◇

클라우스는 달리고 있었다.

거리 곳곳에서 불이 나기 시작했다. 경찰과 군대는 허둥거리기만 할 뿐 전혀 도움이 안 됐다. 도망치는 시민들을 피난시키는 것만으로도 벅찬 상태였다. 일손도 부족했다. 원래는 저녁까지 비밀리에 사람을 모아 단숨에 아지트를 기습할 계획이었다. 새벽인 지금은 도시에 인원이 도착해 있지 않았다.

회색 셔츠 부대도 대부분 이 사태는 예상하지 못한 것 같지만, 간부들이 보낸 명령이 전달되어 도시 서부에 모이기 시작하고 있었다. 수도로 진군을 시작할 셈이었다.

그걸 막으려는 일부 용감한 정부군과 충돌하여 시내에서 총격전이 벌어지려고 했다.

—그 싸움이 일어나기 전에, 클라우스는 회색 셔츠 부대를 제압한다.

《클라우스. 거기서 도로를 달리는 트럭을 타고 400미터 서쪽으로 가.》

무전으로 빌레의 지시가 전달되었다.

빌레가 도시를 조망하여 항쟁이 촉발될 듯한 장소와 간부의 위치를 정확하게 가르쳐 줬다. 그 지점으로 쏜살같이 이동하여 대처하는 것이 클라우스의 역할이었다.

'진짜 말도 안 되는 일을 생각한다니까…….'

순식간에 회색 셔츠 부대원 다섯 명을 기절시킨 클라우스는 시내를 달리는 트럭에 올라탔다. 도중에 뛰어내리고, 광장에 모이기 시작한 회색 셔츠 부대를 발견하여 간부를 강습했다.

'—다른 회색 셔츠 부대가 집결하기 전에 이 쿠데타를 끝낸다.'

아무래도 4만 명이 일제히 결기하면 감당할 수 없다.

정부군이나 경찰만큼은 아니어도, 회색 셔츠 부대 또한 갑작스럽게 쿠데타가 시작되어 곤혹스러워하고 있었다. 조금씩 거리에 모습을 나타내고 있지만, 움직임은 느렸다.

—급소는 클라우스와 빌레가 대처한다.

그것만 해내면 나머지는 태세를 정비한 정부군이 대처해 줄 것이다.

《클라우스, 다음은 북서쪽으로 이동해. 라뮈엘 구 궁전의 지하를 아지트로 삼은 녀석들이 슬슬 움직이기 시작할 거야.》

광장에 있던 간부를 기절시킨 클라우스는 다음 장소로 이동을 개시했다. 광장에는 백 명쯤 되는 다른 회색 셔츠 부대가 있었지만, 사령탑을 잃은 집단에 관심은 없었다.

이 시기에 클라우스가 쓰던 무기는 큼직한 단검이었다.

—『거광』 기드에게 전수받은, 적을 파괴하는 공격 무력.

—『포락』 게르데에게 물려받은, 불사신이 되는 방어 기술.

열다섯 살인 클라우스는 이미 세계 수준의 격투 능력을 터득한 상태였다.

'그보다 루카스. 처음부터 나한테 이걸 시키려고 했을 거야……!'

자신이 따를 수밖에 없도록 도박으로 무일푼이 됐던 건가.

생각해 보면 루카스는 페로니카에게 『임무 중에 **빼먹은** 일이 있다』라고 전화로 말했었다. 그건 거짓말이 아니라 진실이었던 거다.

'……어디까지 계산한 거야.'

형 같은 존재에게 험한 말을 하며, 클라우스는 시내에서 회색 셔츠 부대를 계속 습격했다.

"이 쿠데타를 어떻게 끝낼지 생각했어."

차례차례 회색 셔츠 부대가 진압되는 거리를 내려다보고서 루카스는 해설했다.

"왕정부 말대로 관계자를 처형할까? 아니, 틀렸어. 애초에 원흉은 왕정부의 실책이야. 강제로 막아 봤자 제2, 제3의 쿠데타가 일어나. 그럴 때마다 시민이 피를 흘린다? 그딴 건 인정할 수 없지. 하지만 회색 셔츠 부대가 진군하면 내전이 돼. 이것도 논외야."

그래서 그는 막는 것을 일찌감치 포기했다.

떠올린 건 정반대 발상이었다.

"—어중간한 폭동을 **일으키도록** 해야 해."

그게 바로 루카스가 활동가와 내통한 이유였다.

"어중간하게 왕정부를 겁주기만 하는 거야. 그거면 돼. 전부 어중간하게 끝내는 것. 그게 이 쿠데타의 목표야."

"그, 그딴 결과로 끝낼 순 없어!"

마렝고는 침을 튀기며 외쳤다.

"설령 이번에는 실패하더라도, 우리는 결단코―."

"이렇게 요란하게 폭탄을 터뜨렸는데 민중이 응원해 줄까?"

"――!"

"회색 셔츠 부대 녀석들은 술집에서 의기양양하게 떠들어 댔었는데, 왜 그게 가능했는지 알아? 사르폴리 시민에게 당신들은 왕정부를 타도해 줄 영웅이었기 때문이야. 그래서 환영했어. 설마 도시를 폭파하는 폭력배일 줄 누가 알았겠어?"

루카스는 상대하지 않고 말했다.

"민중을 적으로 돌린 활동가는 그냥 무법자야. 내 도움을 받은 시점에 운이 다한 거지."

그것은 역사가 증명한 사실이다.

근래 인권 의식이 높아지면서 많은 나라에서 시민 혁명과 쿠데타가 일어나고 있었다. 그러면서 한 가지 진실이 나타났다.

―대중은 혁명에 피폐해진다.

정부에 대한 불신감은 있어도, 자신이 사는 도시에서 발포 사건이나 총격전이 일어나는 건 감당할 수 없다. 해마다 거리의 경관이 망가지는 것은 바라지 않는다.

전국에서 찬동자 4만 명이 모이는 수준의 운동은 한동안 일어나지 않을 것이다.

"……당신의 목적은 뭐야?"

마렝고는 사태를 헤아렸는지 분한 듯 노려보았다.

"뭐 하려고 우리를 갖고 노는 거지? 당신은 대체 정체가 뭐야?"

"밸런서."

루카스는 짧게 대답했다.

"쌍방의 이해관계를 조정해. 아군도 적도 되지 않는 단순한 게이 머야."

마렝고는 이해하지 못한 듯 얼굴을 찌푸렸다.

하지만 이곳에 머물 이유는 없음을 알아차렸을 것이다. 그가 현장에 서면 아직 쿠데타는 궤도에 오를지도 모른다. 몸을 돌려 옥상에서 떠났다.

하지만 돌계단을 내려가려던 그는 갑자기 뒤로 나자빠졌다.

마렝고는 거품을 물고서 뻗어 있었다.

옥상에 새로 찾아온 인물에게 맞은 것 같았다.

"수고했어. 용케 이 남자를 불러냈군."

『아카자 자매』의 언니— 반나. 냉담한 시선을 보냈다.

루카스는 헤실헤실 웃었다.

"내 계획, 인정해도 됐던 거야? 아름다운 도시가 파괴되고 있어."

"나는 모르는 일이야. 어떤 스파이가 멋대로 활동가 녀석들에게 정보를 유출한 결과지. 이런 피해는 상정하지 못했어. 대체 누가 고용한 족속인지."

"어이."

"『어이』 같은 소리 하네. 전부 네놈이 계획한 대로잖아."

이 계획은 쌍방이 합의한 바였다.

첩보 기관 『커스』에 소속된 스파이는 활동가가 거리를 폭탄으로 파괴하게 하는 계획을 승인할 리 없다.

그렇기에 루카스가 혼자 떠맡았다.

두 사람은 말을 나누진 않았으나 서로의 의도는 파악하고 있었다.

"반나 씨의 견해가 궁금해."

루카스가 물었다.

"앞으로 왕정부는 어쩔 거야?"

"국가 기밀을 밝히라는 건가?"

"그럼 귀 막을게."

루카스는 양쪽 귀를 양손으로 덮었다.

"혼잣말하시죠."

"……당연히 무겁게 받아들이겠지."

반나는 불만스러운 듯 얼굴을 찌푸렸지만 밝히기 시작했다.

"까딱 잘못했으면 망명할 수밖에 없었을 사태를 초래했으니까. 저들의 요구를 일부 받아들일 수밖에 없을 거야. 어떤 의미에서 쿠데타는 성공이야."

"그렇구나."

루카스는 양쪽 귀에서 손을 떼고 웃었다.

"하지만 조언할게. 왕정부에 말해 둬. 활동가는 처형하지 않는 게 좋을 거라고."

"이유는?"

"국민에게 미움받은 활동가는 알아서 자멸해. 내버려둬. 통 크게 온정을 보이도록 해. 감정적으로 움직이지 마. —쓸데없는 피는 한 방울도 흘리지 않게 해."

확실하게 협박하듯 목소리 톤을 낮췄다.

반나는 시시하다는 얼굴로 「그것도 의도했나」라며 고개를 끄덕였다.

—이후의 역사가 증명한다.

뷰마루 왕국의 국왕은 활동가들의 희망을 받아들여 가로네에게 내각 구성을 명하고 정치에서 물러난다.

요구가 일부 승인되자 활동가들은 군주제 폐지를 원하는 「급진파」와 이 결과에 일정한 만족을 나타내는 「온건파」로 나뉘어 공중분해. 마렝고를 신봉하는 「급진파」는 사르폴리 시민들에게 공포의 대상이 되어 기세를 잃고 지하로 잠복한다.

첩보 기관 『커스』는 쿠데타 때 활동가의 폭주를 신속히 수습한 공적으로 뷰마루 왕국 내에서 지위가 높아진다.

이 사건은 『무혈 쿠데타』로 세계사에 기록된다.

　그것을 아르바이트 감각으로 해낸 루카스는 크게 기지개를 켰다.

　역할을 끝냈다는 것처럼 어깨를 풀고서 성의 옥상에서 떠나려고 했다. 여전히 클라우스와 빌레가 분투하고 있겠지만, 루카스는 아무것도 할 수 없었다. 격투는 젬병이었다. 어딘가에서 물이라도 입수해 주자고 생각했다.

　"한 가지 확인하고 싶은 게 있었어."

　반나가 불러 세웠다.

　뭔가 싶어서 발을 멈추자 「도박을 잘 못한다는 소문이 있던데」라고 말했다.

　"그게 왜?"

　"쉽게 믿기 어려워. 천전무패의 게이머, 라고 본인을 선전했을 텐데."

　아무래도 빌레한테 들은 듯했다. 그는 형의 추문을 기쁘게 퍼뜨릴 때가 있었다.

　루카스는 어깨를 으쓱였다.

　"진짜야."

　"왜?"

　"네가 방금 말했잖아. 천전무패. 진심으로 임하면 100퍼센트 이기니까."

　반나는 눈을 깜빡였다.

　그것은 보통 사람은 거의 이해할 수 없는 그의 상식이었다.

"반드시 이기는 도박은 그냥 노동이잖아. 노동은 싫어해."

이리하여 루카스의 인도로 쿠데타는 반은 성공, 반은 실패라는 결과로 끝났다.

어떤 의미에서 평등하게 누구에게나 불만이 남는 결말이었다. 특히 이 쿠데타를 뒤에서 지원했던 가르가드 제국의 첩보 기관은 크게 한탄했다.

하지만 성과가 없진 않았다.

뷰마루 왕국의 정치에 크게 간섭했고, 제국을 배신했던 왕정부가 실추했다.

그리고 임무의 중심에서 움직였던 **그녀**의 유용성을 확인할 수 있었다.

"아아, 마렝고 씨……. 쿠데타에 실패했군요……."

회색 셔츠 부대의 진군은 아침 아홉 시가 되어도 시작되지 않았다.

정부군의 의표를 찔러 새벽에 기습적으로 진군하기로 했을 테지만, 통솔이 전혀 잡히지 않았다. 본래 지시를 내려야 했을 사령탑이 오히려 습격받아, 4만 명에 가까운 회색 셔츠 부대는 우왕좌왕할 뿐이었다. 이 얼마나 무참한 결말인가. 폭발의 책임을 서로 떠넘기며 다른 시민과 싸움을 시작하는 지경에 이르렀다. 머지않아 달려온 경찰과 정부군에게 단속되어 끝날 것이다.

혁명을 선동했던 극우 결사의 아지트에서 **그녀**는 흐느끼고 있었다.

"마렝고 씨는 아주 다정한 분이었어요. 남편을 먼저 떠나보내고 딸을 위해 가르가드 제국의 스파이가 될 수밖에 없었던 저를 신경 써 줬는데……."

"지금 당장 도망치세요."

여전히 아지트로 돌아오지 않는 마렝고의 안부를 우려하는 **그녀**에게 다른 남성 대원이 말했다.

"당신이 없었다면 우리는 쿠데타를 시작하지도 못했어요. 도망치세요. 정부군은 저희가 붙잡아 둘 테니까."

그녀는 수많은 화기를 사르폴리에 반입했다. 다른 동포와 연계하여 소금 포대 안에 대량의 소총을 숨겼다. 무기를 불법 유출하여 이 쿠데타를 계속 지원했다.

신기한 색향이 있는 여성이었다.

일찍 남편을 잃은 미망인. 박복해 보이는 창백한 피부는 남자들의 보호 본능을 자극하여, 지켜 줘야 한다는 정의감을 부추겼다. 단순한 협력 관계 이상으로 이 여성을 걱정하는 대원도 많았다.

마렝고도 그중 한 명이었다. 그녀의 말에 몇 번씩 귀를 기울였고, 때로는 침대를 함께 썼다.

그것이 파멸로 가는 길인 줄도 모른 채.

"당신은 가여운 사람이에요. 앞으로 딸과 함께하는 인생에 행복이 가득하기를."

많은 남성 대원에게 위로받고서 **그녀**는 아지트를 떠났다.

마지막 순간까지 박복한 여성을 연기하며 남성 대원들에게 작별을 고했다.

으휴, 하고 작게 웃으면서.

도중에 사르폴리에서 놀던 딸을 회수했다. 딸은 폭탄이 일으킨 화재를 눈부신 것을 보듯 바라보고 있었다. 소름 끼친다고 느끼며 딸의 손을 잡아끌었다.

코드 네임 『호미(狐媚)』— 그것이 **그녀**의 이름이었다.

"……근데 불쾌하네. 마렝고 씨한테 이상한 정보를 불어넣은 남자. 그게 없었다면 더 재미있어졌을 텐데."

"엄마, 왜~?"

갑자기 중얼거리는 **그녀**를 딸이 의아한 듯 올려다보았다.

"조금 말이지. 후후, 딘 공화국에 장난을 치고 싶어졌어."

"또 이동해~?"

"그래. 살짝 울분을 풀 거야. 내 계획을 방해한 것에 대한 답례로."

딸의 손을 잡아끌며, 회색 셔츠 부대와 정부군이 싸우는 거리를 나아갔다.

"철도 사고라도 일으킬까. —마침 불량품을 처분하고 싶던 참이야."

마틸다라는 이름으로 『등불』 앞에 나타나는 **그녀**는 딸의 손을 잡았다.

그녀의 딸이 불의의 철도 사고를 당해 기억을 잃기 몇 달 전. 머지않아 그녀가 『망아』라는 코드 네임을 얻게 되기 전에 있었던 일이다.

그 행사는 리디츠 중앙역 앞에서 열렸다.

명목은『리디츠 시민 감사제』.

개최 닷새 전에 고지된, 너무나도 뜬금없는 이벤트였다. 하지만역 앞 일대의 교통이 통제되고, 많은 기업이 협찬하며 돈을 냈다. 주최자는 실체가 없는 페이퍼 컴퍼니였지만, 아무도 그 사실을 지적하지 않았다.

길거리는 많은 노점으로 채워져 아주 시끌벅적했다. 많은 거리공연가들도 참가하여, 걸음을 멈춘 사람들로부터 팁을 받고 있었다. 무대 쪽에서는 시민 음악대가 즉석에서 참가하여 즉흥 연주를했다. 행사 참가자는 1만 명을 넘었다고, 후일 신문은 보도한다.

대부분 국민의 자주성에 맡긴 자유로운 축제였다.

그렇기에 아무도 주최자의 의도 따위 생각하지 않았다.

그 축제의 중심에는― 훌륭한 테이블이 딱 하나 놓여 있었다.

사람들의 웃음소리가 어디보다도 잘 들리는 중심에 있던 것은 남녀 일곱 명.

오랜만에 전원 집합한 『화염』의 멤버들이었다.

"자, 겔 할멈. 뷰마루 왕국에서 와인을 잔뜩 사 왔어."

루카스는 테이블에서 벗어나 자유롭게 움직이고 있었다. 대량의 술과 안주를 앞에 늘어놓는 게르데에게 술을 따라 주며, 임시로 고용한 사용인에게 추가로 음식을 사 오라고 했다.

아무튼 그는 바빴다.

어이없어하는 기드에게 「오! 오늘도 댄디하네요. 재킷 어디서 사요?」라며 말을 걸었고, 쓴웃음을 짓는 페로니카에게 「아, 보스. 빚 말인데요. 기다려 주세요. 진짜로」라며 고개를 숙였고, 연주에 귀를 기울이는 하이디에게 「하이디, 클라우스를 너무 괴롭히지 마」라며 웃었다.

파티를 시민제 형태로 개최하자고 제안한 사람도 그였다.

뷰마루 왕국에서 얻은 돈과 원래 있던 인맥을 구사하여 많은 기업과 정치가와 교섭.

훌륭하게 이 『시민제』 개최를 성립시켰다.

이렇게 대규모로 할 생각은 없었던 페로니카는 쓴웃음을 짓고 있으나 화가 나진 않은 듯했다. 기드는 머리가 아프다는 모습이지만.

"……즉, 그냥 익살꾼?"

"그런 거야."

클라우스의 의문을 듣고 옆에 있는 빌레가 즐겁게 고개를 끄덕였다.

화제는 루카스였다.

"향락주의자라고 해야 할까. 상대가 누구든 피가 흐르는 걸 싫어해. 최대한 즐겁게, 최대한 웃을 수 있게. 그런 세계를 아무튼 좋아해."

형의 성품을 빌레는 그렇게 정리했다. 「평소에는 도박을 좋아하는 바보지만」 하고 말하며 테이블에 팔을 올려 턱을 괴고, 들뜬 루카스를 유쾌하게 바라보고 있었다.

"의외로 『화염』의 사상과 그리 동떨어진 건 아니지 않을까? 페로니카 씨도 인정하고 있는 거니까."

"······."

"어때? 지금의 너에게 『화염』은 어떻게 보여?"

이번에는 클라우스에게 시선을 줬다. 루카스와 완전히 똑같은 눈으로.

크게 숨을 들이마셨다.

"나는—."

"어이, 클라우스."

큰 목소리가 날아들어 말을 막았다.

얼굴이 벌게진 루카스가 와인병을 쥔 손을 클라우스의 어깨에 둘렀다.

빌레와 클라우스는 거의 동시에 「우와, 취했어」 「겔 할멈한테 치근대니까」라며 항의의 뜻을 전했으나, 루카스는 듣지 않았다.

"너 말이야, 다음 주부터는 우리랑 같이 마르뇨스섬에 가자. 임무야. 우리도 철저히 기술을 주입해 줄게. 말투며 동작까지 철저하게."

그의 입꼬리가 씩 올라갔다.

"—동생으로 귀여워해 줄게."

이미 페로니카와 기드의 허락은 받은 것 같았다. 그들은 어이없다는 듯 웃고 있었다.

클라우스는 망설이지 않고 고개를 끄덕였다.

"응…… 알겠어."

자연스럽게 샘솟은 감정을 그대로 말하고 있었다.

더 가까이에서 보고 싶어졌다.

—『매연』루카스가 언젠가 만들어 낼 새로운『화염』을.

—그리고 그것을 지지하는『작골』빌레의 헌신을.

두 의형을 따라가고 싶었다. 위대한 그들과 어깨를 나란히 할 수 있도록.

마음속에 싹트기 시작한 감정— 그것에 아직 어떤 이름을 붙여야 할지 모르겠지만. 그들과 함께 있으면 보일 것이다.

쌍둥이는 동시에 미소 지었다.

"극상이야." "극상이네."

이윽고 쌍둥이는 다른 동료를 귀찮게 하러 갔다.

시민들과 함께 연주하고 싶어 근질거리는 모습인 하이디에게 루카스가「적당히 가감해. 너의 진심을 다한 연주는 시민에게 트라우마가 돼」라며 타이르자, 하이디가「승낙하기 어려워. 전설을 만들어 주겠어」라며 거만하게 대답했고, 기드가「네가 일어난 순간 기절시킬 거야」라며 위협했다. 외국의 정치 사정을 열띠게 얘기 중인 게르데와 페로니카에게 빌레가 「새 와인을 가져왔어요」라며 내밀었고, 게르데가 「역시 다음 보스는 빌레로 하지 않을래?」라며 칭찬했다. 페로니카는 「너무 위험해. 신나게 형의 궁지를 만들 것 같은걸」이라며 어이없어했다.

『화염』의 중핵을 맡은 쌍둥이 주위에는 늘 웃음이 넘쳐흘렀다.

그런 광경을 바라보며 자연스럽게 클라우스도 말하고 있었다.

"—극상이야."

『화톳불』 클라우스, 15세.

이 시기에 쌍둥이에게 지도받은 클라우스는 한층 더 비약을 이룬다. 격투뿐만 아니라 스파이로서 많은 기술을 터득한다.

폭력밖에 모르던 고아 소년이 세계 최고봉의 스파이로 바뀌기 시작했다.

『무혈 쿠데타』를 계기로 가속하는 세계의 혼돈과 호응하듯이.

회고 《매연》과 《작골》

시민제 중 루카스와 클라우스의 대화.

"클라우스. 이번에 내가 널 돌봐 줬잖아?"

"반대가 아니라?"

"그런고로, 답례를 요구한다."

반론을 허락하지 않고 루카스는 의동생에게 압력을 가했다.

"—멋진 여성과 술을 마시고 싶어."

그리하여 시민제 종반, 남자들끼리만 마시는 장소를 바꿨다. 적당한 이유를 들어 여성진과 헤어진 루카스는 빌레와 기드를 데리고 술집에 갔다. 클라우스가 거리에서 말을 건 여성을 그 가게로 데려오기로 되어 있었다. 물론 『화염』 멤버는 안 된다고 명해 뒀다.

이동 중에 빌레는 갑작스러운 전개에 얼굴을 찌푸렸다.

"형, 뭐야? 이 진상 선배 무빙."

"교육이야, 교육."

루카스는 웃으며 손을 내저었다.

"기드 씨는 그런 쪽은 안 가르칠 것 같잖아? 여성을 꼬시는 법은 스파이로서 기초 중의 기초인데."

루카스는 여자를 좋아하는 타입은 아니었다. 순수하게 클라우스를 걱정해서 그런 거였다.

이성을 꼬시는 것은 스파이에게 유용한 스킬이다. 여성의 집을 잠복처로 삼는 것은 상투 수단이었다. 죽은 남편의 명의를 빌려 사칭하는 자도 있었다.

기드는 불만스러운 듯 고개를 가로저었다.

"그것 말고도 가르칠 게 많았으니까."

"……현재는 전투 머신처럼 되어 버렸지만 말이죠."

쓴웃음을 짓는 빌레에 이어 루카스가 「적재적소예요」라며 두둔했다.

"앞으로 저희가 가르칠게요. 오늘 밤은 현재 실력이 어떤지 테스트하는 거죠."

"형, 즐기고 있지 않아?" "확실히 그렇겠지."

"둘 다 무슨 소리야. 나는 의형으로서 그 녀석을 걱정—."

"스승님, 빌레 형, 루카스 형."

갑자기 뒤에서 누군가가 그들을 불렀다.

클라우스가 뒤에 서 있었다. 아직 여성을 찾으러 나가지 않은 모양이었다.

그는 엄지로 나른하게 거리 쪽을 가리켰다.

"한 명당 한 사람씩 여성을 데려와 줄래?"

"""우리한테도 할당하는 거냐?!"""

클라우스는 일방적으로 명하고서 거리로 달려갔다.

의동생이 상하 관계 따위 고려하지 않는 마이페이스라는 것을
루카스는 깜빡했다.

20분 후, 가게에 세 여성이 모였다.

클라우스에게 말해 놓고서 자신들이 꼬시지 못한다면 체면이 안
선다. 루카스는 추근대는 남자를 매몰차게 거절하던 여성을. 빌레
는 시민제의 한쪽 구석에 쓸쓸하게 있던 여성을. 그리고 기드는 아
직 더 마시고 싶어 하는 술 좋아하는 여성을 확실하게 에스코트해
왔다.

세 여성을 보며 클라우스는 멍하니 중얼거렸다.

"스승님은 못할 줄 알았는데……."

"날 뭐라고 생각하는 거야."

"의외로 기드 씨는 올라운더야."

루카스는 시간을 내준 여성들을 위해 맛있는 요리와 술을 주문
했다. 환대하는 자세를 보인 후, 클라우스에게 다가갔다.

"그래서? 클라우스는?"

"아니, 잘 안돼서……."

클라우스는 시선을 피했다.

결국 아무도 못 찾고 가게로 올 수밖에 없었다고 했다. 「이게 임
무였다면 단검으로 협박해서 데려왔을 텐데」라며 억울해했고, 기드
에게 「임무여도 하지 마」라며 머리를 맞았다.

남성진이 데려온 여성들은 즐겁게 대화를 나누고 있었다.

루카스와 기드가 능숙하게 상황을 주도하며 각각을 배려했다.

"의외로 클라우스도 귀여운 구석이 있구나."

여성진에게 술을 대접한 후 빌레가 미소 지었다.

"확실하게 가르쳐 줄게. 클라우스는 여성을 상대하느라 고생할 것 같아."

"빌레 형이 말하면 진짜 그렇게 될 것 같아서 싫어."

"—예언합니다. 당신은 언젠가 많은 여자아이에게 둘러싸여 생활합니다."

「……협박하지 마. ……배울 테니까」라며 클라우스는 조용히 무력함을 인정했다.

4장 《화톳불》겉 IV

아지랑이 팰리스의 식당에는 10인용 테이블이 있다.

순백색 식탁보가 깔린 검은색 나무 테이블. 주민은 일이 없으면 여기서 점심을 함께 먹는 것이 관습이었다.

점심 식사는 말단인 클라우스가 담당했다.

까다로운 누나에게 조리 지도를 받기도 했고, 세계 각국을 돌아다니는 주민이 사 온 선물도 있어서, 매번 맛있는 요리가 차려졌다. 이 한때는 주민들이 크게 기대하는 시간이었다.

봄의 끝, 화목한 점심시간에 금발 청년이 테이블에 올라가 있었다.

신발을 벗고 테이블 중앙에 앉아 있었다. 조리된 통닭처럼 몸을 웅크리고서 정중앙 자리에 앉은 여성에게 고개를 숙이고 있었다.

"보스, 돈 빌려주세요!!"

『매연』루카스였다.

"임무 자금을 전부 경마로 날렸어요. 제발요. 이 이상은 부탁 안 할게요. 또 빌릴 가능성이 없진 않은데, 어쨌든 지금 돈 좀 주세요."

아주 큰 목소리로 점심 한때를 망쳐 놓았다.

그가 요구하고 있는 상대는 『홍로』페로니카. 진홍색 머리를 가진 아름다운 여성은 관자놀이 부근을 실룩거리며, 버릇없이 테이블에 올라온 남자를 향해 미소 짓고 있었다.

그녀는 옆을 힐끗 보았다.

"게르데 씨."

"응?"

"루카스가 수행하고 싶대. 근성을 바로잡아 줄래?"

"그래. 사흘간 일어날 수 없을 텐데 상관없지?"

"아아아아아아아아아아아!!"

페로니카가 지시하자 『포락』게르데가 루카스의 멱살을 잡았다. 예순을 넘었다고는 믿기 어려울 만큼 근육질인 여성은 술병을 손에 든 채 루카스를 테이블에서 끌어 내렸다.

도중에 게르데는 루카스와 똑같이 생긴 청년을 보았다.

"빌레, 말해 두는데 도와주려고 하지 마."

게르데는 연행되는 형을 향해 손을 흔드는 『작골』빌레에게 못을 박았다.

"너는 형한테 무른 구석이 있어. 아무리 너라도—."

"예? 돕는다고요? 제가 왜요?"

"……"

"재미있게 해 주세요. 나중에 관람할게요."

"……너의 사랑을 나는 이해할 수가 없어."

도와달라는 형의 비명에 귀를 기울이지 않고 빌레는 식사를 재개했다.

페로니카도 방해꾼이 사라졌음을 이해하고서 웃으며 스파게티를 먹었다. 제철인 바지락을 듬뿍 사용한 봉골레 비앙코였다. 「맛있다」

「와인 마시고 싶어지네요」라며 두 사람은 즐겁게 대화했다.

그 정면에서 이마를 짚고 있는 사람은 『거광』기드. 전원이 제멋대로 행동하기 시작했을 때 조정하는 건 그의 역할이었다.

"……보스. 제재하는 건 좋지만, 루카스는 곧 임무가—."

"화가 났는걸."

"그건 동의하지만요."

"너무하다니까. 저 아이가 빌려 간 돈으로 슬슬 호화 저택을 지을 수 있을 거야."

"……그렇게나 빌려줬어요?"

"그래. 한평생 나한테 이바지해 줘야 하니까 미리 빌려준 거야."

다만 한도는 있지, 하고 페로니카는 곤란한 듯 눈썹을 찌푸렸다. 더 빌려줘서 내세에도 이바지하게 할까, 하고 무서운 말을 하기 시작했다.

기드는 말없이 고개를 가로젓고, 주방에서 돌아온 소년을 보았다.

소년은 앞치마를 벗더니 자신이 만든 수북한 스파게티를 먹기 시작했다.

"바보 제자, 갈 수 있겠어?"

"상관없어, 스승님."

『화톳불』클라우스는 간단히 승인했다.

—클라우스 17세.

루카스, 빌레와 장기 외국 임무를 수행하면서 동작이 단숨에 세련되어졌다. 키도 더 커서 나이보다 더 어른스러워 보였다. 이전의 거친 어조가 크게 바뀌었고, 태도가 차분했다.

스파이팀 『화염』의 일상 풍경.

보통은 외국에 오래 있는 동료가 이렇게 모이는 건 귀중한 시간이었다.

"―극상이야."

자연스럽게 클라우스의 입에서 말이 흘러나왔다.

―세계는 아픔으로 가득하다.

세계 대전이 종결된 지 7년. 대전으로 인한 정치적 동란이 세계 각국에서 단숨에 높아지던 시기였다. 합중국파와 제국파로 국내가 이분된 펜드 연방. 제국의 배상금 지급 연체를 이유로 제국의 공업 지대를 점령한 라일라트 왕국. 그리고 무엇보다 2년 전에 일어난 뷰마루 왕국의 쿠데타는 세계 각국의 활동가들에게 활기를 불어넣었다.

정치적으로 안정되어 있는 것은 딘 공화국뿐이라고 해도 과언이 아니었다.

『화염』을 중심으로 한 스파이의 활약으로 혼란이 적었던 공화국은 스파이 교육에 힘을 줄 수 있었다. 이전에 가르가드 제국을 패전으로 이끈 공적과, 잇따라 탄생하는 우수한 스파이는 세계의 첩보 기관을 뒤흔들었다.

공화국은 『스파이 강국』으로 변모했다.

연합국은 이 소국을 우습게 보지 않고 제국의 감시탑으로서 요
긴하게 여겼다. 제국과는 이웃 나라라 지리적 조건도 좋았다. 펜드
연방과 라일라트 왕국은 경제 지원을 미끼로 이 나라를 같은 편으
로 끌어들였다. 이 밀약에는 개심한 좀 뮐러 의원도 관여한 것 같
았다.

이 시기 딘 공화국의 안녕은 틀림없이 스파이에 의한 것이었다.

그리고 그것은 수천만 명의 목숨이— 한 여성에게 달려 있음을
의미했다.

"롱청에 가 줬으면 해."

페로니카가 임무를 하달했다.

루카스 대신 국내 업무를 완수한 직후였다.

정작 루카스는 게르데를 술로 매수하여 도주했다가 도중에 기드
에게 발견되어 재구속. 이번에야말로 페로니카가 격노하여 『대외정
보실의 수용소에 붙잡혀 있는 스파이 스무 명을 구슬릴 때까지 감
금 생활』을 명했다. 나중에 클라우스가 빌레와 함께 견학하러 갔
을 때, 루카스는 웃으며 「하루 만에 친구가 다섯 명 늘었어」라며 자
랑했다. 즐거워 보였다.

『처음부터 다 계산한 걸지도 몰라, 서로』라는 것이 빌레의 의견이

었다.

이래저래 『화염』을 위해 분골쇄신하여 일하고 싶은 루카스와, 부하가 무리하는 것을 좋아하지 않는 페로니카. 그런 양측의 의도가 만난 결과가 벌이라는 형태로 나타난 것 같았다. 참 귀찮은 방식이라는 느낌이 없진 않지만, 그게 두 사람의 신뢰 관계인 듯했다.

─『화염』에 가중되는 부담이 나날이 커지는 것 같다.

그 실감은 클라우스도 품고 있었다.

그렇기에 페로니카의 방에서 임무를 명받았을 때도 「물론이지」라고 즉답했다.

"롱청인가. 구체적인 내용은?"

"아무래도 수상쩍은 얘기란 말이지."

그녀는 파일을 여러 개 내밀었다.

"뷰마루 왕국의 쿠데타가 극동에도 영향을 미쳐서 극동 나라의 군인들이 정권 탈취를 획책하고 있어. 진흙탕 싸움이 되면 펜드나 라일라트도 가만있지 않을 거야. 새로운 전쟁의 불씨가 되기 전에 빠르게 동향을 파악해야 해."

그녀는 목소리 톤을 낮췄다.

"─하지만 우리나라의 스파이가 롱청에서 차례차례 구속당해 소식이 끊겼어."

그래서 『화염』이 나설 차례인 건가.

동포가 실패한 임무를 완수하는 것이 그들의 일이다.

"우수한 스파이 사냥꾼이 있나 보군."

파일을 속독하며 말했다.

"롱청이나 용화민국에 그런 인물이 있다는 얘기는 못 들었는데. 확실히 수상쩍어."

"……."

"왜 그래? 보스."

대답이 없어서 묻자, 그녀는 슬프게 한숨을 쉬었다.

"아니, 너의 그 딱딱한 말투가 서운해서."

"뭐?"

"역시 그 쌍둥이한테 맡기지 말아야 했나? 하지만 이것도 훌륭한 성장이지……. 응, 받아들일게."

맥 빠지는 코멘트에 쓴웃음을 짓고 말았다.

말투를 바꾼 것은 루카스와 빌레의 지도였다. 『우리의 동생이니까 더 세련되게 행동해』라고 명하며 행동거지부터 여성을 유혹하는 법까지 철저히 주입했다. 격투에 중점을 뒀던 기드나 게르데의 지도와는 전혀 달랐다.

자신의 성장이 마음에 들었는데, 페로니카에게는 충격이었던 모양이다.

"성장이 빨라, 클라우스."

"내가 『화염』에 온 지 이제 7년이니까."

클라우스는 파일을 다 읽고 책상에 되돌려 놓았다.

어려워했던 읽기 쓰기도 잘하게 되었다. 글씨를 예쁘게 쓰는 건 여전히 어렵지만, 읽는 것은 특기였다.

페로니카가 기쁜 듯 고개를 끄덕였다.

"그렇지. 그럼 부탁할게. 룽청 주변의 첩보 활동도 정체되어 있으니까 나중에 기드도 파견할게. 그때까지는 혼자서 너무 깊이 파고들지 말고 잘─."

"그건 안 일해! 엄마!!"

갑자기 소리치며 페로니카의 방에 들어오는 자가 있었다.

순백색 머리와 피부를 가진 고혹적인 여성. 『선혹』하이디였다. 소녀에서 미녀로 한층 성장한 그녀는 클라우스가 방에 없는 것처럼 옆을 지나쳐 페로니카 앞에 섰다.

"무슨 일이니? 하이디."

"룽청 임무, 나도 같이 갈게. 이 어리석은 동생 혼자서는 무리야."

거만하게 말하는 하이디를 클라우스는 「뭐?」 하고 위압했다.

하지만 그녀는 동요하는 기색을 보이지 않았다. 과장되게 손짓하며 호소했다.

"이 어리석은 자는 아직 위태로워서 나는 너무 불안해."

"뭔 소리야, 너."

무심코 세게 딱지를 걸자 하이디가 「하이디 누나라고 불러」라며 노려보았다.

갑자기 귀찮게 트집을 잡았다.

슬슬 이 누나를 타도할 때이지 않을까, 하는 생각도 없진 않았다. 보나 마나 하이디는 좋지 않은 생각을 하고 있을 것이 틀림없다.

하지만 페로니카는 진지하게 받아들였는지 「그러네」 하고 생각에 잠겼다.

"—알았어. 너도 롱청에 가 줄래?"

웃으며 건넨 말에 하이디는 기뻐하며 「물론이지」 하고 고개를 끄덕였다.

갑작스럽게 귀찮은 동행자가 생겨서 클라우스는 얼굴을 찌푸렸다.

비행기를 타고 이동 중에 하이디는 기분이 좋았다.

"좋아, 나는 여비와 체재비 전액 국가 부담으로 롱청 여행을 얻었어. 어리석은 동생아, 임무는 전부 맡기마. 하루에 한 번 이상은 나를 위해 시간을 만들도록. 짐꾼과 운전사가 필요해. 이것도 수행의 일환으로 받아들여야만 성장을 기대할 수 있지 않겠어?"

"나는 네가 싫어. 처음 만났을 때부터 쭉."

『화염』 수준의 팀은 장거리 이동에 비행기를 사용한다.

무자이아 합중국에서 들여온 최신 수송기였다. 열 명 이상의 인원을 나를 수 있는 대형 단엽기. 연료 보급을 위해 중계 지점을 몇 군데 들르지만, 배보다 신속히 이동할 수 있었다. 민간 비행기는 아직 드물어서 경계받기 쉽다는 커다란 단점도 있지만.

하이디는 기내에서 와인과 살라미를 즐기고 있었다. 비치된 소파에 앉아 석양빛에 물드는 창밖의 구름을 바라보고 있었다.

바캉스 기분인 것 같았다. 임무는 통째로 떠넘길 셈인가.

『화염』이 바쁜 이런 때에, 하고 생각하며 노려보자 하이디가 어깨를 으쓱였다.

"그렇게 화내지 마. 어차피 엄마도 간파하고 있어."

"네 땡땡이를 인정하고 있다고?"

"나는 최근 컨디션이 안 좋아."

"음?"

"한동안 휴양이 필요해. 연약하고 가녀린 레이디로 대하도록."

하이디는 손을 내저으며 말했다.

"……."

클라우스는 그 옆모습을 바라보았다.

─『화염』에서 여전히 호감이 가지 않는 게 그녀였다.

알고 지낸 기간은 길지만, 그게 전부 욕을 듣거나 일을 떠맡은 시간이었기에 싸우는 일도 많았다. 실력은 있는 모양이지만 성격은 괴멸적이었다. 너무 제멋대로라서 말이 안 통했다.

"……뭔가 사정이 있는 건가?"

"어이어이. 설마 내가 그저 나 편하자고 일을 떠넘기고 있는 줄 알아?"

"아닌가?"

"맞긴 한데."

하이디는 간격을 뒀다.

"그 이상은─ 기밀 정보야."

거절하듯 고개를 가로저었다.

"오만하게 타인의 전부를 알려고 하지 마."

하이디가 눈을 가늘게 떴다.

"—아무리 친밀해도, 아무리 오랜 시간을 함께 보냈어도."

"……얘기하기 싫다면 억지로 묻진 않아."

잘못을 인정하고 다리를 꼬았다. 이 여자에 대해 아무것도 모르는 건 사실이었다. 어릴 때부터 인연은 있지만, 느긋하게 이야기를 나눌 수 있었던 시간은 1초도 없었다.

임무를 위해 물어보는 게 좋겠다고 판단했었으나 거절당했다면 어쩔 수 없다.

다시금 그녀 쪽으로 몸을 돌렸다.

"다만 연약한 것치고는 스파이 말고도 많은 부업을 맡고 있잖아? 관능소설가로 데뷔도 했고, 다른 예술 일도."

"반대야. 나한테는 스파이가 부업이야."

"터무니없는 사실이군."

"나는 공화국이 어떻게 되든 상관없어. 그저 엄마에게 입은 은혜가 있을 뿐이야. 톨파 대륙에서 구경거리로 라일라트 왕국의 군인에게 끌려온 걸 구해 줬어."

"처음 들었어."

"원래 이것도 기밀 정보야."

하이디가 콧방귀를 뀌었다.

"보수를 선지급한 거야. 네가 관심 있어 하는 것 같길래 밝혀 준 거지. 보수를 받은 이상, 현지에서는 경호해."

"대단한 강매군."

하지만 이 이상 반론하기도 귀찮아서 입을 다물었다.

옛날과 달리 이제 치고받으며 싸울 나이는 아니었다. 누나에게는 순종이 최적의 답이다.

"그러는 너는 어떻지?"

"음?"

"스파이라는 직무에 얼마나 집착해?"

그녀가 던진 질문에 놀라면서도 「아아」 하고 납득했다.

클라우스가 그녀를 모르는 것과 마찬가지로, 그녀도 클라우스를 모르는 것이다.

"……말로 표현하는 건 잘 못하지만."

가슴속에 생겨나 있는 감정을 천천히 말했다.

"이 세계의 부조리함에 당황할 때가 있어. 바꿀 수 있다면 바꾸고 싶어. 굳이 말하자면 그게 스파이 일을 하고 있는 이유야."

기드에게 거둬지기 직전의 자신, 그리고 게르데를 따라갔다가 만났던 살인귀의 비애가 머릿속을 스쳤다. 아픔으로 가득한 세계를 접한 순간들.

다음으로 떠오른 것은 뷰마루 왕국에서 루카스와 빌레가 했던 말이었다.

"그 충동에 공감해 주는 『화염』은 꽤 좋아해."

"어리네."

하이디는 엷게 웃었다.

"처음 먹은 막과자를 최고의 미식이라고 여기는 어린애 같아."

거절하는 음성으로 갑자기 바뀌었다.

짜증을 담아 보자 하이디는 조소하듯 웃었다.

"미숙해. —마음에 불을 붙이지 못하는 녀석은 이 세계에서 쓰레기야."

그 이상의 대화를 중단하듯 하이디는 고개를 돌려 버렸다.

갑작스러운 태도 전환에 곤혹스러웠지만, 이 이상 상종하지 않기로 했다. 이 여자와 죽이 안 맞는 것은 어제오늘 일이 아니었다.

롱청에 도착한 후, 일단은 현지의 동포에게 이야기를 들어야 했다.

상대가 지정한 집합 장소는 음식점. 그곳에 나타난 것은 이상한 용모를 한 여자였다.

노란색과 분홍색 등 기발한 색으로 머리를 물들여서 상당히 눈에 띄었다. 치아가 절반 이상 빠져 있어서, 약이라도 하고 있나 경계했다. 클라우스의 얼굴을 보자마자 기쁜 듯 웃으면서 걸걸한 목소리로 「생각보다 귀여운 애가 왔네~」 하고 입술을 핥았다.

"코드 네임 『해명』— 메신저. 네 선배야~."

처음 보는 여성이었다.

뒷골목에 있는 녹차 전문점에서 혼자 기다리고 있으니 친근하게 말을 걸어왔다. 참고로 하이디는 이미 거리로 사라졌다.

보아하니 여기서는 당당히 대화해도 괜찮은 것 같았다.

"단적으로 말해. 무슨 일이 벌어지고 있지?"

"터무니없는 사태야~."

그녀가 시선을 내렸기에 카운터에 있던 컵 받침을 뒤집었다.

뒷면에는 암호가 빼곡히 적혀 있었다.

이걸로 가르쳐 줄 거면 직접 안 만나도 되지 않나, 생각하고 있으니 『해명』은 「미남이라는 소문을 들었거든」 하고 어깨를 쓰다듬으며 설명해 줬다. 뿌리쳤다.

"지령을 전하는 곳마다 스파이가 사라지고 있어. 다음에 선배가 사라지는 것도 시간문제지~ 무서워라~."

"표적이 되고 있는 건?"

"극동 각국의 쿠데타 정보를 모으고 있는 스파이들. ―특히 꼽자면."

그녀는 다시 어깨로 손을 뻗었다.

"―롱훤 성채 주변을 근거지로 삼았던 자려나."

재차 그녀의 손을 뿌리치고, 서빙된 잔을 컵 받침 위에 놓았다. 컵 받침은 금세 축축해져서 적혀 있던 글자를 읽을 수 없게 되었다.

무슨 일이 일어나든 새삼 놀랍진 않았다. 롱청은 극동 나라들과 서중앙 나라들을 잇는 현관으로, 마도(魔都)라고 불릴 만큼 혼란스러운 곳이었다.

해야 할 일은 간단해서 맥이 빠졌을 정도다.

"사라진 동포가 남긴 일이 있다면 전부 가르쳐 줘. 내가 이어받겠어."

"응? 네 임무는 스파이 사냥꾼 대처잖아?"

"워밍업이야. 신분증을 준비해 줘."

쌍둥이의 지도를 받아 스파이로서의 실력도 훨씬 향상되었다.

『해명』은 한동안 아연해했지만 「역시 대단하네~」라며 동의해 줬다.

동포가 남긴 임무는 용화민국에서 온 기자의 실종 사건, 딘 공화국에서의 쿠데타를 꾀하는 활동가들의 적발, 가르가드 제국의 공작원이 룽청에서 만들려고 하는 총기 공장 파괴, 딘 공화국의 외교관에게 압력을 가한 룽청 마피아에 대한 대응, 그 외 다수.

후일 기드와 함께 수행할 예정이지만, 절반 이상은 먼저 끝낼 수 있을 터다.

"가명은 어쩔래?"

"뭐든 좋아."

『해명』에게 대충 대답한 후, 이 염색녀에게 맡기는 게 왠지 무서워졌다.

"—론이라고 하지."

룽청에서 따온 단순한 이름은 불과 며칠 만에 이 나라 전체에 널리 퍼지게 된다.

◇◇◇

　여러 마피아와 항쟁을 벌인 후, 본래 임무에 착수했다. 준비 운동
도 되지 않았다.

　향한 곳은 물론 롱훤 성채였다.

　다른 이름은 롱훤 불법 단지군. 극동 각국에서 온 난민이 정착
하여 무계획적인 증개축이 무한히 반복된 거대한 콘크리트 군락이
었다. 몇천 명이 자리를 잡아 독자적인 경제권도 성립되어 있었다.
음식점, 개인 병원, 밀수한 해외 제품, 불법 중화기와 마약 매매,
도박과 성 산업까지. 최고층은 12층이라고도 하고 14층이라는 말
도 있었다.

　극동의 혼돈이 도달한 끝은 스파이가 숨기 딱 좋았다.

　말 많은 누나가 따라온 건 예정에 없었지만.

　"어이어이, 나를 내버려두고서 어딜 가려는 거야?"

　포셰트의 어깨끈을 손가락에 빙글빙글 감으며 짜증스레 클라우
스 옆에 섰다. 지금부터 임무를 수행할 거라는 게 믿기지 않는 노
출도 높은 드레스 차림이었다.

　"쇼핑은 이제 막 시작된 참인데. 에스코트해. 네가 없으면 남자
들이 나한테 말을 너무 많이 걸어."

　클라우스가 임무를 수행하는 동안 그녀는 그저 놀러 다녔다.

　미술관과 아틀리에를 돌고, 용화민국에서 수입된 그림과 민예품
을 닥치는 대로 사들이고, 심지어 딘 공화국의 외교관들 사이에서

평판이 자자한 레스토랑 목록을 만들어 위에서부터 순서대로 찾아갔다. 바래다주고 데려오는 사람은 물론 클라우스였다.

때는 저녁. 저무는 석양빛을 받으며 롱훤 성채를 올려다보았다.

"따라오지 마. 나는 스파이 사냥꾼과 결판을 낼 거야."

"오?"

"메신저만 안 사라졌어. 다른 자들은 꼼꼼하게 없애면서."

의도적으로 그런 것 같았다.

딘 공화국의 첩보망을 없애고 싶다면 메신저를 없애야 한다. 본국에 알릴 자가 없었다면 더 길게 암약할 수 있었을 터다.

"불러낸 거야. 『화염』을."

딘 공화국까지 정보가 전달되면 본국에서 더 우수한 자를 파견한다.

상대는 『화염』을 알고 있는 것 같았다. 동포의 불가능을 뒤집는 것이 사명인, 딘 공화국 내 최강의 스파이팀. 친절하게 장소까지 시사하고 있었다.

흐웅, 하고 하이디는 귀찮다는 얼굴로 말했다.

"아빠를 기다리면 되잖아. 곧 올 거야."

"적이 노리는 건 스승님일지도 몰라. 원하는 대로 만나게 할 순 없어."

"이것 참, 목숨 아까운 줄 모르는 녀석이네."

하이디는 걷는 속도를 높여 클라우스를 앞섰다.

"갈 건가?"

"볼일이 빨리 안 끝나면 곤란해."

팔짱을 끼고 불만스럽게 롱훤 성채를 노려보았다.

"쇼핑은 그렇다 쳐도 레스토랑은 이미 예약했어. 20분 안에 끝내자."

"너도 가게에 폐를 끼치는 건 신경 쓰는구나."

"내 지각을 나무랄 점원이 불쌍하잖아."

"그렇게 생각한다면 적반하장으로 굴지 마."

하이디는 주저 없이 롱훤 성채에 발을 들였다. 불법 증축이 반복된 꺼림칙한 건물은 입구에서 동물이 썩는 냄새가 진동했다.

"흥미로워. 일부러 『화염』을 불러내는 녀석인가."

"하지만 실력자라는 건 틀림없어."

입구 정면은 4층까지 뚫려 있는 메인 스트리트로, 양쪽 측면에 우뚝 선 건물의 창문을 통해 주민이 노골적인 시선을 보내왔다.

벽을 박찬 클라우스는 튀어나온 바지랑대를 잡고 도약. 4층에 도착했다. 밑에서 「날 두고 가지 마」라는 항의가 들어왔지만 무시했다.

4층에 있던 중년 남성의 목을 즉시 붙잡았다.

"뭐 하려고 그렇게 주의 깊게 감시하는 거지? 고용됐나?"

중년 남성은 들고 있던 쌍안경을 떨어뜨렸다.

"고용주한테 안내해."

남성이 「……옙」 하고 겁먹은 소리를 냈다.

1층에서 하이디와 합류하고, 안내받은 층까지 올라갔다. 복잡한 건물이라 지금 있는 곳이 12층인지 14층인지 주민도 파악하지 못했지만, 옥상이라는 건 틀림없었다. 함정다운 함정도 없이 간단히 도달했다.

옥상은 널찍해서 아이가 뛰어다닐 수 있을 만한 공간이 있었다.

너무 이상했다. 제대로 발 디딜 곳조차 없는 것이 이 룽훤 성채였다. 모여 있는 건물의 높이는 제각각이라 높이가 다른 옥상이 여기저기 있었다. 이곳에서 내려다보이는 옥상은 전부 조리 공간과 주거 공간으로 가득 차 주민이 비좁게 살고 있었다.

이 최고층 옥상에만 아무도 다가오지 않았다.

"—우아해."

무릎까지 머리를 기른 남자가 향을 피우고 있었다.

피어오르는 연기를 코로 한껏 들이마시고 있었다. 손목에서 어깨에 이르기까지 대량의 팔찌를 껴서 그가 움직일 때마다 스치며 잘그락잘그락 소리를 냈다. 팔찌 하나하나에 눈부신 보석이 박혀 있어서 석양빛을 아름답게 반사했다.

확연하게 괴상한 모습을 하고 있었다.

하이디가 말했다.

"나는 딱 감이 왔어. 너랑 똑같은 타입의 괴짜야."

"똑같이 취급하지 마."

뭐가 어떻게 똑같은 타입인지 알 수 없어서 얼굴을 찌푸렸다.

눈앞에 있는 남자는 들이마신 연기를 입으로 내뿜고 클라우스와 하이디에게 시선을 보냈다.

"─윽."

"……!"

두 사람은 동시에 살기를 감지했다.

클라우스는 회전식 권총을 꺼냈고, 하이디는 몸을 기울여 전투 태세를 취했다.

가볍게 농담을 나눌 수 있는 상대는 아니었다. 본능이 경계 신호를 보내고 있었다.

'이건─.'

언어화하기는 어려웠다.

다만 알고 있었다. 눈앞의 남자가 발산하는 위압감은 스승님이나 보스가 이따금 보여 주는 것과 비슷했다.

장식품으로 도배된 남자는 반지가 가득한 손을 자신의 가슴에 얹었다.

"먼저 소개하지. 펜드 연방 첩보 기관 CIM 특수 부대 『레티아스』의 보스다."

그는 정중하게 몸을 숙였지만, 그러는 동안에도 살기가 담긴 시선은 떼지 않았다.

"─『저주술사』 네이선이라고 해. 잘 왔어, 『홍로』의 제자들."

◇◇◇

신속 즉살.

클라우스의 선택은 기습이었다.

적인지 아군인지는 중요하지 않았다. 목적이 뭔지는 구속한 후 실토하게 하면 된다. 만에 하나 그가 아군이더라도, 위험성과 저울 질하면 필연적인 선택이었다.

—상대가 뭔가 하기 전에 물리친다.

대응이 늦어지면 손쓸 수 없게 된다.

그의 이름은 알고 있었다. —세계 대전을 종결로 이끈 스파이 중 하나.

『홍로』, 『카게다네』, 『니케』, 『귀곡』, 『거광』, 『삼족오』와 어깨를 나란히 하는, CIM의 대표적 스파이.

1초도 채 안 되는 시간에 격철을 젖히고 방아쇠를 당겼다. 가장 손에 익은 회전식 권총을 사용한 속사는 지금까지 100명 이상을 순식간에 쓰러뜨려 왔다.

네이선은 피했지만, 계산한 바였다.

적의 주의가 분산된 순간에 육박했다.

게르데에게 전수받은 발놀림을 공격에 이용했다. 순간 이동과 같은 움직임. 중심을 틀어 적의 인식조차 뛰어넘는다. 기드와의 훈련 으로 연마된 발차기를 네이선에게 날렸다.

일류 이상의 상대를 전투 불능으로 만드는 필살 패턴이었다.

네이선은 오른손으로 발차기를 막았다.

그의 오른팔에 끼워진 팔찌가 큰 소리를 냈다.

"질풍신뢰의 선제공격, 그리고 아주 아름다운 도약이야……."

황홀해하며 눈을 가늘게 떴다.

"……이것이 룽청의 마피아를 유린한 무력인가……. 아아, 환희로 몸이 떨려."

"내 활동을 조사했나."

"흡사 용의 약동…… 영산에 잠든, 경외심을 자아내는 신 같아."

"당신의 반응도 숲의 정적을 깨는 종소리 같군."

움직임을 간파당한 것을 분하게 느끼며 거리를 벌렸다.

뒤에서 하이디가 「역시 동생과 똑같은 타입이잖아」라고 어이없어 하는 목소리로 말했다.

상대는 기습에 당황하지 않은 것 같았다.

목숨을 건 싸움이 벌어질 거라고 각오했을 것이다. 잘그락거리며 팔을 휘두르더니 끈 형태의 물체를 꺼냈다. 반질반질한 검은색 금속으로 만들어진 사슬이었다.

사슬에는 곳곳에 찬란한 보석이 부착되어 있었다.

"돌의 마력을 믿는가?"

네이선은 사슬을 목에 감았다.

"왜 보석이 사람을 한없이 사로잡는지. 에메랄드, 루비, 사파이어가 수천 년 넘게 인류를 매료해 온 사실을 고려하면, 마력이 없다고 단언하는 것이 더 어려울 거야. 혹은 반대인가. 수천 년 이상의 시간을 들여 보석에 이끌리도록 유전자에 각인된 걸지도 모르지."

그는 사슬에 달린 루비를 높이 들었다.

먼 산 너머로 가라앉는 태양의 잔광이 보석 속에 갇혀 있었다.

「무슨 얘기지?」라고 묻자 「과학 얘기여도 좋아」라고 대답했다.

눈앞의 남자는 씩 웃고 있었다.

"수정에 전압을 흘리면 정확하게 진동한다는 게 발견됐어. 인체와 접촉하면 적외선을 방출하는 돌, 강한 방사선을 방출하는 돌도 발견됐지. 소위 파워 스톤 등으로 불리는 돌의 마력도 언젠가 효과가 증명될 거야."

네이선은 루비에 입을 맞췄다.

"—마력이 샘솟는군."

그는 사슬을 목에서 풀더니 채찍처럼 크게 휘둘렀다.

심상치 않은 속도를 가지고 있었다.

반응이 늦어져서 아슬아슬하게 피했다.

기묘하다고 표현할 수밖에 없는 감각이었다. 그가 다루는 사슬이 집중을 분산시켰다.

빛나는 보석이 무의식적으로 시선을 사로잡는 걸까.

마석으로 신체 능력을 향상하고 상대를 현혹한다— 말도 안 된다고 느꼈지만, 네이선의 공격이 증명하고 있었다.

네이선이 휘두르는 사슬은 채찍이자 칼이었다.

보석은 무르기도 하지만 단단하다. 스치기만 해도 피부를 날카롭게 도려낸다.

"─항복하겠어!!"

미지의 공격에 전율하고 있으니, 하이디가 강렬하게 외쳤다.

클라우스의 이마에 닿기 직전이었던 사슬 채찍의 궤도가 바뀌어 거두어졌다.

거의 보이지 않았었다.

"그만둬, 어리석은 동생아. 지금의 네가 덤벼 봤자 죽어."

하이디는 클라우스의 어깨를 잡았다.

"『저주술사』라고 했나? 마침 적절한 레스토랑을 예약해 뒀어. 따라와."

네이선은 시시하다는 듯 사슬을 쓰다듬었다.

자신의 이마가 깨지기 직전이었음을 자각하고 분한 마음에 몸이 뜨거워졌다. 제지되지 않았다면 상대의 공격에 대응하기 전에 승패는 정해졌을 것이다.

현재 클라우스는 전투라면 기드 말고는 지지 않는다고 자부하고 있었다.

하지만 이 경험은 자만을 깨부쉈다. ─틀림없는 완패였다.

예약해 둔 곳은 우연히도 펜드 연방 출신의 셰프가 차린 가게였다.

고향의 요리를 롱청에 널리 알리면서 롱청의 식문화와 융합하는 것이 목표인 것 같았다. 애피타이저로 나온 제비집과, 굴소스로 양념한 소고기는 확실히 맛있었다.

원래 펜드 연방은 롱청을 식민지로 삼았었지, 하고 새삼 떠올렸다. 네이선이 이곳에서 기다리고 있었던 것은 지역 지리에 익숙하기 때문이었을 것이다.

앉은 자리는 롱청 중심부의 빌딩들이 만들어 내는 야경이 매력이라는 테라스석이었다.

다른 손님은 시야에 들어오지 않도록 칸막이가 있었다. 기밀 정보를 얘기해도 문제없을 듯했다.

"그래서? 목적이 뭐야? CIM의 높으신 분이."

무화과주를 마시며 하이디가 노려보았다.

"할 얘기가 있으면 딘 공화국으로 직접 와. 나도 한가하진 않아."

졌음에도 불구하고 전혀 태도를 바꾸지 않는 그녀가 존경스러웠다. 너는 한가했잖아, 하고 지적할 여지조차 주지 않았다.

"너희와 같아. 극동 나라들의 정보를 모으고 싶어."

네이선은 서빙된 고기 요리를 나이프로 자르고 있었다.

"무엇보다 딘 공화국의 스파이는 우수해. 부하에게 맡기기보다, 그들을 붙잡고, 모은 정보를 뺏는 게 더 빨라."

"하! 가짜 정보나 얻으라지. ……그래서? 정보를 알아낸 후 동포는 어쨌지?"

"후일 해방할 거니까 안심해도 돼. 우리 쪽에 붙고 싶다는 자는 환영하겠지만."

"어떻게 봐도 싸움을 걸고 있는데. 대외정보실과 적대하고 싶은 건가?"

"제국을 경계하는 감시탑을 포기할 리가. 편리한 체스말로서 우호적으로 지내고 싶어."

"이번 일을 보스가 용납할 것 같아?"

"그럼 펜드 연방의 경제 지원을 포기할 건가? 혹은 아이를 희생하여 무자이아 합중국의 노예가 되는 게 좋았을까?"

"4년이나 지난 사건까지 아실 줄이야. 쇠퇴 중인 대국은 여유가 없네."

"약소국이 가소롭군."

"후후, 유쾌한 농담이잖아."

"—우아해. ……아아, 이런 아름다운 시간도 나쁘지 않아……."

서빙되는 요리를 먹으며 두 사람은 설전을 펼쳤다.

적도 아군도 아닌 상대는 다루기가 어려웠다.

네이선의 수단은 윤리적인 문제로서 따질 수는 있겠지만, 스파이의 세계에서는 사소한 이야기였다. 필요 이상으로 일을 크게 만들 순 없었다. 정보를 빼앗긴 공화국 스파이의 잘못이었다.

대외정보실과 CIM은 상호 관계다. 간단히는 망칠 수 없다.

하지만 그 위험성을 감수하면서까지 네이선이 행동한 것은 의외였다.

"……『화염』의 멤버와 대화하고 싶었어. 적당한 장소가 없었던지라."

그 말을 듣고 하이디가 「음」 하는 소리를 냈다.

클라우스도 콩 포타주를 옮기던 손을 멈추고 상대의 말을 반추했다.

적당한 장소— 펜드 연방 본국에서도 딘 공화국에서도 멀리 떨어진 곳.

양측 모두 스파이라서, 무엇을 의미하는지는 이해할 수 있었다.

"혹시—."

클라우스가 물었다.

"—CIM 본부의 허락 없이 무단으로 움직이고 있는 건가?"

동맹국의 스파이를 건드리는 것을 역시 본부가 허락할 리 없나.

그는 팀의 보스라고 했는데, 부하인 것 같은 인물은 여전히 보지 못했다. 롱휠 성채에 있던 것은 그에게 고용된 협력자였다.

"지금 본국은 귀찮거든. 합중국과 편을 먹는가, 제국과 편을 먹는가로 분열되어 있어. 대중뿐만 아니라 왕족과 정치가, 관료들조차. 머지않아 붕괴하겠지."

"⋯⋯얘기해도 되는 건가?"

"이미 『홍로』는 간파하고 있어. 가르가드 제국에 대한 증오를 부추겨서 라일라트 왕국을 아우른 『니케』는 훌륭해. 참으로 추해서 따라 하고 싶진 않지만."

대전이 각국의 정치에 큰 영향을 미쳤다는 사실은 파악하고 있었다. 경제 쪽으로도 국제 사회에서도 세계의 정점에서 물러난 대국은 지금 중요한 기로에 서 있었다.

하지만 CIM의 근간을 지탱하는 남자가 붕괴를 예언할 정도라니.

솔직한 감상을 꺼냈다.

"당신이라면 저지할 수 있지 않나?"

"그걸 판단하기 위해 이곳에 왔어."

네이선은 고개를 들더니 팔찌를 잘그락거리며 머리를 쓸어 올렸다.

"『홍로』— 페로니카의 병세에 대해 말해."

생각도 못 한 질문이었다.

CIM을 대표하는 남자가, 많은 수고를 들이고 위험을 감수하고서 던진 질문.

스파이로서 더할 나위 없이 미숙한 일이지만 표정을 제대로 감췄을지 자신이 없었다. 큰 당혹과 충격이 몸의 중심을 뒤흔들었다.

'……보스의…… 병세……?'

오는 길에 비행기 안에서 들었던 하이디의 충고가 머릿속에 울렸다.

—오만하게 타인의 전부를 알려고 하지 마.

—아무리 친밀해도, 아무리 오랜 시간을 함께 보냈어도.

대체 누구에 대한 말이었던 걸까.

"갑자기 무슨 소리지?"

대답한 사람은 하이디였다.

그녀에게서는 동요가 전혀 보이지 않았다. 어이없다는 듯 고개를 갸웃하고 있었다.

"보스라면 아주 건강해. 지금쯤 내 방을 멋대로 청소하고 있지 않을까? 후후, 내 관능소설 컬렉션을 보고 무슨 생각을 하려나."

"예전에 페로니카는 수술을 받았어."

네이선은 전혀 상대하지 않고 계속 말했다.

"대전 중이었지. 망가진 자궁을 적출한 직후의 그녀를 봤어. 그럼에도 씩씩하게 임무를 수행했던 그녀의 모습도. 페로니카의 용태에 따라 세계의 양상은 크게 달라져."

자궁 적출— 전혀 모르는 사실이었다.

네이선은 날 선 목소리로 말했다.

"—말해. 페로니카에게는 얼마나 시간이 남아 있지?"

대답에 따라 네이선은 처신 방식을 바꿔야 한다.

그렇게 암시하는 그의 태도와 롱청에서의 그의 행동이 진실미를 강화했다. 그저 떠보려고 이렇게까지 수고를 들이지는 않을 것이다.

어쨌든 클라우스는 대답할 수 없었다.

아는 사람이 있다면, 임무 때문에 함께 행동하는 일이 많은 하이디일 것이다.

'……정말인가?'

그녀는 안색을 일절 바꾸지 않았다. 전혀 동요를 보이지 않았다. 클라우스조차 감탄하게 되는 포커페이스였다.

"너희에게 묵비할 권리는 없어."

참을성을 잃은 듯 네이선이 테이블 나이프를 잡았다.

"이번에야말로— 사투를 벌일까?"

이쪽을 묵살하는 위압에 클라우스도 몸을 긴장시켰다.

승산은 보이지 않았다.

장소를 옮겼어도 상관없는 것이다. 네이선이 마음만 먹는다면 클라우스를 죽이고 하이디를 고문할 수 있다.

목숨 걸고서 하이디만이라도 도주시킬까.

초조함에 속이 타들어 가고 있을 때, 하이디는 천천히 테이블의 포크를 집어 들었다. 엄지와 검지로 꼬집듯이 잡았다.

포크로 접시의 구석을 두드렸다.

공기를 가르는 듯한 강하고 짧은 소리.

리듬에 맞춰 두드렸다. 킹, 킹, 높은 소리가 울렸다.

"예의 없이 굴어서 미안해."

하이디는 포크로 소리를 내며 네이선을 마주 보았다.

「……뭐 하는 짓이지?」라고 네이선이 물었다.

"네 말이 맞아. —돌은 사람을 매료해."

그녀는 두드리는 손을 더 빨리 움직였다.

"세상에 몇 개밖에 없는 귀중한 보석을 주저 없이 부술 사람은 없어. 시선을 뺏기지 않을 사람은 없어. 하지만 아주 약간이라도 마음이 흔들린다면 싸움으로 목숨을 잃을 수 있어. 뭐, 세상에는 가치를 모르는 우둔한 자도 있겠지만, 그런 족속이 일류의 무대에 설 수 있을 리 없지."

"돌은 마력을 지녀. 단순히 금전적 가치로 치환하는 건 탐탁지 않군."

"그건 그래."

그녀는 두드리는 곳을 변경해 음역을 바꿨다.

연주하고 있는 것임을 깨달았다.

『선혹』하이디는 마침 근처에 있던 포크와 접시만으로 연주를 시작했다.

"네 말로 비유하지. ─나는 내 손으로 마력을 만들어 낼 수 있어."

사람의 정신을 조종하는 마의 예술.

그것이 바로 하이디가 가진, 다른 누구도 흉내 낼 수 없는 기량이었다.

─『홍로』페로니카가 인정한 이능.

곁에 있을 뿐인데도 클라우스의 심장 고동이 빨라졌다. 그녀의 연주에 고양된 것이다. 이성으로 제한할 수 있는 게 아니었다. 강제로 몸의 중심을 흔든다.

어릴 적에 클라우스가 절대 하이디를 이기지 못했던 이유였다.

"포크와 접시를 그저 부딪칠 뿐인 음색도, 고개를 기울이는 동작조차도, 접시 위에 그리는 그림도, 나한테 걸리면 보석을 몇백 개 쌓아도 못 살 인류사상 최고의 걸작이야. 보통 사람이라면 뇌가 처리하지 못하고 거품 물며 쓰러지지만."

하이디는 마지막으로 포크를 움직여 큰 소리를 내고 손을 멈췄다.

"거짓말인 것 같으면 시험해 볼래? 2분 버틴다면 키스해 주지."

협박에 협박으로 대응한 하이디를 보고 네이선은 「우아해」라고 말했다.

클라우스는 두 사람의 대화를 냉정하게 관찰했다.

클라우스와 하이디가 연계한다면 이 남자를 능가할 수 있을지도 모른다— 그런 기대가 생겨났지만, 동시에 불안도 스쳤다. 그런 일이 가능하다면 왜 롱훤 성채에서는 하지 않았는가.

"눈이 빨갛군."

먼저 네이선이 간파했다.

퍼뜩 정신이 들었다. 순백색이었던 하이디의 눈이 심홍색으로 물들어 있었다. 순백의 레이스에 피 한 방울을 떨어뜨린 듯한 섬뜩한 홍색이 퍼져 있었다.

"아주 작은 편린을 보였을 뿐인데 충혈되는 건가? 진짜 실력을 발휘하면 몸이 못 버티겠지. 그래서 롱훤 성채에서는 망설였어."

클라우스는 하이디의 병적일 만큼 색소가 옅은 몸을 바라보았다.

단순히 가냘픈 수준이 아니었다. 고작 몇 초 진짜 실력을 보였을 뿐인데 몸이 이변을 호소했다. 평상시 그녀의 오만한 행동은 몸을 지키는 방법이었나.

허약 체질— 비행기에서 넌지시 내비쳤던 기밀 정보.

그녀는 정말로 휴양이 필요했다. 적어도 몇 년 전까지는 이런 반응은 없었다.

눈이 충혈되는 정도라면 괜찮겠지만, 그 이상은—.

"상관없어."

하이디는 코웃음 쳤다.

"한참 전부터 내 몸은 타오르고 있어. 마음에 붙은 불이 발끝부터 머리카락 한 올에 이르기까지 모조리 태우고 있어."

눈가에서 배어난 피가 뺨을 타고 흐르기 시작했다. 하이디는 두 눈에서 피를 흘리며 힘 있게 웃었다.

누구보다도 제멋대로고 자기중심적인 그녀가 가진 각오.

"나는 엄마를 위해서라면 전부 태워 죽일 수 있어."

"—항복하겠어."

클라우스는 그녀의 눈을 덮었다.

오른손으로 이마의 피부와 함께 밀어 내려서 강제로 눈을 감게 했다. 그녀의 이능으로 가장 먼저 부담이 가해지는 곳이 시신경이라면 눈을 감게 하는 것이 최선이리라.

"뭐?"

하이디는 얼빠진 목소리를 냈다.

"뭐, 뭐야, 동생. 방해하지 마……!"

클라우스의 오른손을 억지로 떼어 내려고 했지만, 힘으로는 지지 않는다. 무엇보다 하이디의 근력은 남늘보다 배는 더 약한 것 같았다. 어린아이 같았다. 전혀 상대가 안 됐다.

그녀가 저항을 포기하자 클라우스는 네이선을 응시했다.

네이선은 맥이 빠진 듯 허탈해하고 있었다.

클라우스는 하이디의 얼굴에서 손을 치웠다.

"알고 있는 정보는 말하겠어. 목숨만큼은 살려 주지 않겠나?"

「너……」 하고 하이디가 노려보았다.

"이 사람은 내게 친누나 같은 존재야. 무리시킬 순 없어."

여기서 그녀가 희생되는 건 누구도 바라지 않을 터다.

스파이의 관점에서 봐도, 그녀의 수명을 단축시키는 것은 딘 공화국에 큰 손실이다. 페로니카의 정보를 희생하더라도 지킬 필요가 있다.

—그렇게 자신에게 말했다.

가슴속에 있던 것은 강제로 떠맡은 약속. 경호원으로서의 사명감이었다.

"적어도 내가 보기에 보스는 건강 그 자체였어. 거짓말 같으면 손톱이라도 뽑아."

손바닥을 테이블 위에 놓았다.

여전히 불만스러운지 하이디가 옆구리를 때렸지만 무시했다. 안 아팠다.

네이선은 품에서 단검을 꺼내더니, 주저 없이 클라우스의 손바닥에 내리찍었다.

"—윽!!"

너무나도 자연스러운 고문이었다.

단검은 손을 관통하여 테이블에 박혔다. 손뼈가 부서졌다.

상상 이상의 격통에 머리가 타는 듯하여 신음이 흘러나왔다.

"솔직히 말하지 않으면 구멍을 하나 더 뚫을 거야."

네이선은 담담히 중얼거렸다.

"……사실이야."

간신히 그렇게 말할 수 있었다.

네이선은 단검을 움켜쥔 채 클라우스의 눈을 가만히 관찰했다. 감정을 숨기는 훈련은 했지만, 이 달인에게 얼마나 통용될까.

자신도 아직 멀었다. 오른손의 격통과 함께 마음에 새겼다.

이윽고 네이선은 단검에서 손을 뗐다.

"……아무것도 모르는 자에게 고통을 줘 봤자 알아낼 수 없지. 페로니카 덕분에 살았군."

클라우스는 단검이 꽂혀 있는 오른손을 왼손으로 쓰다듬었다.

섣불리 단검을 뽑으면 과다 출혈로 죽을 수도 있다. 다행히 피는 거의 나지 않았다. 예리하고 군더더기 없는 솜씨였다. 단검의 칼날이 상처의 단면을 그대로 정확히 막고 있었다.

"네 용기를 봐서, 친누나 같은 존재를 고문하는 것도 넘어가 주지. 이 이상은 페로니카에게 미움받을 수도 있어."

물러선 네이선을 보고서 클라우스는 「고맙군」 하고 숨을 내쉬었다.

하이디가 불만스럽게 노려보았다.

"말은 잘해. 그저 못 이길 수도 있다고 생각한 거겠지."

"오만하기 짝이 없군. 가소로워."

"하지만 전혀 안 다치고 돌아갈 순 없겠다고 느꼈잖아?"

"한마디도 안 지는 여자군. 하지만 어차피 사소한 문제야."

네이선은 자리에서 일어나더니 눈을 살짝 가늘게 떴다.

"페로니카 곁에는 너희 같은 후계자가 있어. ―충분하고도 남는 정보야."

그 후 그는 「나는 한동안 롱청에 체재해. 또 만나지 않기를 기도하도록 해」라고 말하고서, 아연한 얼굴로 들어온 웨이트리스로부터 와인을 병째 받아 떠났다. 팔찌들이 스치는 잘그락잘그락 소리를 편안하게 연주하면서.

"―우아해."

마지막으로 그가 남긴 말에 「―극상이야」라고 대꾸할까 싶었지만, 옆에 있는 하이디가 「너, 저 녀석한테만큼은 영향받지 마」라며 못을 박았다.

비슷한 타입은 아닌데, 하는 마음에 불만스러웠으나 침묵을 지켰다.

그녀와 쓸데없는 말싸움은 하지 않는다. 의사한테 가는 것이 먼저였다.

네이선이 구멍을 뚫어 놓은 오른손을 롱청의 의사에게 보여 주자, 이토록 아름다운 상처는 본 적이 없다며 감격했다. 치료하면 흉터도 안 남을 거고 힘도 돌아올 거라고 했다.

그런 것치고는 관통당했을 때의 통증이 극심했으니, 특별한 기술일지도 모른다.

응급 처치를 끝내고 병원을 나왔다. 같이 와 준 하이디에게 말했다.

"엉망진창인 하루였어. 오늘은 이만 쉴까."

"아니, 아니, 아니, 아니, 아니, 아니, 아니."

그녀는 갑자기 큰 소리를 내더니 왼팔에 매달렸다. 애교 부리는 연인처럼 클라우스의 어깨에 얼굴을 붙이고서 그대로 밤거리로 유도했다.

유난히 거리가 가까웠다.

이전에는 「나는 내 마음대로 걸을 테니 너는 뒤따라와라」라는 식으로 행동했었는데.

"……되게 기분이 좋네. 의사가 오늘은 안정을 취하라고 했다만."

"그런 건 핥으면 나아. 내가 혀로 두루두루 핥아 줄까?"

"뭐?"

"이것 참, 몰랐어. 이러니저러니 해도 너는 나를 아주 좋아했구나. 사랑스러운 녀석이야. 「누나야~」라고 불러도 돼. 네 호칭도 『사랑스러운 동생』으로 격상시켜 줄게."

"딱히 그런 의도는—."

"쑥스러워할 필요 없어. 솔직해지려무나, 사랑스러운 동생아♪."

하이디는 한층 세게 왼팔에 달라붙었다.

마치 인격이 바뀐 듯한 심경 변화였다. 당황함과 동시에, 페로니카 한테는 항상 어리광을 부렸던 것을 떠올렸다. 이게 본래 그녀인가.

—네이선과의 일로 그녀의 신뢰를 쟁취한 듯했다.

헤실헤실 웃고 있는 누나를 보고 한숨을 쉬었다.

오른손을 꿰뚫린 의동생을 보고서『자주 쓰는 손을 희생할 만큼 나를 좋아하는구나』라고 생각할 수 있는 성격이 부러웠다. 좀 더 생각할 게 따로 있을 텐데.

하지만 괜한 말은 하지 않았다. 또 심사가 틀어져도 곤란하다.

"무리하지 마. 네 몸은—."

"걱정 마. 눈이 충혈되는 것 정도로는 건강에 지장 없어."

그녀는 자신의 눈 밑 살을 잡아당겼다.

빨갛게 물들었던 눈은 이미 순백색을 되찾은 상태였다. 허약한 건 틀림없지만, 짧은 시간이라면 문제없는 듯했다. 그녀라면 웬만한 스파이는 단시간에 압도할 수 있을 것이다.

"이 휴가도 정말로 그저 쉬고 싶어서 받은 거야. 엄마의 명령으로 **어떤 스파이들**을 찾고 있거든. 컨디션 난조라고 설명했지만, 바쁘기 때문이야. 날 걱정할 필요는 없어."

"뭐……?"

"알려 줄게. 내 체질을."

그녀는 하얀 이를 보이며 수줍어했다.

기밀 정보. 알려 준 상대가 적에게 붙잡히면 자신의 목숨이 위태로워진다. 목숨을 맡길 만하다고 판단한 상대에게만 전할 수 있는 스파이의 마음.

클라우스는 왼팔의 힘을 빼고 그녀가 이끄는 대로 따랐다.

"그럼 적절한 장소로 이동하자. 도청당할 위험이 없는—."

"그렇지. 사람이 없고, 남녀가 작은 목소리로 대화해도 부자연스럽지 않으며, 차분하게 얘기할 수 있는 장소인가. 사랑스러운 동생이 다치기도 했으니, 이동은 최대한 피한다면—."

하이디는 한층 세게 클라우스의 팔을 휙 잡아당겼다.

"—그래. 침대가 적당하겠어."

뭔 소리를 하는 거냐고 반문하기 전에 그녀는 결단했다.

그 이후로는 전부 하이디의 페이스였다.

그녀는 택시를 잡더니 그들이 묵는 호텔로 이동했다. 거절하려고 해도 다른 좋은 아이디어가 없었고, 확실히 남녀가 비밀을 밝힐 거면 침대가 적절할지도 몰랐다. 어디까지나 그렇게 가장하는 거지, 어떤 행위를 하지는 않을 것이다. 그렇게 판단했지만, 침실에 도착하자 하이디는 샤워를 하기 시작했다. 땀이 불쾌했을 거라고 자신을 타이르고 있으니 그녀가 욕실에서 알몸으로 나왔다. 그녀의 알몸을 보는 거야 드문 일도 아니었다. 그건 그렇고 몸 상태가 안 좋아졌기에 자신의 방으로 돌아가고 싶다는 말을 꺼내자, 그녀는 노골적으로 기분 나빠했다. 샤워하기 전에 말하라고, 상식적으로 생각하면 지극히 타당한 의견을 제시해서 아무런 반론도 할 수 없었다. 7년이란 세월이 지나 모처럼 친해진 그녀와의 관계를 망가뜨리고 싶진 않았다. 여성을 대하는 방식에 대해서는 루카스와 빌레에게 배웠다. 스파이로 사는 자로서 당연히 익히는 교양이었다.

—이런저런 일이 있었다.

그대로 아침을 맞이했다.

"……"

자신에게 일어난 일을 믿을 수 없어서 멍해졌다.

침대의 옆자리에는 하이디가 알몸으로 편안히 잠들어 있었다. 절망적인 아침이었다.

결국 롱청에는 2주간 체재했다.

네이선을 상대한 이틀 후에 기드가 롱청에 왔고, 클라우스가 다친 오른손을 보여 주자 멋대로 행동한다며 혼냈다. 위험을 무릅쓰는 건 자신의 일이라고도 했다. 입이 열 개라도 할 말이 없었다. 그대로 지체되어 있던 첩보 임무를 둘이서 정리했다.

하이디는 먼저 귀국했다. 도중에 네이선이 시사했던 대로 타깃하나를 둘러싸고서 CIM과 충돌하는 사태가 일어났지만, 기드가 수월하게 대처하여 화해를 성사시켰다. 기드가 칼자루를 잡았을

229

뿐인데 네이선을 제외한 CIM의 스파이들이 숨을 삼키는 게 전해졌다. 폭력에 의한 위압과 이후의 우격다짐식 교섭. 언젠가 클라우스도 가지고 싶은 무기였다.

이리하여 롱청 임무는 막을 내렸다.

씁쓸한 경험과 누나 같은 존재와의 우호적 관계. 세계 최고봉의 스파이와의 만남.

전부 공부가 됐다고 클라우스는 납득했지만, 한 가지 문제가 남았다.

페로니카였다.

그녀의 분노는 한동안 지속되었다.

귀국하여 홀에서 그녀에게 임무를 보고하자, 내내 말없이 듣고 있던 그녀는 클라우스의 오른손에 난 상처를 확인하고서 「네가 살아 돌아와 줘서 기뻐」라고 말한 뒤 싱긋 웃으며 옆에 있는 기드에게 시선을 줬다.

"—『저주술사』의 손목을 잘라 와."

제대로 격분했다. 눈이 전혀 웃고 있지 않았다.

기드는 어이없어하며 어깨를 으쓱였다.

"사적인 원한 때문에 CIM을 적으로 돌리지 말아 주실래요?"

"그렇지. 내가 직접 갈게."

"그러지 마세요. 살려 줬잖아요. 섣불리 싸운 바보 제자가 잘못했어요."

"이렇게나 무시당했는데 어떻게 참아. 그 스피리추얼 보석남. 대전 중에는 신세 졌지만, 지금은 적이야. 다시는 팔찌를 찰 수 없는 몸으로 만들어 주자."

어린아이처럼 복수를 기획하는 페로니카를 기드가 필사적으로 설득했다. 클라우스도 그 격노를 달래느라 벅차서, 목구멍에 걸린 의문을 꺼내지 못했다.

—네이선의 말은 어디까지 사실인가?

물어볼까, 생각했을 때, 오른손에 난 상처가 쑤셨다.

국가 기밀을 알려 주지 않은 것은 페로니카의 배려다.

미숙한 자신은 그로 인해 보호받았다.

그렇다면 『홍로』의 비밀을 아는 것은 그녀가 의지할 수 있을 만큼 성장했을 때일 것이다. 하이디가 자신의 비밀을 알려 준 것처럼.

『화염』의 나날은 분주하게 지나갔다.

롱청에서의 사건 이후 2년간. 가혹한 임무를 헤쳐 나가면서도 따뜻한 시간이 흘러갔다.

—멤버 전원이 호출되어 새 멤버에 관해 이야기를 나눴다.

2년에 한 번, 『화염』이 직접 양성 학교에 가서 특별 합동 연습이란 이름으로 우등생을 시험하는 관행이 있었다. 페로니카의 의향으로 「클라우스와 동등 이상의 재능을 가진 자」라는 너무나 엄격한 수준이긴 했지만, 스파이 꿈나무에게 좋은 체험을 시켜 준다는 의미에서 확실하게 개최되었다.

의제는 「누구를 파견하는가」였다.

"반년 후에 있을 『화염』 선발 시험 말인데."

페로니카가 말하자 루카스가 번쩍 손을 들었다.

"내가 갈게. 그 녀석들의 용돈을 전액 뜯어내서ㅡ."

"남자 학교는 이번에도 기드에게 맡길게."

기드가 그럴 줄 알았다는 듯 고개를 끄덕였다.

루카스가 야유했고, 빌레가 웃으며 바라보고 있었다.

참고로 루카스는 과거에 한 번 무단으로 양성 학교에 가서 도박 강의를 했다고 한다. 학생들에게는 호평이었지만, 이후 양성 학교 내에서 도박이 유행하여 양성 학교 측의 평판은 아주 나빴다.

"여자 학교는, 하이디한테 맡길까."

지난번 시험을 담당했던 게르데가 눈을 가늘게 떴다.

"왜? 이번에는 내가 아닌 거야?"

"게르데 씨는 양성 학교의 교장 일동이 불만을 표했어. 너무 과해."

"하이디한테 맡긴다면 다르지 않을 것 같은데."

지명당한 하이디는 맡겨 달라면서 자랑스럽게 가슴을 쭉 펴더니, 옆에 앉아 있던 클라우스에게 귓속말을 했다.

"사랑스러운 동생아. 이날은 힘 좀 써야 해. 진수성찬을 차리려무나. 2초 만에 끝내고 돌아올 테니."

스파이 훈련생이 불쌍했지만, 원래부터 그런 시험이니 어쩔 수 없었다.

간단히 이야기가 정리되자 빌레가 말했다.

"보스는 안 가도 돼요?"

"응, 적어도 이번에는."

페로니카는 비밀을 누설하듯 장난스럽게 웃었다.

"—조금 성장을 기다리고 싶은 아이가 있거든."

클라우스는 예전에 그녀가 돌봤던 흑발 소녀를 떠올렸다.

지금은 어떻게 성장했을지 문득 신경 쓰였다.

—스승인 기드와는 가장 긴 시간을 함께 보냈다.

「터무니없는 사태가 일어났어」라며 심각한 얼굴로 방을 찾아온 그에게 클라우스는 「대체 무슨 일이야?」라고 반문했다.

"상층부에서 어떤 전원 기숙사제 고등학교에 잠입하라는 임무를 내렸어."

"……그런데?"

"여학교야. 학생으로 잠복해야 해."

"하이디를 보내면 되잖아."

"다른 임무 중이야."

"그렇군. 확실히 고민스러운—"

"—보스가 『내가 갈 수밖에 없네』라며 의욕을 보이고 있어."

"…………."

"……어떻게 저지해야 하지?"

"스승님의 수완이 시험대에 올랐네."

"지금 가서 『클라우스가 여장에 관심이 있다』라고 전할 테니까. 말 맞춰."

"그건 거절하겠어."

"항상 내가 네 뒤치다꺼리를 하고 있잖아! 가끔은 협력해, 바보 제자!"

이리하여 사제 간의 결투가 촉발되었지만, 클라우스의 패배로 막을 내렸다.

그 후 임무가 어떻게 이루어졌는지는 떠올리고 싶지도 않다.

―장난치길 좋아하는 쌍둥이가 갑자기 방으로 호출한 적도 있었다.

"『화염』 멤버 채용에 관여하고 싶어."

인상 깊었던 것은 클라우스가 열여덟 살이었을 때. 밤에 불러서 방에 갔더니 당연하다는 듯 빌레도 있었고, 중앙에서 팔짱을 끼고 있는 루카스를 위해 술을 만들고 있었다.

보아하니 루카스는 선발 시험에서 제외된 것을 마음에 담아 두고 있는 모양이었다.

물을 타 준 위스키를 마시고서 재차 고개를 끄덕였다.

"그래서 저는 한 가지 계획을 세웠습니다."

"루카스 형, 하지 마. 아무것도 하지 마. 빌레 형은 말려."

보나 마나 괴상한 이야기일 것이 뻔했기에 미리 제지했다. 오랫동안 접해 오면서 그를 다루는 법도 알게 되었다.

루카스는 취한 기세를 몰아 선언했다.

"스카우트 강화 월간! 장래성 있는 소년 소녀를 양성 학교에 마구 집어넣겠습니다!"

역시 이상한 얘기였다.

대외정보실의 일부 스파이는 임무 중에 유망한 인재를 발견한 경우, 양성 학교에 스카우트할 수 있는 권한을 가지고 있었다. 하지만 물론 그건 아주 우수한 인재를 발견한 경우에만 가능했다. 아무나 닥치는 대로 스카우트해도 되는 건 아니었다.

빌레는 찬동하고 있는 것 같았다.

"나는 작년에 있었던 예술가 관련 임무 중에 몇 명 찾았어. 형, 너무 느려."

"좋았어! 나는 다음 주부터 시작하겠어. 뭣하면 『화염』에 직접 가입시키겠어. 육군 정보부의 소문에 의하면 장래 유망한 매가 있다던데—."

"최소한 인간으로 해."

쌍둥이의 시답잖은 바보짓에 어이없어하며 클라우스는 방을 나갔다.

—들려오는 고함에 일말의 불안을 느끼는 밤도 있었다.

게르데와 술자리를 가진 심야였다.

18세가 된 클라우스는 딘 공화국의 법률상 음주가 가능했다. 그녀에게 술 한 잔을 받았는데, 알코올 도수가 상당히 높아서 단숨에 속이 안 좋아졌다. 비틀거리는 클라우스를 보며 웃는 게르데에게 배웅받으며 자리를 떠났다.

방으로 돌아가려고 복도를 걷고 있을 때, 목소리가 들렸다.

고함이었다.

단순히 화가 난 게 아니라, 비명을 지르듯 호소하는 목소리였다.

"보스!!"

페로니카의 방에서 기드가 후려치듯이 외쳤다.

"—당신은 정말로—!"

문이 막고 있고 취한 상태라 전부 알아듣지는 못했다.

'싸움……?'

드문 일은 아니었다. 페로니카와 기드의 방침이 엇갈리는 일은 많았다. 늘 대립하면서 수많은 임무를 소화해 온 것이 『화염』이었다.

하지만 그 싸움들과 지금 들리는 고함은 질이 다르다는 생각이 들었다.

마음에 파문이 이는 느낌이 들었지만, 귀 기울이는 것을 그만뒀다.

무슨 일이 있다면 기드가 하소연하러 올 것이다— 그렇게 판단하고 침실로 갔다.

◇◇◇

서류상 19세가 되었을 무렵, 클라우스는 붓을 들었다.

하이디에게 영향받았을지도 모른다. 원래부터 취미다운 취미도 없었다. 스파이 임무를 잊고 몰두하는 시간도 나쁘지 않다고 생각했다. 이제껏 살면서 느끼지 않았던 충동.

—남겨 두고 싶었다.

세상에 변하지 않는 것은 없다.

게르데의 몸이 조금씩 쇠약해지듯이, 선발 시험의 결과에 따라서는 새 멤버가 추가되듯이, 그리고 페로니카가 앓고 있다는 병이 진행되듯이.

사라지는 날이 온다는 걸 믿고 싶지는 않지만, 언젠가 확실하게 찾아온다.

그렇다면 마음을 형태로 만들고 싶었다.

지금 자신의 가슴속에서 북받치는 감정을, 눈에 보이는 것으로서.

'하이디 누나처럼 되지는 않겠지만—'

붓에 물감을 듬뿍 묻히고 캔버스에 세게 눌러 선을 그었다. 한 번으로는 만족스러운 선이 되지 않아서 재차 덧칠하듯 붓을 휘둘렀다.

—모조리 태우는 불꽃 같은 용맹함에 대한 경애를.

—따뜻한 불꽃 같은 다정함에 대한 친애를.

방에 물감이 튀어도 상관하지 않았다. 각각에 강한 마음을 담아 붓을 휘둘렀다.

방 전체에 물감을 흩뿌려도 그들에 대한 마음은 완벽히 표현할 수 없었다. 그리고 그와는 상반되게 가슴은 편안한 행복으로 가득 찼다. 완성하기도 전에 제목을 적어 뒀다. 클라우스에게 있어서 『화염』을 나타내기 적절한 단어.

―『가족』.

그것은 고아 소년이 도달한 둘도 없는 보물이었다.

이윽고 스승인 기드가 방을 찾아와 클라우스에게 특별 임무를 내린다.

끝과 시작은 동시에 찾아온다.

회고 《홍로》 속

『화염』의 기억을 형태로 남기고 싶다.

하지만 과연 스파이가 사진이나 일기를 얼마나 남겨도 되는 걸까. 온갖 위험성을 고려하면 추상화가 적절한 선택일 것 같았다.

방에 틀어박혀 물감을 붓에 묻히고 감정이 이끄는 대로 캔버스에 휘갈겼다.

하이디의 예술과는 비교가 안 될 만큼 서툴렀다. 그러나 예술과 마주하며 자신의 영혼을 새겨 넣는 듯한 그녀의 모습을 클라우스는 줄곧 보아 왔다. 항상 싸우기만 하는 나날이었지만, 그녀의 핵심적인 부분은 몰래 존경하고 있었다.

그렇기에 클라우스는 방에서 혼자 캔버스와 마주했다.

이른 아침부터 시작해 낮까지 단숨에 그려 나갔다. 그러다가 중단한 것은 페로니카가 찾아왔기 때문이다. 그녀는 클라우스가 방에서 나오지 않는 것을 의심스럽게 여긴 것 같았다.

그녀는 그림을 보자마자 「제목을 벌써 적어 뒀구나」라고 중얼거렸다.

"제일 먼저 정했으니까."

클라우스는 붓을 조용히 내려놓았다.

"지금까지 겪은 『화염』을 떠올리며 그리고 있어."

"그래. 분명 파란만장한 나날이겠지."

"돌이켜 보니 보스와 임무를 수행한 적은 많지 않군."

페로니카는 「그런가」라고 속삭였다.

클라우스와 그녀가 임무를 함께 수행할 때는 대체로 『화염』의 거의 모든 멤버가 출동하는 사태였다. 1년에 한 번 있을까 말까 한 일이라서 평소에는 함께 행동하지 않았다.

"날 피하고 있는 게 아닐까, 하는 생각이 들어."

농담하듯 말하자 그녀는 「설마」라며 고개를 흔들었다.

"그저 너무 눈부실 뿐이야. 네가 도달할 미래가."

그 이상의 설명은 없었다.

그녀는 클라우스 옆으로 이동하여 「좋은 그림이네」 하고 물감 범벅인 캔버스를 바라보았다.

클라우스는 유려한 선을 그리는 옆모습을 응시했다.

"줄곧 의문스럽게 여기고 있는 게 있어."

의자를 내밀며 그렇게 물었다.

"보스는 그날 뭘 하고 있었지?"

"그날?"

"내가 첫 임무를 수행한 날. 갱들이 활개 치던 슬럼에서 당신을 봤어."

"……."

그녀는 클라우스가 내민 의자에는 앉지 않았다. 일어선 채 가만히 캔버스를 바라보고 있었다.

과거 일이라서 클라우스 자신의 기억도 흐릿했다. 하지만 기드에게 강제로 끌려갔던 임무 중에 슬럼가를 혼자 걷고 있는 그녀를 본 것 같았다. 그걸 기드에게 전하려고 했지만, 어떻게 설명하면 좋을지 알 수 없어서 입을 다물어 버렸었다.

"너는."

페로니카는 희미하게 웃었다.

"몰라도 돼."

"그건一."

"몰랐으면 좋겠어. 네가 전부 아는 건, 그래, 루카스가 『화염』의 보스가 됐을 때려나. 그 아이와 어깨를 나란히 하고서 새로운 시대를 구축해 줬으면 해."

음성에는 상냥함이 넘치도록 담겨 있었지만, 내용은 틀림없이 거절이었다.

결국 클라우스는 『화염』의 말단에 불과했다. 페로니카나 기드, 그리고 딘 공화국의 상층부가 무슨 생각을 하고 있는지는 모른다. 체스말로서 움직이고 있었다.

그 사실이, 무력감이, 간혹 격하게 분해졌다.

"예전에 이 나라에는 군사 연구소가 하나 있었어."

주먹을 꽉 움켜쥐고 있으니 페로니카가 중얼거렸다.

"어느 나라에나 있어. 새로운 병기를, 새로운 전략을, 무엇보다 **새로운 병사**를 만들기 위한 기관. 나는 비인도적인 행위들을 봤어. 온갖 인체 실험이 자행되고 있었어."

"……? 그건—."

"진작에 괴멸했어. 세계 대전 때 가르가드 제국의 침략으로."

그녀는 조소하듯 입꼬리를 일그러뜨렸다.

"산처럼 쌓인 시체에 무슨 의미가 있었던 걸까."

클라우스가 전혀 모르는 역사를 이야기해서 말문이 막혔다.

대외정보실이 탄생하기 전의 딘 공화국. 클라우스가 스파이가 되기 전의 조국.

「갑자기 왜 이런 얘기를?」하고 클라우스가 물었다.

"나도 똑같아. 가혹한 처지로 몰아넣고 너라는 병사를 키워 냈어."

그녀가 캔버스의 표면을 손으로 덧그렸다. 아직 완전히 마르지 않은 유화 물감이 그녀의 손끝에 빨갛게 묻었다. 피 같은 붉은색을 지그시 바라보고 있었다.

"아니, 너만 몰아넣은 게 아니지."

"……!"

"전쟁을 다음 단계로 진행시킨다— 내 목적은 그것뿐이야. 다시는 큰 전쟁을 되풀이하지 않을 거야. 지옥은 질리도록 봤어. 피로 피를 씻고, 싸우고 싸우고 싸운 끝에 도달하는 세계."

연상된 것은 예전에 게르데가 가르쳐 준 명제였다.

—『다섯 명을 구하기 위해서라면 한 명을 죽인다』.

스파이들이 걸어야 할 길이었다. 광차의 앞길을 조종한다. 여섯 명 모두를 구한다는, 생각을 포기한 이상론으로 도망치지 않는다. 냉혹하고 비정한 결단을 신속히 실행한다.

페로니카가 그리는 미래는 누군가의 희생으로 성립되는 걸지도 모른다.

"분명 그 세계를 내가 보는 일은 없겠지."

그녀가 체념한 듯, 혹은 자조하듯 웃는 것을 본 순간, 가슴이 괴로워졌다.

남은 시간을 알고 싶었다.

가능하면 그 모든 시간을 함께 있고 싶었다. 그녀의 본심을 받아들이고 소원을 성취시켜 주고 싶었다.

그 마음을 말하려고 했을 때, 그녀가 먼저 「클라우스」 하고 불렀다.

"너는 내 일부밖에 몰라."

"……!"

"세상에는 겉과 속이 있어. 네가 알고 있는 건 **겉으로 드러난 이야기**뿐이야. 내가 보여 준, 허울뿐인 아름다운 현실. 그럼에도 상처받을 각오를 품고서 세계의 이면에 도달하고 싶다면—."

페로니카는 붉게 물든 손가락으로 클라우스의 목을 찔렀다.

"—『화염』을 사랑하는 건 그만둬."

생각지도 못한 발언이었다.

왜, 하고 반사적으로 말이 흘러나왔다.

"왜 그런 말을 하지? 나는 당신들을—."

"가족처럼 여기고 있지. 그래서 말하는 거야. 너는 가족을 사랑

해선 안 돼."

엄격하게 내뱉어진 말은 역시 납득할 수 없었다.

자신이 『화염』에 의존하고 있다는 자각조차 없었다. 그만큼 자연스럽게 클라우스는 이 환경에 젖어 들어 있었다. 다른 곳을 몰랐다. 고아였던 클라우스를 받아들여 준 페로니카가 왜 이제 와서 내치는 듯한 발언을 하는 걸까.

"클라우스, 너는—."

조용히 그녀가 덧붙인 말의 의미를, 클라우스는 줄곧 생각하고 있다.

5장 『화염』으로부터 사랑을 담아

"—《효암 계획》^{노스탤지어 프로젝트}을 실현시킬 수는 없어."

기드는 확실하게 말했다.

가르가드 제국의 수도 달튼에서 떨어진 곳에 왕실의 저택이 있었다. 가르가드 제국의 왕실이 아니라, 이웃 나라인 라일라트 왕국의 왕실이었다. 현 라일라트 왕국의 국왕 브누아 1세의 조카와 그 자식이 지내고 있었다.

그 저택의 부지에 발을 들였을 때, 기드는 상대방에게 들은 이야기를 더욱 믿을 수밖에 없었다. 왕실이 관여하고 있는 이상, 즉흥적으로 꾸며 낸 말이라고 하기는 어렵다.

—《효암 계획》.

기드와 페로니카가 밝혀낸, 세계의 명운이 걸린 계획이었다.

하지만 지금 이곳에 페로니카는 없었다. 그는 독자적인 판단으로 움직여, 페로니카 몰래 이곳을 찾아왔다.

저택에서 기드를 기다리고 있던 것은 비만인 남자였다.

"당신이라면 아군이 되어 줄 줄 알았습니다."

배가 불룩 튀어나온 체형의 남자. 머리가 희끗희끗했고, 피부는 번들거렸다. 빈말로도 청결감이 있다고는 할 수 없었다. 있는 그대로 말하자면 추한 외모였다. 하지만 『남메뚜기』라고 자신을 밝힌 그가 숙련된 스파이라는 것은 기드도 알고 있었다.

분수가 조용히 물을 뿜고 있는 정원에서 남메뚜기는 기쁜 듯 고 개를 끄덕였다.

가든 체어에 앉아 홍차와 스콘을 대접받았다.

옆에는 기드를 이곳까지 안내한 『흰거미』가 서 있었다. 머시룸 헤 어가 트레이드마크인 남자는 「기드 씨가 와 준다면 일당백이야!」라 며 기쁘게 말하고 있었다. 조무래기 같은 발언이었다.

기드가 「『뱀』의 계획은 뭐지?」라고 묻자, 남메뚜기는 세 가지 루 트가 있다고 설명했다.

"첫 번째는 각국의 중앙 정부를 협박하여 《효암 계획》의 중핵인 그 개발을 저지하는 것. 두 번째는 《효암 계획》의 관계자가 권력을 포기하게 만드는 것. 혁명을 선동해서 권력자를 물리치고 요인을 암 살하는 거죠. 세 번째는 《효암 계획》의 전제를 파괴해 버리는 것. 현실성이 없다는 건 잘 알지만, 세계 대전 자체를 저지해 낸다면—"

"세 번째 방법이 아니라면 나는 너희를 돕지 않을 거야."

기드가 단적으로 답하자 남메뚜기의 표정이 일순 굳었다.

그러나 그는 곧장 손수건으로 얼굴의 땀을 닦고 고개를 끄덕였다.

"인정하겠습니다. 당신의 요구대로—"

말은 도중에 끝났다.

두 사람의 눈앞에 놓여 있던 찻잔이 둘로 쪼개졌다.

기드는 뽑은 칼을 조용히 칼집에 되돌리고 있었다. 그제야 남메 뚜기와 흰거미는 기드가 칼을 휘둘렀다는 것을 인식했는지 희미하게 신음을 흘렸다.

"『흰거미』에게 들었어."

기드는 짧게 말했다.

"너 자신은 이미 라일라트 왕국의 혁명을 꾀하고 있고, 『흰거미』
는 펜드 연방에서 다린 황태자의 암살을 계획하며 준비를 시작했
다지. 『보라개미』에 이르러서는 무자이아 합중국에서 민간인을 불
문하고 학살 중이야. 첫 번째 루트와 두 번째 루트를 동시에 진행
하고 있어."

날 선 목소리로 「하찮게 속이려고 하지 마」라고 충고했다.

단순한 위협이 아니었다. 기드는 『뱀』의 멤버 네 명을 혼자서 유
린한 실적이 있었다. 그가 마음만 먹는다면 지금의 『뱀』을 쉽게 없
앨 수 있다.

개인의 전투 능력으로는 세계 최강이라는 소문이 있는 남자였다.

흰거미가 어색하게 「아니, 무서웠는데요……」라고 변명했다.

남메뚜기가 크게 한숨을 쉬었다.

"세 번째 루트는 아슬아슬한 줄타기예요. 암살, 혁명 선동, 테러
행위를 반복하여 전 세계를 혼돈으로 뒤덮어서 시간을 버는 거죠.
그 후에 마침내 다른 루트를 생각할 수 있어요."

"……얼마나 민간인을 끌어들일 셈이지?"

"국제적 테러 조직. 그런 오명도 좋지 않습니까?"

남메뚜기의 목소리가 커졌다.

"《효암 계획》을 방해하면— 『니케』, 『삼족오』, 『카게다네』는 확실

하게 막아서겠죠. 『저주술사』도 아마 적이 될 겁니다. 그리고 당신의 정보를 믿는다면『홍로』도."

세계 각국 첩보 기관의 실력자들.

일찍이 세계 대전을 끝낸, 스파이 업계의 정점이었다. 그들은 《효암 계획》에 관여했거나 앞으로 크게 관여하게 된다.

남메뚜기는 땀이 나는 이마를 손수건으로 닦았다.

"그들과 맞서는 데 그런 어설픈 정의가 통할 것 같습니까?"

"그렇다면 스파이 말고는 죽이지 마. 특히『보라개미』와『은매미』는 너무 위험해."

"왜죠?"

"우리의 정의 그 자체를 잃게 돼."

"답은 NO입니다. 왜 우리가 그런 제약을—."

"—『화염』을 내놓겠어."

기드의 말에 남메뚜기는 어안이 벙벙해졌다.

『뱀』에게는 너무나도 파격적인 조건이었다. 하지만 그 이상으로 기드의 입에서 나온 말이라는 걸 믿을 수가 없었다. 자신이 오랫동안 소속해 있던 조직을 내놓겠다니.

기드는 계속 말했다.

"어차피 피할 수 없어. 내기해도 좋아. 그 녀석들은 보스에게 붙을 거야. 보스— 아니, 페로니카가 진심으로 설득하면 저항할 수 없어."

"……『홍로』의 이능인가."

"『화염』은 《효암 계획》을 실현시키는 대죄인이 돼. 그런 오명을 씌울 순 없어."

그는 입술을 깨물고서 칼자루를 잡았다.

"―오명을 쓰는 건 나 혼자면 돼."

종전으로부터 9년, 『화염』은 끝을 맞이하기 시작한다.

그것은 클라우스가 모르는 곳에서 진행되어, 전부 끝난 후에야 알게 된다.

3대국이 비밀리에 구상한 《효암 계획》이라는 계획을 둘러싸고서 페로니카와 기드는 대립. 두 사람 사이에 생긴 골은 메꿔지지 않았고 결렬은 결정적인 것이 되었다. 표면상으로는 화해한 척하면서도 뒤에서는 각각이 다른 목적을 수행했다. 멤버에게도 자세히 알리지 않았다.

페로니카는 다른 스파이와 연계하여 새로운 다국간 조직을 만들었다.

기드는 뒤에서 『뱀』과 접촉하여 다른 멤버를 지도했다.

유일하게 페로니카에게 상담을 받은 게르데는 침묵으로 일관했다. 찾아올 다음 시대에 대비해 장래성이 있는 자를 닥치는 대로 수행시켰다.

위화감을 알아차린 빌레는 루카스에게 상담했고, 루카스는 두

사람의 골을 메꾸기 위해 암약을 시작했다. 《효암 계획》 자체에 접
근하여 라일라트 왕국으로 향했다.

하이디는 그저 자신이 해야 할 일을 완수하기 위해 가르가드 제
국에서 임무를 수행하려고 했다.

『화염』이 끝나는 마지막 1년간.

클라우스는 뷰마루 왕국에서 특별 임무를 수행하고 있었다.

『쿠데타로 뷰마루 왕국 신정부가 성립됐지만 정권이 불안정해.』

기드가 내린 임무는 장기간에 걸친 가혹한 임무였다.

『화염』은 그 성질상 몇 년 이상 걸리는 잠복 임무가 존재하지 않
았다. 길어 봤자 반년이면 끝나는 일이 많아서, 클라우스 혼자 1년
을 보내는 건 처음이었다.

내용도 이전과는 비교도 안 되는 고난도 미션이었다.

『신정부는 쿠데타가 어중간한 형태로 끝나기도 해서 비교적 온건
한 우익이 정권을 잡았어. 하지만 지하에 숨어든 급진적인 극우 세
력이 다시 쿠데타를 꾀하며 힘을 길렀어. 평화 조약 철폐를 바라는
과격한 사상가들이 세계 각국에서 집결했어. 한 번 더 세계 대전
을 바라는 컬트적 신앙을 지닌 최악의 녀석들이야.』

클라우스도 관여했던 무혈 쿠데타의 말로였다.

루카스의 의도는 쿠데타를 지원하여 더 급진적인 극우 세력이 정권을 탈취하는 것을 막는 것이었다. 하지만 극우 활동가는 야망을 포기하지 않았다.

다시 한번 세계 대전을 바라는 녀석들이 있다.

클라우스에게는 말도 안 되는 발상이지만, 그들에게도 이상이 있을 것이다.

『─뷰마루 왕국 내 컬트 극우 단체의 잠입 수사 임무야.』

뷰마루 왕국은 남북으로 긴 나라다.

클라우스가 가는 곳은 그 북단. 딘 공화국에서는 멀리 떨어져 있는 극한의 땅을 근거지 삼아 여러 결사가 새로운 쿠데타를 꾀하고 있었다.

그들은 삼림이나 외딴섬에 콜로니를 형성하여 군사 훈련에 힘쓰고 있는 것 같았다. 숫자는 스무 개가 넘었다. 폐쇄적인 환경에서 독자적인 생활을 성립시킨 비밀 결사의 전모를 알아내는 것은 제아무리 클라우스여도 힘들었다.

『이미 다수의 동포가 극우 단체에 발각되어 연락이 끊겼어. 한 팀이 통째로 괴멸하면서 「임무 속행 불가능」이라고 판단됐지. 붙잡힌 동포를 구하는 것도 임무 중 하나야.』

뷰마루 왕국의 첩보 기관 『커스』도 애먹고 있다고 했다.

이것이 불가능 임무임을 강조하고서 기드는 마지막으로 특별한 말을 건넸다.

『만약 위기가 닥치면— 없애도 돼.』

1년에 걸쳐 클라우스는 콜로니 아홉 개를 괴멸시켰다.

"……『화톳불』, 남의 나라에서 날뛰지 말아 줄래?"

엄청난 깽판에 오리에타가 아연해했다.

예전에 엮인 적이 있는 『아카자 자매』의 동생이자 『커스』의 일원이었다. 클라우스가 빌린 방에 갑자기 찾아온 그녀는 클라우스에게 보고를 듣더니 떨리는 목소리로 말했다.

"미리 말해 뒀잖아? 붙잡힌 동포를 구하기 위해 한동안 잠복할 거라고."

"……굳이 조직을 없앨 거라고 누가 생각이나 하겠어? 이 이상의 간섭은 인정 못 해."

"대표나 간부로 보이는 녀석들을 구속했을 뿐이야. 미리 내부에 잠입하여 최소한의 전투로 끝내고 있어. 책망받을 이유는 없어."

클라우스는 의자에 앉은 채 꼼꼼히 총을 손질했다.

오리에타는 불만스러운 표정으로 서 있었다.

"……어떻게 한 거야?"

"거리에서 극우 결사의 정보를 얻고 콜로니 내부에 침입. 시기를 봐서 폭탄으로 파괴 공작. 혼란을 틈타 수감자를 해방하고, 간부를 포박 및 유괴. 그게 다야."

"말은 간단하지만."

"개미가 뚫은 구멍을 이용해 성채를 부순다고 바꿔 말해도 돼."

"바꿔 말하지 마."

기분 나쁜 듯 오리에타가 눈썹을 찌푸렸다.

"너, 좋은 교사는 못 되겠어."

"될 예정도 없어."

권총을 다시 조립하고 고개를 들었다.

"그래서?"

"응?"

"무슨 일로 왔지? 그저 잔소리하러 왔나?"

오리에타는 입술을 살짝 깨물었다.

뭔가를 매우 망설이는 듯한 기묘한 공백이 있었다.

"최근에 언니와 합중국에서 임무를 수행하고 있었어."

"톨파 대륙 경제 회의인가? 아직 회의는 끝나지 않았는데 돌아왔나?"

"—이유는 말할 수 없어."

"그런가."

실패했군, 하고 짐작했다.

"그럼 묻지 않겠지만."

"『화염』은 뭔가 몰라?"

스파이치고는 너무 솔직한 질문에 「너무 모호한데」라고 말하며 어깨를 으쓱였다. 예전에 만났을 때는 좀 더 이지적인 인간이라고 생각했는데.

반년 넘게 지속되는 톨파 대륙 경제 회의는 이제 막 시작됐을 터. 개막 직후부터 큰 동란이 있었던 모양이다.

"세계 각국의 스파이가 살해당하고 있어. 원인은 불명이야. 상층부는 첩보원을 더 보낼 예정이지만— 뭔가 무서운 일이 일어나고 있어."

"……"

"알고 있는 걸 말해. 목숨까지 뺏을 생각은 없어."

오리에타가 살기를 강화한 순간, 그녀의 손에 권총이 나타났다. 소매에 숨기고 있었던 모양이다. 격철은 이미 젖혀져 발포 준비가 끝나 있었다.

"나는 아무것도 몰라. 모인 스파이들이 서로를 죽이고 있는 것 아닌가?"

"이 이상 얼버무린다면 쏘겠어."

"너무 감정적이라서 말이 안 통하는군."

심술궂게 한숨을 쉬었다.

"언니를 데려와. 지금 어디 있지?"

일순 오리에타의 표정이 일그러지는 것을 놓치지 않았다.

그녀가 초조해하고 있는 이유를 이해했다. 목숨을 잃은 듯했다. 동생인 오리에타만 도망쳤을 것이다.

분한 듯 입술을 깨무는 오리에타를 돌려보낸 뒤 클라우스는 창밖을 보았다.

—뭔가 무서운 일이 일어나고 있다.

톨파 대륙 경제 회의에는 딘 공화국도 관여하고 있다. 본국에서 누가 파견되었는지까지는 정보가 들어오지 않았다.

빠르게 임무를 완수하고서 귀국해야겠다고 생각하며 클라우스는 즉시 일어났다.

클라우스는 뷰마루 왕국에서 임무 중에 한 남자를 알게 되었다.

이 나라의 극우 비밀 결사는 많은 첩보 기관이 위험시하고 있었다. 만약 이 결사 중 하나라도 쿠데타를 성공시키면 세계는 더 혼란스러워진다. 모든 나라에 큰 악몽을 가져오는 결과가 될 것은 명백하여 세계 각국이 감시하고 있었다.

그러니 그도 세계 어딘가에서 파견된 자인 것 같았다.

클라우스가 처음 보는— 자신보다 어린 스파이였다.

"YAYAYA!!"

16세라고 자칭하는 그는 클라우스가 임무를 수행하는 곳에 따라다녔다.

"있지있지, 『화톳불』 군. 너는 휴식 시간이란 걸 몰라?"

다음 극우 결사 『K93』는 뷰마루 왕국 북단의 외딴섬을 거점으로 삼고 있었다. 그들은 콜로니를 형성하고, 때로는 도시에 나가서 정부 관계자를 유괴해 가혹하게 고문했다.

보트를 운전하며, 즐겁게 말하는 소년을 노려보았다.

"정말로 네가 그 『앵화』인가?"

"YA! 왜 안 믿어 주는 거지."

앳된 티가 남은 미소였다.

키는 상당히 작아서 클라우스의 어깨 정도까지밖에 안 왔다. 베이지색 트렌치코트는 사이즈가 안 맞아서 기장이 발끝까지 내려왔다. 부스스하게 구불거리는 흑발을 눈가까지 길렀고, 거기다 색이 들어간 단안경을 차고 있는 탓에 얼굴이 잘 보이지 않았다.

─다만 『앵화』라는 이름은 들은 적이 있었다.

"최근에 이름을 떨치고 있는 남자잖아? 국제회의 자리에 반드시 나타나서 과격한 스파이의 목숨을 빼앗아. 『스파이의 규율』을 자칭하는 국적 불명의 스파이."

"YA! 너까지 알고 있을 줄은 몰랐어."

"하지만 나이가 안 맞아. 내 정보가 맞다면 너는 열 살부터 활동하고 있는 게 돼. 혹시 『앵화』라는 이름은 물려받는 건가?"

"자잘한 건 신경 쓰지 마! 목적은 똑같으니까."

조금 더 정보를 끌어내고 싶었지만 자제했다.

이번에 『K93』의 콜로니에 잠복하면서 알게 된 사이였다. 남자는 아무런 위화감도 없이 극우 단체에 섞여 상관의 신뢰를 쟁취해 있었다. 야간에 돌아다닐 때 서로 기척을 없애고 행동하다가 우연히 맞닥뜨려 정체가 발각됐다.

목표인 극우 단체를 없앨 때까지 일시적인 협력 관계를 맺었다.

"─숙청 대상."

『앵화』는 단언했다.

"컬트 극우가 가르가드 제국으로부터 지원받고 있다는 건 원숭이도 알아. 스파이가 세계의 치안을 필요 이상으로 어지럽혀선 안 돼. —규율 위반이야."

"스파이한테 규율 따위 없겠지."

"규율은 처음부터 있는 게 아니야. 만들어 내는 거야."

이야기를 나누면서 한밤중의 외딴섬에 도착했다.

10년 전까지는 무인도였다고 한다. 사람이 살 수 있는 곳은 거의 없었다.

겨울이면 섬 전체가 얼음에 뒤덮이는 죽음의 섬은 세간에서 『빙로(氷露) 정원』이라고 불리고 있었다.

초목이 거의 자라지 않고 거센 파도가 치는, 절벽으로 둘러싸인 섬이었다. 공격하기는 어려웠다. 사람이 살 수 있는 곳은 기껏해야 『K93』가 험한 절벽 옆에 만든 약 4헥타르의 콘크리트 거주구뿐이었다.

클라우스는 그들의 말단 행세를 하며 3주쯤 전부터 내부에 잠입해 있었다. 거주구에 있는 것은 200명 정도. 전원 『K93』의 구성원이었다. 사람들이 자주 바뀌는 조직이라 누군가의 자리를 대신하는 것은 그리 어렵지 않았다.

도시에서 탄약을 받아 오는 일을 완수하기 위해 일시적으로 콜로니를 떠나 전투 준비를 갖췄다. 예정보다 빠른 행동에 『앵화』는 불만스러운 것 같았지만, 강제로 섬으로 향했다.

유일한 선착장에 도착했을 때, 수위는 없었다. 나가 있는 것 같았다.

희미한 위화감을 느끼며 아지트에 들어갔다.

극우 비밀 결사 『K93』는 상당히 폭력적인 집단이었다. 목적을 완수하기 위해서라면 일반인을 인질로 삼는 것도 마다하지 않았다. 딘 공화국의 스파이도 포박되어 있었다. 생사는 불명. 그 외에도 『커스』의 첩보원을 중심으로 여러 스파이가 잡혀 있었다.

"묘한데."

사전에 입수한 지도를 토대로 콘크리트 복도를 걸어갔다.

걸은 거리에 비례하여 위화감이 커졌다.

"인기척이 너무 없어."

"YA? 원래부터 그 예정을 내다보고 온 거잖아?"

오늘 밤은 결사의 대부분이 다른 조직과의 항쟁을 위해 나가 있었다. 클라우스가 퍼뜨린 헛소문의 효과였다. 외딴섬의 경비는 절반 이하.

"예정보다도 적어. 더 정확히 말하자면 사람은 있지만 활기가 없어."

조악한 콘크리트로 도배한 복도에는 사람이 전혀 없었다. 3주 전부터 잠복해 있었던 클라우스가 처음 보는 광경이었다.

평상시에는 유괴해 온 시민을 밤낮으로 능욕하며 즐기는 녀석들인데.

가져온 탄약을 창고에 옮길 때도 확인하는 자가 나타나지 않았다.

"지령실 쪽에서 고함이 들리는데. YAYA."

"뭔가 문제가 발생한 모양이군."

「이유를 조사할까?」라고 앵화가 물었다.

"아니. 마침 잘됐어. 혼란을 틈타 수감자를 탈출시키기로 하지."

단숨에 달려 나갔다.

"감이지만— 한시라도 빨리 섬을 떠나는 게 좋아."

장기간 있으면 위험하다고 본능이 외치고 있었다.

잰걸음으로 고문실에 도착했다. 주거구 가장 안쪽에 있는 네모난 콘크리트로 만든 곳으로, 디자인이고 뭐고 없는 공간이었다. 내부에는 열 명쯤 되는 사람이 알몸으로 쓰러져 있었다. 양팔은 큰 쇠사슬로 구속되었고 온몸에서 피를 흘린 흔적이 보였다.

—딘 공화국의 동포 네 명은 이미 숨져 있었다.

미안하다고 속으로 사과하고, 살아 있는 자를 찾았다.

간신히 숨이 붙어 있는 자가 네 명 있었다. 개중에는 어려 보이는 아이도 있었다. 인질로 끌려온 걸까. 의분이 북받쳤지만, 머리와 몸은 냉정하게 일했다. 열쇠를 사용해 수갑을 풀었다.

『앵화』가 기뻐하며 웃었다.

"풀어 주려고? 딘 공화국과는 관계없는 사람이잖아?"

"구할 수 있는 자는 구하고 싶어."

"좋네. YA, 나도 찬성이야."

"이들을 안전한 곳으로. 나는 『K93』의 보스를 구속하고—."

바로 탈출한다— 그것이 당초의 예정이었다.

탈출용 보트는 두 개 준비했다. 수감자는 가능한 한 살린다. 적의 보스를 유괴하여 안전한 곳에서 정보를 캐낸다. 그것이 본래의 계획이었다.

그걸 위한 사전 준비도 다 해 뒀다. 아무 문제 없을 터.

"YA?"

이변이 생긴 것은 『앵화』였다.

그의 입에서 피가 흘러나왔다.

총성이나 다른 소리가 없었으니 적은 아니라고 추측할 수 있었다. 그의 몸에 외상 같은 것은 보이지 않았다. 하지만 입에서 피가 흐른 직후, 그는 갑자기 그대로 무너져 내렸다.

"……아~ 이거 실수했을지도—"

돌연 폭발음이 울려 퍼졌다.

거리는 떨어져 있었다. 클라우스가 타고 온 보트가 있는 선착장 방향. 얌전했던 『K93』의 구성원들이 일어나기 시작하며 콘크리트 아지트가 금세 소란스러워졌다.

상황을 전혀 파악하지 못한 채, 구출한 수감자 네 명을 바라보았다.

—그들도 똑같이 토혈 흔적이 있었다.

설마, 하는 마음에 숨을 삼켰다.

연마된 직감이 최악의 사태를 예상하고 있었다.

"네놈은 나를 모른다. 가진 자여."

『빙로 정원』 인근 앞바다에서 그 존재는 소형선에 타고 있었다.

헤어밴드로 머리를 올려 큰 이마를 드러내고 있었다. 안광은 굶주린 짐승처럼 날카롭고 강렬했다. 피부가 창백한 것치고는 살집이 있고, 뺨은 홀쭉한데 팔은 두꺼워서, 어딘가 불균형적이고 비틀린 인상을 줬다.

이전에는 『커스』의 공작원— 『사육사』였던 자.

그러나 지금은 전혀 다른 이름을 쓰고 있었다.

"하지만 나는 네놈의 모든 것을 알고 있지. 절대 전투해서는 안 된다. 모습을 드러내지 마라. 발목을 잡을, 싸울 수 없는 인간을 끌어들여라. 『화톳불』은 가족을 동경한다. 근간에 있는 것은 고독. 연결된 타인을 버리지 않는다."

손에 든 망원경으로 섬을 보며 그녀는 말했다.

"무엇보다 사르폴리— 더 나아가 뷰마루 왕국을 구한 영웅이야."

그녀의 뇌리에는 그와의 운명적인 만남이 있었다.

—사르폴리에서 회색 셔츠 부대를 차례차례 진압하는 클라우스.

그 무용을 보았을 때, 그녀의 가슴은 떨렸다. 완수하지 못한 정의를 수행하는 모습을 바라보며, 몸 안쪽에서 한 가지 감정이 솟아올랐다.

동경? 아니다. 감사? 아니다. 연모? 아니다. 질투? 아니다.

전혀 다른 감정이 그녀의 마음을 완전히 별개의 것으로 바꿔 놓았다.

"그렇기에— 나는 네놈이 죽도록 밉다."

그녀에게 생겨난 것은 광적인 증오였다.

그날 탄생한 증오는 날이 갈수록 자라났다.

"태어나는 순간, 사람은 가진 자와 궁핍한 자로 나뉘어. 그저 운이 좋을 뿐인 자가 부를 독점하고 타인을 유린해. 내 부모님은 작은 이불 위에서 피를 토하며 죽었어. 축복받은 곳에서 태어나지 못했다는 이유만으로!"

망원경을 움켜쥐는 손에 힘이 들어갔다.

"뒤룩뒤룩 살찐 돼지 새끼들을! 네놈의 재능을! 능력을! 동료를! 용서할 수 없어! 우연히 축복받았다는 이유만으로 찬양을 받다니 탐욕의 극치야!! 역겨워. 뇌수를 뽑아 주고 싶어!!"

코드 네임 『은매미』— 이전에 『커스』의 공작원이었던 자는 『뱀』편으로 돌아섰다. 자국의 정부와 첩보 기관에 절망한 그녀는 그것들을 파괴하는 측에 붙었다.

그녀는 격차를 용납하지 않는다.

선천적인 부를, 핏줄을, 재능을, 인정하지 않는다.

자신이 완수하지 못했던 정의를 그 무용으로 이루어 낸 클라우스를 증오했다.

"내가 소중히 키워 낸 것을 부디 귀여워해 줘, 『화톳불』."

은매미는 홍조 띤 얼굴로 살며시 웃었다.

"동서고금 온갖 영웅을 죽여 온 사신— 역병균 앞에 무릎 꿇어라, 가진 자여."

이제부터 클라우스에게 닥칠 재난은 전부 그녀의 수완이었다.

『은매미』 VS 『화톳불』— 그 사투는 클라우스가 모르는 형태로 시작되어 있었다.

무인도 대부분은 초목 하나 자라지 않는 바위로 덮여 있었다.

콘크리트 아지트를 제외한 대부분이 바위산이라 숨을 곳은 많았다.

클라우스와 앵화는 각각 수감자 한 명을 업고, 한 명은 안아서, 아지트에서 떨어진 바위산을 올랐다. 파도에 깎인 듯한 굴을 발견하여 몸을 숨겼다.

구한 수감자는 뷰마루 왕국의 남성 경관. 그의 아들과 딸. 각각 열두 살, 여덟 살이었다. 그리고 라일라트 왕국의 여성 스파이가 한 명.

남성 경관은 간신히 걸을 수 있는 것 같았지만, 다른 세 명은 숨도 간당간당했다. 특히 여성 스파이 쪽은 심한 고문을 당했는지 시력을 잃은 상태였다.

모두 『K93』에게 납치당했다고 했다.

정부나 외국에 대한 인질 등으로 쓰일 것이다. 여성은 노리개일지도 모른다.

휴식을 취한 후 남성 경관에게 물었다.

"며칠 전부터 증상이 나타났지?"

시급한 문제는 이 섬에 만연한 감염증이었다.

남성은 미안한 듯 고개를 끄덕였다.

"저는 3일 전부터였습니다."

"짐작 가는 이유는?"

"2주 전에 녀석들이 잡아 온 자가 똑같은 증상을 보였습니다. 원래부터 폐가 약했다고 했지만, 설마 감염증이었을 줄이야……."

"통풍이 안 되는 이런 환경이니 순식간에 퍼졌나. 그 남자는?"

"이미 죽었습니다. 입에서 피를 토하면서."

유난히 사람이 적다고 느낀 것은 이 병 때문인가.

수감자를 데리고 나오기 전에 『K93』의 인간을 잡아 정보를 캐냈다. 그들도 모르는 것 같았다. 이틀 전부터 급속도로 병이 퍼졌다고 했다. 몇 명이 갑자기 발열. 폐가 타는 듯한 염증을 일으키고 토혈. 오늘 밤에는 목숨을 잃은 자도 나타나면서 사태의 심각성을 이해했다고 했다.

클라우스에게도 최악의 결과가 되었다.

─구한 수감자 네 명은 모두 감염되어 있었다.

'……몸에 콩알 모양의 구진이 있어. 천연두 같은 증상이야. 거기다 폐의 염증……. 어쨌든 내가 모르는 감염증이군…….'

고문실에 나뒹굴던 시신 중 하나를 해부하여 확인했다.

이미 몇 명이 목숨을 잃은 이상, 위험도는 높은 것 같았다.

클라우스 옆에서는 『앵화』가 괴롭게 신음하고 있었다. 수감자 두 명을 옮기긴 했지만, 거기까지가 한계였는지 지금은 힘없이 누워 있었다.

"……상황은?"

"보트가 폭파된 것 같아. 이 섬에 있는 모든 배가 사라졌어."

"우연이라고 하기엔 너무 최악이네."

"그렇지. 명확한 악의가 있어."

백 보 양보해서 감염증이 우연이더라도, 보트 폭파는 인위적인 짓이었다.

외딴섬에서 탈출할 수단은 없어졌다. 이곳은 바위로 뒤덮인 죽음의 무인도. 배를 조립하는 건 쉽지 않다.

—수를 쓰지 않으면 굶어 죽거나 병사한다.

『앵화』가 고통스러워하며 피로 더러워진 입을 닦았다.

"의사한테 진료받지 않으면 몸이 못 버티겠어. YA. 어떻게든 무전으로 섬 밖에 있는 『K93』 동료에게 배를 가져오라고 해야—."

"그 무전을 다룰 수 있는 건 『K93』의 보스뿐이야."

"아……?"

"보스는 피를 토하며 죽어 있었어. 늙은 몸으로는 버티지 못한 거지."

사태를 이해했는지 『앵화』가 눈을 크게 떴다.

"……지령실에서 들린 말싸움은, 그건가."

"맞아. —이 섬을 나갈 수단은 없어. 우리도, 『K93』의 당원도."

누구도 쉽게 접근할 수 없는 기밀성 높은 콜로니가 완전히 화가 되었다. 결과적으로 외부의 도움을 기대할 수 없는 절망의 고도가 되었다.

만약 이것이 누군가의 악의라면 상당히 계산적이다.

'누구 짓이지?'

애초에 이렇게 급속히 병세가 악화하는 감염증은 들은 적이 없었다.

그런 병을 의도적으로 퍼뜨리는 수완만으로도 비정상적이었다. 병이 섬 전체에 만연하고 늙은 보스가 목숨을 잃는 타이밍에 배를 파괴하는 솜씨.

'─『K93』의 적대 조직 짓인가?'

가장 먼저 떠오르는 것은 그 가능성이지만, 휘말린 클라우스 입장에서는 미칠 노릇이었다. 최악의 사태에 직면했다.

"YA……! 잠복 기간 중에 나도 감염됐나. 이런 사태는 역시 계산 못 했어. 병원균을 조종하는 공작원이라니 금시초문이야."

『앵화』가 분한 듯 혀를 차고서 클라우스를 보았다.

"다만 불행 중 다행인 건 있어."

"……뭐지?"

"『화톳불』, 네가 아직 감염되지 않았어. 움직일 수 있는 사람이 한 명 있는 건─."

"아니, 나도 아마 감염됐어. 조금 전에 증상이 나타났어."

일부러 담담히 대답했다.

보아하니 단숨에 섬 전체에 퍼지고 잠복 기간에 편차가 없는 바이러스인 것 같았다. 식사로 독을 섭취하지 않게 조심했지만, 감염증은 경계를 게을리했다.

『앵화』가 말한 대로, 스파이의 상상을 뛰어넘는 공격이었다.

"유감스럽지만 불행 중 불행밖에 없어."

최악인 것은, 클라우스의 적은 감염증만이 아니라는 것이었다.

압박을 주는 요소는 얼마든지 들 수 있었다.

"우리는 수감자들을 탈출시켜 버렸어. 『K93』의 당원은 조만간 눈치챌지도 몰라. 내부에 잠입한 우리의 배신을."

원래 같으면 배신이 발각되기 전에 탈출할 예정이었는데 틀어져 버렸다.

알 수 없는 감염증에 시달리고, 보트는 폭파당한 상태에서 『K93』의 당원은 무슨 생각을 할까.

뻔하다. 적이 있는 것은 명백하다. 그 적은 백신을 소지하고 있을지도 모른다. 탈출할 수 없는 이상, 그 가능성에 걸 수밖에 없다.

"화기로 무장한 『K93』의 당원— 그들이 우리를 죽이러 올 거야."

클라우스는 자신의 손을 바라보았다.

병에 잠식된 몸으로 대체 어디까지 싸울 수 있을까.

클라우스가 발병하고 48시간이 지났다.

섬에서 탈출할 전망은 보이지 않았다.

아지트 안에 배를 만들 만한 재료가 남아 있지 않다는 것은 당원들이 허둥거리는 것을 볼 때 명백했다. 소재라고는 기껏해야 빗자루나 유목, 시트 정도. 가구는 저렴한 알루미늄제나 철제다. 섬을 둘러싼 거친 파도를 넘어가긴 어렵다.

게다가 지금 클라우스에게는 여력이 없었다. 생존하는 것만으로도 빠듯했다.

"―오늘의 식량과 물이야."

물과 식량은 위험을 무릅쓰고 『K93』에게서 뺏어야 했다. 상대도 그게 클라우스의 약점임을 눈치챘는지 엄중하게 경비했다.

내민 생수병을 남성 경관은 이상하다는 듯 바라보았다.

"당신은요?"

"……빗물로 충분해. 아이들에게 나눠 줘."

남성은 고개를 숙인 후, 누워 있는 아이들에게 물을 줬다.

바위로 뒤덮인 섬의 유일한 이점은 빗물이 고여 있다는 것이었다. 위생 면이 매우 불안하긴 하지만, 안 마시는 것보다는 나았다.

동굴에서 채취한 빗물을 마시며 현재 상황을 정리했다.

장소: 외딴섬. 물 없음, 식량 없음. 본토까지는 70킬로. 주변 바다는 조류가 거셈.

아군: 수감자 네 명, 동료 한 명. 모두 중태.

상태: 섬의 모든 인간이 원인 불명의 신체 이상. (미지의 감염증으로 추정)

적: 섬에는 『K93』의 당원이 약 100명. (80%는 감염자로 추정)

'단순히 궁지에 몰린 것보다도 더 심각한 상태야.'

구출한 수감자는 물론이고 『앵화』도 클라우스도 병세는 악화하고 있다.

클라우스의 양팔에도 구진이 생겼고, 숨만 쉬어도 폐가 타는 듯이 아팠다.

하지만 쉴 수는 없었다. 지금도 『K93』의 당원들이 교대로 클라우스가 숨어 있는 동굴을 알아내려 하고 있었다.

전투는 피해야 했다. 권총의 남은 탄환은 많지 않고, 무엇보다 체력이 아깝다.

—방침①: 섬에 있는 『K93』 당원을 제거하여 안전을 확보한다.

—방침②: 섬 밖으로 탈출한다.

현재 ②를 고려할 여력은 없으니 『K93』 당원을 줄이는 데 전념한다.

'녀석들을 일부 배신하게 해서 서로 죽이게 할까.'

어떤 수단이든 마다하지 않는다. 죽음이 코앞에 있었다.

'살 방법이 있다고 호언장담하면 얼마든지 포섭할 수 있어. 쓰임새가 다하면 죽이면 돼. 그리고 아지트에 잠입해서 소총이 폭발하도록 공작할까.'

이미 『K93』의 당원들과 세 번 전투하여 열두 명을 죽였다.

정전 교섭은 처음부터 단념했다. 병에 걸린 그들은 논리적 사고를 포기했다. 클라우스를 죽이면 특효약이 손에 들어온다고 맹신하고 있었다.

문득 『화염』 멤버들의 모습이 떠올랐다.

너무 안일한 발상이라 자조하고 말았다. 하지만 신기하게 마음이 편해졌다.

"……이봐, 『화톳불』."

동굴 벽에 몸을 기대고 있는 『앵화』가 말을 걸어왔다.

"왜 부르지?"

"너 혼자라면 수영해서 본토까지 갈 수 있지 않아?"

"무리야. 나도 병자야."

"……그런가."

거짓말이었다.

적어도 이대로 섬에 남는 것보다는 훨씬 나은 도박이었다. 1인용 배 정도라면 만들 수 있을지도 몰랐다. 시트와 유목을 연결하는 것이다.

'하지만 그러면— 수감자를 죽이게 돼.'

그들끼리는 반나절도 살 수 없다. 일단 섬을 떠나면, 설령 곧장 보트를 타고 돌아오더라도 늦을 것이다. 현재로서 그들을 버린다는 선택지는 없었다.

"—YA, 나는 됐어."

『앵화』가 작게 웃었다.

"결국 백업 중 한 명에 불과하니까."

"백엽?"

"무리를 지키기 위해서라면 개인은 기꺼이 희생돼. 중요한 건 『앵화』라는 스파이가 없어지지 않도록 하는 거야. 이름이 남는다면 규율이 남아."

의도는 모르겠지만, 목소리에 절실한 감정이 담겨 있음을 깨달았다.

고작 며칠 함께 보낸 소년이 뭔가를 필사적으로 호소하려고 했다.

"또 만나자, 『화톳불』. 다른 나에게 안부 전해 줘."

그 이상의 말은 없었다.

이미 『앵화』의 숨은 멎어 있었다. 동력원이 끊긴 것처럼 신기하게 정지했다. 몸을 만져 봤지만 맥은 없었다. 심장도 뛰지 않았다. 잠들었나 싶을 만큼 고요했다.

클라우스는 그의 옷을 뒤져 휴대 식량과 물을 회수했다.

그대로 동굴 안쪽에서 아이를 간병 중인 남성 경관에게 내밀었다.

"이건 당신 자신이 먹어."

"예……?"

곤혹스러워하는 그에게 「1인분 불필요해졌어」라고 짧게 설명했다.

『앵화』의 시신은 바다에 던지자 금세 보이지 않게 되었다.

클라우스가 발병하고 72시간이 흘렀다.

이쯤부터 『K93』의 습격 횟수가 현격히 감소했다.

적의가 줄어들었다기보다는 그들도 병세가 진행 중인 것 같았다.

클라우스의 계략도 효과를 거뒀는지 내분이 일어났다. 클라우스에게서 특효약을 받기 위해 멤버 한 명이 동료에게 총을 난사했다. 결과적으로 그는 총살당한 것 같았다. 아지트에서 들린 총성은 금세 멎었다.

낮 시간, 섬에 떠밀려 온 유목과 의류를 연결해 만든 배로 밖에 나가려고 하는 자가 있었다. 하지만 배는 곧 거친 파도에 휩쓸려 침몰했다.

식량을 뺏기 위해 클라우스는 그들을 다섯 명쯤 죽였다. 하지만 도중에 되돌아갔다. 뺏을 수 있었던 것은 약간의 휴대 식량뿐이었다. 총알이 오른쪽 어깨를 스쳐서 불필요한 부상을 입었다.

마침내 패배했다. 평범한 비밀 결사의 당원 따위에게.

'—체력을 온존할 수밖에 없어.'

병은 클라우스의 몸을 계속 좀먹고 있었다.

어떻게든 살아남아 있던 라일라트 왕국의 여성 스파이도 이날 숨졌다.

치료하지 않으면 죽음에 이른다는 것은 『앵화』의 경우를 봐도 명백했다.

하지만 안달 내선 안 된다고 자신을 타일렀다.

현재 살아날 희망은 하나밖에 없었다.

'언젠가 섬 밖에 있는 『K93』의 다른 멤버가 올 거야. 배를 뺏어서 탈출한다. 그게 가장 성공 확률이 높은 도박이야.'

동굴 안쪽에서는 고통스러워하는 아이들의 기침이 들렸다.

아버지와 자식들은 굳게 손을 잡고 서로를 격려하고 있었다.

'『화염』의 동료와— 아지랑이 팰리스로 돌아가서 그들과 재회할 때까지는 죽을 수 없어.'

그들과의 기억을 떠올리는 한순간만큼은 마음의 평화를 찾을 수 있었다.

96시간은 순식간에 경과했다.

지옥의 양상을 보이고 있는 외딴섬의 인근 해상에서 은매미는 흡족하게 웃고 있었다.

『보라개미』가 일반 시민을 세뇌해서 만든 암살자인 『일개미』 두 명을 데리고 있었다. 명령하면 주저 없이 목숨을 끊어 주는 그들은 가르가드 제국의 스파이보다도 다루기 쉬웠다. 일반 시민을 세뇌하는 건 기드가 금지하고 있지만, 『남메뚜기』가 비밀리에 명령하고 있었다.

밤안개에 숨어 엔진 동력 소형선으로 몰래 섬에 접근했다.

"탈출 방법은 없을 텐데 『화톳불』은 어떻게 할까?"

헤어밴드를 밀어 올리고서 고요한 섬을 바라보았다.

"물론 섬 밖에 있는 『K93』의 당원들이 돌아오는 일은 없어. 그들도 전부 감염자야. 임무를 수행하기 위해 화톳불은 다른 극우 세력과 항쟁하도록 부추긴 모양이지만, 역효과를 가져왔지. 섬 밖에 있는 당원들도 병세는 진행 중이야. 허무하게 적대 세력에게 반격당해 예외 없이 죽음을 맞이했어."

최후의 희망이 사라졌다는 사실을 클라우스가 알 수 있을 리 없었다.

—그는 아무것도 모른 채 죽는다.

그는 자신이 극우 결사 간의 항쟁에 휘말렸다고 생각하고 있을 것이다. 그가 습격하는 날짜가 누설되었을 리 없으니까.

그는 동료에게 배신당했음을 모른다. 다름 아닌 스승에게. 클라우스가 던 공화국의 스파이에게 건넨 보고서는 기드가 손을 써서 도중에 회수했다.

불운을 저주하고 있겠지, 하고 생각하며 웃었다.

—은매미가 뿌린 것은 톨파 대륙에서 발견된 병원균이었다.

어떤 부족이 천벌로 취급하던 병. 치사율이 너무 높아서 그 병원균은 세상에 퍼지지 않았고 지명도도 낮았다. 하지만 악몽 같은 존재였다. 감염자는 살아 있어도 땅에 묻는다는 대처법을 모른다면 도시 전체를 파괴하는 천연 생물 병기다.

"기분은 어때? —『화톳불』."

눈에 보이지 않는 병원균이 지배하는 섬에 은매미는 말을 걸었다.

"축복받은 환경에서 나고 자라 아득한 정점에 도달하려는 남자. 너는 힘을 나눠야 해. 불운하고, 약하고, 가난하지만, 깨끗한 마음을 가진 자— 이를테면 나에게."

하하! 코웃음 쳤다.

"—나에게 베풀어라. 아니면 죽어라."

망원경을 내려놓고, 대신 준비해 온 아타셰케이스를 잡았다.

이 안에 든 것을 보내려고 그녀는 섬에 접근한 것이었다.

"좋은 게 도착했어. 사전의 계획과는 다르지만, 줄게."

공격을 멈추지 않는다.

은매미가 가장 두려워하는 것은 **클라우스가 완전히 쇠약해지기 전에 수감자가 전원 사망하는 것**이었다.

수감자는 클라우스를 구속하는 족쇄다. 그게 사라지면 그는 수영해서 탈출하려고 시도할지도 모른다. 보통 사람이라면 익사하겠지만, 상대는 『거광』의 제자다. 낙관하지 않는다.

노리는 것은 그의 버팀목이 되는 근원.

"너의 마음을 물어뜯을— 죽음에 이르는 병이야."

밤안개에 숨은 채 섬에 상륙한 은매미는 선착장에 아타셰케이스를 두고서 바로 떠났다.

◇◇◇

120시간이 지났을 무렵, 섬에 커다란 변화가 찾아왔다.

―『K93』의 당원이 전멸했다.

대부분은 감염증이나 내분으로 죽었지만, 끝장을 낸 사람은 클라우스였다. 아이들의 병세가 악화하여 새로운 물이 필요해져서 결사의 각오로 조달하러 갔고, 교전. 권총을 뺏어서 죽인 후, 다른 생존자는 남아 있지 않다는 사실을 깨달았다.

가장 먼저 탐색한 곳은 무전실이었다. 하지만 내부는 어질러져 있었다. 원래는 보스가 암호를 입력해야 본국에 연락할 수 있는 시스템이었다. 그 암호를 기술이 없는 자가 강제로 돌파하려고 한 것 같았다. 무전기는 완벽하게 망가져서 수리할 수 있는 상태도 아니었다.

더 심각한 것은 식량의 잔량이었다. 아지트 안을 찾아다녔으나 전혀 남아 있지 않았다. 당원끼리 쟁탈전을 벌인 결과, 실수로 상당한 양이 폐기된 것 같았다.

클라우스는 이틀 전부터 거의 식사를 하지 않았다. 소금과 물이 전부인 식사는 진행 중인 병에 저항하기엔 너무 부족했다. 낙담하지 않을 수 없었다.

시체 썩는 냄새가 진동하는 콘크리트제 콜로니는 거대한 관이었다.

건물 안을 걷는 것만으로도 병세가 악화되겠다고 판단하여 손수건으로 입을 막았다. 섬 밖으로 탈출하는 데 쓸 만한 것이 없는지 찾았다.

'어쨌든 당원이 사라졌다면 탈출에 전념할 뿐이야.'

휘청거리는 다리에 힘을 주고 생존 가능성을 탐색했다.

―빗자루, 당원이 모은 유목, 시트, 베개, 의류.

과연 이것에 수감자 세 명과 자신이 탈 수 있을까. 상당히 미묘했다.

'더 가볍고 튼튼한 재료가 필요해.'

표류하면 확실히 죽는다. 뭔가 소재가 없을까, 싶어서 콜로니 안을 계속 돌아다녔다.

이윽고 선착장 쪽에 기묘한 아타셰케이스가 놓여 있는 것을 알아차렸다.

'……이건 뭐지?'

아타셰케이스는 흠집투성이로, 당원들이 파괴하려고 한 흔적이 보였다. 잠금장치를 공략하지 못하고 방치한 것 같았다.

물론 클라우스는 수월하게 열 수 있었다.

쓸 만한 게 있으면 좋겠다고 생각하며 락픽 도구를 열쇠 구멍에 꽂았다.

―투명하게 느껴지는 백발이 가득 담겨 있었다.

"……머리카락?"

왜 이런 게 들어 있는지 알 수 없어서 중얼거리고 말았다.

어쨌든 배의 재료가 될 것 같지는 않았다.

하지만 자연스럽게 눈을 뗄 수 없었다. 표백된 것 같은 아름다운 흰색. 일종의 예술품처럼 느껴지기까지 하는 순백의 머리카락은 그가 잘 아는 자의 머리카락과 흡사했다.

입안의 수분이 사라지며 바싹 말랐다.

말도 안 된다고 느끼면서 케이스 바닥으로 손을 뻗었을 때, 종이 한 장을 찾았다.

【그대는 깨끗하게 산 자—『선혹』하이디】

메시지가 적힌 종이가 놓여 있었다.

직전에 오리에타가 했던 말이 머릿속을 스쳤다. 세계가 바뀌려는 조짐. 우수했던 반나가 살해당했다는 사실. 무의식적으로 『화염』과는 상관없다고 단정 지었다. 자신보다 뛰어난 그 사람들이 목숨을 잃을 리가 없으니까.

—하지만, 이 잘린 순백색 머리카락은 대체 무엇을 의미하는가.

그 의미를 깨달아 버렸을 때, 클라우스의 몸에서 힘이 빠졌다.

악의가 충만한 섬에서 죽은 듯이 정신을 잃었다.

은매미가 섬의 이변을 눈치챈 것은 보트를 폭파하고 엿새가 지났을 무렵이었다.

그녀는 소형선에 타 항시 섬의 동향을 관찰하고 있었다. 탈출하는 사람이나 섬 안의 생존자 유무를 살피기 위해서였다. 만약 탈출을 시도하는 자가 있으면 사살해야 했다.

슬슬 목숨을 잃었을 테지만, 쉽사리 접근할 수는 없었다.

'……대상을 말살했는지 확인하기 어려워. 그게 내 단점이야. 아아, 나는 어쩜 이리도 사랑스럽지.'

쓸 수 있는 장소가 한정적이지만, 은매미가 가져오는 병은 발동하면 맹위를 떨친다.

클라우스를 죽일 수 있다는 확신은 있으나 그 결과를 확인하기는 쉽지 않았다. 섣불리 상륙했다가 『K93』의 당원이나 클라우스와 전투가 벌어지는 것은 바람직하지 않았다.

섬에서 500미터 이상 떨어진 곳에서 섬의 모습을 확인했다.

큰 변화가 일어난 것은 그 직후였다.

—『K93』의 콜로니에서 갑자기 대폭발이 발생했다.

"폭파?!"

격렬한 굉음이 울려 퍼지고, 거센 불꽃과 새까만 연기가 솟아올랐다.

『K93』는 쿠데타를 위해 대량의 화약을 모아 두고 있었다. 남은 화약을 전부 썼을 것이다. 콜로니가 반파되고 있었다.

원인은 불명이지만, 인위적인 폭파라고 은매미는 가정했다.

"⋯⋯신호탄인가? 하지만 저 정도 폭약으로는 본토에 전달되지 않아."

낮 시간대 하늘을 빨갛게 비출 만한 위력도 없었다. 기껏해야 은매미가 있는 곳까지 소리가 들리는 정도였다. 파도의 높이도 변함없었다. 건물을 파괴하는 게 고작이었다.

최후의 발악일지도 모른다.

은매미는 조용히 콜로니를 바라보았다.

"⋯⋯아니면, 자결인가?"

사고일 가능성을 제외하면 가장 타당했다.

구조대가 오지 않는 것에 절망한 자가 길어지기만 하는 고통을 견디지 못하고 스스로 목숨을 끊은 것이다. 권총 자살은 심리적으로도 물리적으로도 장애물이 많다.

"혹은 『화톳불』의 책략⋯⋯일지도 모른다고 경계해 둘까. 기우라면 그만이고."

아무것도 알 수 없는 이상, 관찰에 주력할 수밖에 없다.

소형선을 섬에 접근시키고 망원경으로 조금이나마 단서가 없는지 찾았다. 거센 파도가 치는 바위뿐인 섬이라서 탈출할 수 있는 장소는 한정되어 있었다.

─폭발로 주의를 끌고 뭔가를 꾀하고 있을 수도 있다.

이윽고 섬의 유일한 선착장에 가까워졌을 때, 뭔가 수상한 것이 보였다.

선착장에서 뭔가 이상한 것이 떠내려왔다. 돛이 펴져 있는 배.

요트 같았다.

'······폭풍을 이용해서 거친 파도를 넘어왔나?'

섬을 벗어난 요트는 해풍을 받아 전진해 나갔다.

"어떻게 된 거지?"

본 광경을 믿을 수 없어서 중얼거렸다.

"이 거친 파도를 넘을 수 있을 만한 재료는 섬에 존재하지 않을 텐데."

골조는 유목으로 만들 수 있더라도 돛의 소재는 없다. 시트 같은 얇은 천으로는 바람을 받을 순 있겠지만 거친 파도를 넘기에는 역부족이다.

원리는 불명이나, 이대로 가게 둘 수는 없었다.

『일개미』에게 지시하여 엔진의 출력을 올렸다. 저격총을 들고 요트에 접근. 돛을 쏴서 움직임을 막으려고 했다.

이윽고 요트에 접근했을 때, 은매미는 그 정체를 이해했다.

"······가죽배?"

조준경 너머로 보인 것은 동물의 가죽 같은 것이었다. 기름과 피를 완벽히 처리하지 못한 듯한 생생한 가죽 돛이었다.

어디서 동물의 가죽을 조달한 걸까.

요트의 선체도 가죽으로 덮여 있었다. 유목으로 최소한의 골조를 만들고 다른 건 전부 동물의 가죽으로 덮었다. 세계 각지에서 볼 수 있는 원시적인 경량 배였다.

"──."

그 가죽의 조달 수단을 생각했을 때, 등골이 오싹해졌다.

대량의 가죽을 입수할 곳은 하나뿐이었다.

"인간 가죽이야!! 『K93』 당원의 피부를 이어 붙인 건가?!"

상궤를 벗어난 수법에 압도당했다.

즉시 요트를 파괴해야 했다.

이런 수단을 떠올릴 상대는 『화톳불』밖에 없었다.

은매미는 소형선의 선단으로 가서 저격총을 들었다. 탈출한 건 훌륭하지만, 침몰시키면 문제없다.

그러나 방아쇠에 손가락을 걸었을 때 깨달았다. ─요트에 사람 모습은 보이지 않았다.

'……더미?'

하는 일이 없는 『일개미』에게도 망원경으로 확인시켰다.

요트에 타고 있는 사람은 없었다. 폭풍과 해풍을 받아 떠내려오고 있을 뿐이었다.

'……그래, 냉정해져. 사람 가죽으로 만든 요트로 탈출할 수 있을 리가 없어.'

다시 소형선을 전진시켜 요트를 관찰했다.

동물 가죽을 소재로 쓰려면 여러 날이 필요할 터다. 쓸데없는 기름을 빼지 않으면 배의 소재로 삼기에는 너무 무겁다. 눈앞의 요트는 사람을 멀리까지 태울 만한 부력은 없었다.

실패작이 폭발의 충격을 견디지 못하고 떠내려왔을 뿐이다.

'하지만 너무 끔찍해. 발상을 포함해서 상궤를 벗어났어⋯⋯.'

다가오는 요트를 바라보며 은매미는 숨을 삼켰다.

『화톳불』이 이걸 만들었다는 것은 의심할 여지가 없었다. 이어 붙인 피부의 양에서 알 수 있는 잔학성. 군더더기 없이 봉합된 정밀성. 인간의 범주를 벗어난 일이다.

가까워질수록 생생히 남은 피가 눈에 들어왔다.

'궁지에 몰린 자이기에 보이는 흉포성⋯⋯. 하지만, 흡사⋯⋯.'

「예술이야」라고 은매미가 중얼거렸을 때, 배의 후방에서 큰 소리가 났다.

곧장 은매미는 깨달았다. 너무 경솔했다.

섬에 접근하지만 않으면 안전하다고 낙관하고 있었다. 요트는 원거리에서 파괴했어야 했다. 하지만 손가락을 멈추고 말았다. 매료되고 말았다.

사람의 마음을 조종하는 마의 예술가를 알고 있었음에도!

소형선의 후방, 해저에서 한 남자가 기어 올라왔다.

"적의 마음을 현혹하는 기술은 전부 제멋대로인 누나에게 배웠어."

그 남자는— 『화톳불』 클라우스는 선상에 서 있었다.

너무나도 의표를 찌른 기습이라 은매미는 말문이 막혔다.

"그 머리카락을 본 순간, 이해했어. 누군가가 『화염』을 노리고 있어. 목표가 『K93』가 아니라 나라면 대처법은 달라져. 적은 내 시체를 확인할 때까지 일을 끝낼 수 없어. 그렇다면 섬 인근 바다에 누군가가 나타날 때까지 계속 기다리면 돼."

그가 한 말을 듣고, 직전까지 클라우스는 요트에 타고 있었다는 것을 알아차렸다.

은매미가 망원경으로 섬을 포착할 수 있었으니, 섬에서도 은매미의 소형선이 보였을 것이다. 그걸 확인하고서 폭탄을 기동. 폭풍에 떠밀린 요트를 타고 앞바다로 나갔다. 주위를 경계하는 은매미가 요트를 발견하는 것은 계산된 바였다. 다가온 소형선을 해저에서 기습.

전부 그의 손바닥 안이었다.

"적을 속이는 심리 기술은 떠들썩한 쌍둥이 형들에게 전수받았어."

클라우스는 증오에 찬 눈길을 보냈다.

"너희는 누구지?"

"……아직…… 살아 있었나?"

쓸데없는 문답은 하지 않는다.

『일개미』에게 명령하기보다도 은매미는 들고 있던 저격총을 겨눔과 동시에 발포했다. 큰 충격을 받았으나 조준이 빗나가지는 않았다.

굉음을 울리며 총알은 『화톳불』의 이마로 날아갔다.

그리고 총알은 그냥 통과했다. ─그렇게 착각할 만큼 군더더기 없이 피했다.

살짝 몸을 흔드는 동작만으로 사선상에서 벗어났고, 총알은 바다로 사라졌다.

"자신을 지키는 방법은 역전의 노파가 몸에 새겨 줬어."

"왜? 이렇게까지 움직일 수 있지?"

눈앞의 광경을 납득할 수 없었다.

그는 섬에 엿새 넘게 고립되어 있었다. 은매미의 계획대로라면 수감자를 감싸며 『K93』와 전투해 기력을 소모. 병세는 진행되고, 식량도 물도 충분히 손에 들어오지 않는다. 입수하더라도 수감자에게 나눠 줬을 것이다.

무엇보다도 전달된 머리카락은 그의 정신을 어지럽히기 충분한 위력이었을 터.

"수감자를 구하려고 한 네놈이 살아날 가망 따위─."

질문을 던지자, 클라우스가 빛을 잃은 새까만 눈으로 바라보았다.

은매미를 기습하기 24시간 전.

하이디의 머리카락을 발견하여 정신을 잃었던 클라우스는 이윽고 깨어났다. 일어난 직후 걷기 시작했다. 자연스럽게 결심이 굳어져 있었다.

그가 향한 곳은 섬의 동굴에 숨어 있는 아버지와 자녀들 곁이었다. 약간의 물과 식량을 나누며, 진행 중인 병과 필사적으로 싸우고 있었다. 딸 쪽은 한계가 가까웠다. 숨이 간당간당했다. 그녀의 작은 손을 아버지가 기도하듯 움켜쥐고 있었다.

클라우스가 다가가자, 아버지는 「뭔가 발견은 있었나요?」라며 고개를 들었다.

최후의 희망에 매달리는 듯한 눈을 지그시 마주 보았다.

"제안이 있어."

"예?"

"―나를 위해 죽어 줘."

짧게 전했다.

아이들을 데리고 섬에서 탈출하는 것은 불가능하다. 이대로 가면 전원이 목숨을 잃을 뿐이다. 하지만 클라우스가 최후의 식량과 물을 독점하면 그는 살아남을 가능성이 컸다. 심지어 이 지옥을 만들어 낸 흑막에게 한 방 먹일 수 있을지도 모른다.

얼마 없는 물과 식량을 죽어 갈 뿐인 병자에게 줄 의의는 전혀 없었다.

"……가, 갑자기 무슨 소리를?"

아버지는 핏기가 가셔 얼굴이 창백해지며 말을 제대로 잇지 못했다.

"저, 저희가 무슨 짓을 했나요? 왜 이제 와서―."

"당신들은 아무런 잘못도 없어."

"……최소한 아이들만이라도……. 아이들은 아무런 상관도 없습니다……."

"상관이 없어도 사람은 죽어."

넋이 나간 아버지 옆을 지나 동굴 구석에 놓여 있는 최후의 물과 식량을 뺏었다. 이 가족의 유일한 희망이자 생존 수단이었다. 소년이 동생을 지키기 위해 뻗은 손을 뿌리쳤다. 다리에 매달린 아버지를 걷어찼다.

이윽고 모든 것을 포기한 듯 아버지가 말했다.

"……마지막 한때를 가족끼리 보내겠습니다."

대답은 하지 않았다.

사그라질 듯한 울먹이는 목소리가 동굴에 울렸다.

"원망합니다. 이런 결말을 맞이할 거였다면 희망 따위 바라지 않았어요."

닷새간 목숨 걸고 지킨 아버지와 자녀들은 클라우스를 저주하는 듯한 시선을 보냈다.

소형선에 선 클라우스의 뇌리에는 가족의 마지막 모습이 있었다.

그들은 결국 그날 밤에 숨졌다. 클라우스에게 버려지면서 병과 싸울 기력도 떨어진 걸지도 모른다. 마지막 순간까지 가족은 손을 굳게 맞잡고 있었다.

그들에게서 뺏은 휴대 식량을 입에 넣자 미미하게 기력은 회복됐다.

콜로니의 감시실에 앉아, 클라우스의 시체를 확인하러 올 적을 기다렸다.

"수감자 구출을 포기하고, 남은 식량과 물은 내가 독점했어."

은매미—클라우스에게는 이름도 모르는 여자—를 노려보았다.

"잔혹한 판단을 강요하는 세상에서 사는 각오는 보스에게 전수받았어."

예전에 게르데가 냈던 광차 문제를 떠올렸다.

다섯 명을 구하기 위해 한 명을 죽일 수 있는가. 그때 답에서 도망친 것은 역시 실수였나, 하는 생각이 들어서 당황스러웠다. 세계는 자비 없는 선택을 강요한다.

분기기를 움직여야만 하는 때가 온다.

버려야만 한다고 누군가가 가르쳐 주고 있었다.

스파이로서 냉혹한 판단을 내려라. 분기기를 바꿔라. 이상론을 내다 버려라.

페로니카가 가르쳐 준 것이었다. 가족을 사랑하지 말라고.

—그 무구하고 선량한 가족을 죽여라.

"수감자 가족을 버린 건가……?"

은매미는 의외라는 듯 신음했다.

"네놈은! 『가족』을 동경하는 네놈은 그런 짓 못 한다고 그 사람이—"

"네가 내 마음을 죽였어."

클라우스는 한 걸음 앞으로 내디뎠다.

아타셰케이스에 들어 있던 것을 봤을 때, 결심을 굳혔다.

순백의 모발이 진짜인지 아닌지는 알 수 없다. 머리카락만 잘렸고 본인은 무사할지도 모른다. 하지만 뭐든 간에 그걸 보낸 자를 죽이자고 결단하기에는 충분했다.

소형선의 길이는 약 10미터. 타고 있는 인간은 세 명. 클라우스가 그 정체를 알 리 없지만, 암살 경험을 쌓았다는 것은 몸놀림을 보고 짐작했다.

이 지옥과 결판을 내야 했다.

"……윽, 역시 네놈은 사악해."

은매미도 저격총을 버리고 근접전용 무기를 꺼냈다.

주사기 두 개— 하나라도 박는다면 코끼리도 기절시킬 수 있다.

"축복받은 재능을 얻었으면서 약자를 구하는 것조차 포기했어. 간식처럼 골라 먹는 정의는 유쾌하지? 괴물 같은 능력을 휘두르고, 타인을 유린하고, 매달리는 자는 버리고!!"

"하고 싶은 말이 뭐지?"

"나는!! 내 손으로 나라를 바꾸고 싶었어! 살찐 돼지들을 스파이로서 유린하고 싶었어! 너희 『화염』은 세계를 바꿀 힘을 가졌으면서, 사리사욕을 탐하는 돼지들을 방임하며 세계를 게임처럼 가지고 놀아! 불쾌하기 그지없어! 운이 좋았을 뿐인 가진 자가!!"

"……그렇게 보이나 보군. 너한테는."

정보를 실토하지 않는다면 관심은 없었다.

"단순히 축복받았다고 살아남을 수 있을 만큼 녹록한 세계는 아니었어."

클라우스는 짧게 대답했다.

"이 세계에서, 그래도 올바르게 있으려고 저항하는 우리를 방해하지 마."

먼저 움직인 것은 『은매미』였다.

손을 들어 『일개미』 두 명에게 지시를 내렸다. 『보라개미』에게 세뇌당한 그들은 눈앞의 남자를 죽이는 데 아무런 망설임도 없었다. 뇌에 각인된 공포로부터 도망치기 위해 단검을 꺼내 찌르려고 했다.

클라우스는 단검을 피함과 동시에 상대의 어깨를 잡았고, 상대방의 기세를 이용해 바다에 떨어뜨렸다. 두 번째 남자도 발을 걸어 똑같이 떨어뜨렸다.

최소한의 움직임으로 상대를 무력화해야 했다.

"크, 비실비실하잖아……!"

그 이유를 간파한 은매미는 크게 웃었다.

두 남자를 무력화했을 뿐인데 클라우스는 한쪽 무릎을 꿇고 있었다. 거칠게 숨을 몰아쉬며, 타는 듯이 아픈 폐에 필사적으로 산

소를 보냈다.

—영양실조, 감염증 악화, 『K93』와의 사투, 요트에서 소형선까지의 잠수.

지금 그는 살아 있는 것만으로도 한계였다.

『은매미』의 책략은 성공했다.

그의 왼손에는 단검이 박혀 있었다. 두 번째 공격을 완전히 피하지 못했다. 클라우스는 한없이 죽음에 가까운 곳까지 내려와 있었다.

"허세도 작작 부려. 진즉에 총알도 다 떨어졌지?"

은매미는 주사기를 들고 크게 선고했다.

"『화염』은 네가 죽음으로써 완전히 궤멸한다!!"

"그런데— 이 놀이에 언제까지 장단을 맞춰 주면 되지?"

친형 같은 존재인 루카스의 말로 대답했다.

어떤 궁지여도 여유를 잊지 않는다. 역전할 한 수를 기다린다.

최후의 힘을 쥐어짜 은매미에게 돌격했다.

'……불타고 있어…….'

몸 안쪽에서 타오르는 열이 느껴졌다.

병세의 악화 이상으로, 그것은 몸을 태우지만 클라우스의 등을 힘 있게 밀어 주고 있었다. 그 감각을 이야기해 줬던 하이디의 말은 기억하고 있었다.

—마음에 불을 붙인다.

이해함과 동시에, 클라우스의 시야는 선명한 색채를 띠며 밝아졌다. 눈에 보이는 모든 것이 명확한 정보를 가지고서 뇌에 직접 전달되었다.

은매미의 움직임이 전부 슬로 모션으로 느껴졌다.

휘둘리는 주사기에 저항하고, 클라우스는 유일한 무기를 등에서 꺼냈다. 파워 부족을 보완하기 위해 콜로니에서 가지고 나왔다.

"쇠지레……!!"

눈을 부릅뜨는 은매미의 오른손에서 주사기가 떨어졌다.

클라우스가 휘두른 쇠지레가 그녀의 오른손을 눈 깜짝할 사이에 분쇄했다.

고아였던 소년 시절처럼, 일격에 모든 체중을 실어 파괴력을 올렸다. 힘이 들어가지 않는 팔로 쇠지레를 휘둘렀다.

무엇보다 알고 있었다. 누구보다도 알고 있었다.

늘 보며 동경했었다. 장대한 칼을 자유자재로 휘두르는 최고의 스승의 모습을.

"─【거광】."

스승의 칼을 이상적으로 여기는 혼신의 일격으로, 클라우스는 은매미의 이마를 쇠지레로 박살 냈다.

뷰마루 왕국에서의 사투는 『화톳불』 클라우스의 신승으로 끝났다.

그는 『은매미』를 살릴 여력은 안 남아 있었다. 그녀는 즉사했다. 머리가 깨져 바다에 떨어진 시체를 회수할 기운조차 없었다. 바다에 빠진 『일개미』들은 스스로 바닷물을 마셔 목숨을 끊었다. 『빙로정원』에 있던 자는 예외 없이 목숨을 잃었다.

유일한 생존자는 클라우스뿐이었다.

세계 각국에서 위험시하던 『K93』의 괴멸은 각국의 첩보 기관에 충격을 줬다.

「『화톳불』이 혼자 괴멸시켰다더라」라는 정보가 나돌았고, 이윽고 그것이 정설이 되었다.

―『화톳불』 클라우스의 이름이 전 세계 스파이들에게 알려졌다.

녀석은 『세계 최강의 스파이』를 자부한다는 정보와 함께.

그리고 그 이상으로 세계를 뒤흔드는 뉴스도 탄생하려고 했다.

클라우스는 소형선을 타고서 뷰마루 왕국 본토로 돌아왔다.

오리에타에게 연락하여 자신을 보호하게 했다. 『커스』 내부에서는 「『화톳불』 말살론」도 있었던 것 같지만, 오리에타가 잘 설득해 준 것 같았다. 그에게 은혜를 베푸는 것은 나쁜 선택이 아니라면서. 어쨌든 『K93』를 혼자 괴멸시킨 남자라면서.

병실에서 클라우스는 사흘간 계속 잤다. 『커스』에는 감염증의 특효약이 있었다. 『은매미』가 원래 『커스』의 공작원이었기 때문이지만, 클라우스에게는 알려 주지 않았다.

깨어남과 동시에 그는 병실을 빠져나와 딘 공화국으로 갔다.

확인해야 할 것이 너무 많았다.

'대체 무슨 일이 일어나고 있는 거지……?'

이해를 넘어선 사태가 벌어지고 있었다.

아직 완벽히 회복되지 않은 몸으로 질문과 마주했다.

'내 잠입 타이밍이 왜 발각됐지? 그리고 그 순백의 머리는—'

뷰마루 왕국 내 동포와도 접촉할 수 없었다.

그들도 제거됐다고 생각할 수밖에 없었다. 이렇게 간단히 딘 공화국의 첩보망이 파괴된 건 처음 겪는 일이었다.

딘 공화국의 항구에 도착하자마자 향한 곳은 아지랑이 팰리스였다.

하이디와 얘기하고 싶었다. 왜 머리카락을 잘렸냐고 묻고 싶었다. 기분 전환이라며 따뜻하게 웃는 그녀를 보고 싶었다.

현관에 다다랐을 때, 건물 앞에 한 남자가 서 있었다.

"——."

아지랑이 팰리스의 부지는 기본적으로 『화염』 멤버만 들어올 수 있었다.

그곳에 처음 보는 남자가 있는 것만으로도 이상 사태였다. 회색 머리와 매부리코를 가진 남자였다. 모자부터 발끝까지 순흑색 차림인 그는 장의사처럼 보이기도 했다. 찾아온 클라우스를 가엾어 하는 듯한 시선을 보내고 있었다.

그는 클라우스를 기다리고 있었던 것 같았다.

"너는 누구지?"

"『C』라는 이름을 들은 적이 있을 거야."

들은 적은 있었지만, 실제로 본 것은 처음이었다. 딘 공화국의 첩보 기관 『대외정보실』의 실장. 국내외 모든 스파이를 조종하며 세계 각국에 첩보원을 파견하는 스파이 마스터.

엄격한 음성으로, 단적으로 알렸다.

"—『화염』은 너를 제외한 전원이 죽었어."

아지랑이 팰리스 홀의 소파에 몸을 묻고서 그대로 눈을 감았다.

이대로 가만히 있으면 누군가가 돌아오지 않을까. 그런 기대가 사라지질 않았다. 잠이 들면 누군가가 몸을 흔들어 깨워 줄 거다. 10초마다 그런 몽상을 하다가 현실 앞에서 무너졌다.

『화염』 멤버의 시신을 막 확인한 뒤였다.

시신은 대외정보실 본부로 전달되었다. 조금 부패한 그들의 시신을 본 순간, 몸을 숙이고 위에 든 것을 토해 냈다.

틀림없이 진짜였다.

유일하게 의심스러운 것이 있다면 스승인 기드의 시신이었다. 손상이 심했고 본인이라는 확실한 증거가 없었다. 그 사실도 클라우스의 마음을 격하게 뒤흔들었다.

C가 뭔가 모르냐고 물었지만, 대답할 수 있는 정보는 아무것도 없었다. 클라우스 쪽이 물어보고 싶었다.

"무슨 일이 일어난 거지……?"

소파에 앉은 그의 입에서 중얼거림이 흘러나왔다.

"어째서 시신을 전달했지? 누가, 무슨 목적으로?"

홀에 걸린 괘종시계가 심야 열두 시를 가리켰다.

하루의 끝을 알리는 종소리가 울려 퍼졌다. 어릴 때는 이 소리를 들을 때마다 안도하며 잠들었지만, 지금은 너무나도 귀에 거슬렸다.

종소리가 멎자 펼쳐지는 무음의 공간.

그 격차를 견딜 수 없었다.

"왜 아무도 대답해 주지 않는 거야……?"

그런 말을 내뱉어도, 누구의 목소리도 들려오지 않았다.

몇 번이고 떠올렸다.

『홍로』페로니카와 나눴던 최후의 대화를.

"―『화염』을 사랑하는 건 그만둬."

클라우스의 방에 찾아온 그녀가 그렇게 나무라듯 말했다.

내치는 것처럼 느껴지는 말에 언성을 높이고 말았다.

"왜 그런 말을 하지? 나는 당신들을—."

"가족처럼 여기고 있지. 그래서 말하는 거야. 너는 가족을 사랑해선 안 돼."

"……!"

"클라우스, 너는—."

페로니카는 미소 짓듯 표정을 풀고서 따뜻하게 감싸는 듯한 음성으로 전했다.

"—【언젠가 홀로 서야 해.】"

그녀의 시선이 똑바로 클라우스의 눈을 향하고 있었다.

말을 끝낸 후, 그녀는 해방된 듯한 명랑한 음성으로 「아아, 말해 버렸어」라며 어깨를 으쓱였다.

반사적으로 클라우스는 고개를 내저었다.

"나한테 『화염』은 가족과 같아. 이곳을 떠날 이유 따위 없어."

"틀렸어. 그건 네 감정이 아니야. 내가 그렇게 생각하도록 만들어 버렸어."

"실제로—."

"나는 몰랐어. 사명감 때문에, 나이도 얼마 안 먹은 아이를 스파이라는 가혹한 세계로 몰아넣었어. 얼마나 많은 아이가 양성 학교를 거쳐 목숨을 잃을까."

페로니카는 클라우스의 뺨으로 손을 뻗었다.

"실제로 너는 몇 번이나 목숨을 위협받았어."

빨갛게 물감이 묻은 그녀의 손가락이 클라우스의 뺨에 닿았다. 가늘고 유려한 손가락. 자애롭게 쓰다듬고서 마지막엔 손바닥으로 덮었다.

"—후회해. 너를 이 스파이 세계로 데려와 버린 것을."

제발 그런 얼굴 하지 말라고 외치고 싶었다.

그녀의 일그러진 눈썹에는 애상이 깃들어 있었다.

입에서 나온 것은 어린애 같은 간단한 말이었다.

"나는, 행복해."

"그렇게 생각하도록 만들었다니까, 내가."

"후회할 일이 아니야."

"너의 그건 그저 의존이야. 눈에 보이는 진실을 흐리게 하는, 있어서는 안 될 감정. 의존은 스파이를 파멸시켜. 예외는 없어."

페로니카는 못내 아쉬워하는 모습으로 클라우스의 뺨에서 손을 뗐다.

자연스럽게 클라우스의 뺨을 타고 눈물이 흘러내렸다. 본능이, 뭔가 결정적인 작별을 시사하고 있음을 깨달았다.

얼마나 시간이 남아 있는지는 불명이지만, 언젠가 페로니카가 떠나는 날이 찾아온다.

그건 그녀의 병 때문일지도 모르고, 다른 요인 때문일지도 모른다.

알 수 있는 것은, 그것이 도망칠 수 없는 운명이라는 것이었다.

"사람은 살면서 두 가지 가족을 얻어."

그녀는 온화한 어조로 말했다.

"태어난 가족. 그리고 만드는 가족. 태어난 가족은 선택할 수 없지만, 새로운 가족을 만들 권리는 누구에게나 있어. 전자만을 사랑하며 사로잡혀서는 안 돼. 자신이 있을 장소는 스스로 찾아내는 거야. 피가 섞이지 않아도 돼. 법으로 인정받지 못해도 돼."

페로니카에게 『화염』은 어떤 장소였을까, 하는 생각이 들었다.

클라우스에게는 가족이었지만, 그녀에게는?

이 타는 듯한 마음을 그녀도 공유해 줄까?

"너는 언젠가 홀로 서서 새로운 터전을 만들 거야."

기도하는 듯한 말이, 페로니카가 준 마지막 가르침이었다.

아무도 없는 홀에서 그녀와의 마지막이 머릿속을 스쳤을 때, 자연스럽게 소파에서 일어났다.

움직여야 했다.

『화염』이 못다 한 일을 완수하여, 『화염』이 지켜 낸 나라를 지켜야 했다. 그리고 『화염』을 괴멸시킨 요인을 찾아낼 때까지 멈출 수 없었다.

―복수를 완수한다.

일어나 움직이기 시작했다. 『대외정보실』에서 사람을 부르자. 멤버의 소지품을 꼼꼼히 검사하여 조금이라도 많은 정보를 긁어모은다. 직전까지의 동향을 밝혀내서 일을 이어받고, 그들을 습격한 비극의 정체를 조사한다.

멈추지 않는다. 멈추지 못한다. 멈출 수는 없다.

몸속에서는 어떤 불꽃보다도 뜨거운 화염이 활활 타오르고 있었다.

새로운 멤버를 모아야 했다. 만에 하나— 생각하기도 싫은 발상이긴 하지만, 클라우스가 추측하는 인물이 배신자일 경우, 클라우스는 절대 이길 수 없다. 딘 공화국의 어떤 스파이도 이길 가망이 없다.

가능성이 있다면— **그 인물이 절대 모를 특기를 가진 자들.**

그 인물이 『화염』 선발 시험으로도 접근하지 않은 환경. 알려고도 안 하는 상대. 여자 스파이 양성 학교의 낙오자. 그녀들의 힘을 빌려서 맞설 수밖에 없다.

그를 타도한 뒤, 설득하고, 다시 한번 『화염』을 시작한다.

"보스가 뭐라고 하든, 나는 『화염』을 사랑했어. 강함과 사랑을 겸비했던 당신들을. 하지만 그런 내 감정이 안일함이라고 보스가 말한다면—."

클라우스는 강하게 선언했다.

"—나는 새로운 터전을 만들겠어. 『화염』의 사랑을 담아."

팀의 이름은 그가 정했다.

결국 『화염』과는 거리가 멀지만.

세계의 수수께끼를 해명하여 새로운 미래를 거머쥘 조직에 어울리는 이름을.

신설 스파이팀. 이름은 『등불』—.

『화염』이 괴멸되고 한 달 후, 클라우스는 새로운 스파이팀의 보스가 되었다.

양성 학교에 여러 번 가서 필요한 소양을 가진 멤버를 모았다.

어떤 어려운 상황에도 굴하지 않는 멘탈을 가진 소녀, 타깃과 직접 싸울 수 있는 높은 격투 기술을 가진 소녀, 동료를 이끄는 높은 지모가 무기인 소녀, 예전에 페로니카가 직접 기술을 전수한 소녀, 빌레가 직접 스카우트했던 재능 넘치는 소녀, 루카스가 반쯤 장난으로 매를 스카우트했을 때 발견한 장래성 있는 소녀, 다른 소녀에게 부족한 냉혹한 정신을 가지고 있는 소녀, 그리고 상대의 의표를 찌르는 희귀한 특기를 가진 소녀.

"『화원』 릴리, 방금 도착했습니다!!"

결성일, 태평한 소녀의 목소리가 아지랑이 팰리스에 울려 퍼진다.

새로운 이야기는 여기서부터 시작된다.

오랜만에 뵙습니다. 타케마치입니다.

『스파이 교실』의 다섯 번째 단편집. 비로소 꺼내는 전일담, 『화염』편.

슬슬 『화염』을 쓰고 싶었습니다. 클라우스 씨의 소중한 존재이자 『스파이 교실』이라는 이야기의 열쇠를 쥔 분들. 저의 「좋아!」를 꾹 꾹 눌러 담은 캐릭터도 많아서, 『등불』 소녀들의 과거도 살짝 다루 며 저 혼자 멋대로 크게 만족한 단편집입니다.

그럼 각 단편에 코멘트해 나가겠습니다.

「1장」기드편. 새삼 생각하는데, 『화염』 멤버 중에서 가장 고생하 는 기드 씨. 그의 칼은 여전히 클라우스의 방에 장식되어 있습니다.

「2장」게르데편. 술 강요에 갑질까지 시대에 안 맞는 할머니. 「할 머니×권총」조합에 저만 로망을 느끼나요? 예의 그 살인귀를 묘사 할 수 있어서 행복했습니다.

「3장」쌍둥이편. 이 두 사람은 역시 세트로 묘사하고 싶어요. 루 카스 씨가 보스가 된 『화염』도 보고 싶네요. 거기엔 분명 흑발 소 녀도 함께 있겠죠.

「4장」하이디편. 양성 학교 소녀들의 트라우마 제조기. 이래저래 귀찮은 누나예요. 「이런저런 일」은 후일 밝혀집니다. 진정하세요, 그레테 씨.

「5장」 페로니카편—이라고 명명하긴 했지만, 많이 나오진 않네요. 그녀의 이야기는 다른 타이밍에 밝혀질 예정입니다. 언젠가 클라우스가 도달할 때.

그럼 이하 감사 인사입니다. 이번 단편집이 성립된 것은 애초에 「드래곤매거진 연재 4회분, 클라우스의 과거편을 하고 싶어요! 소녀들은 안 나오지만!」이라는 터무니없는 부탁을 들어주신 편집자님의 넓은 도량 덕분입니다. 늘 신세만 지고 있으니 여기서 다시금 감사드리고 싶습니다. 허락해 주시지 않았다면 상당히 구성을 고민했을 거예요.

그리고 늘 그렇지만 토마리 선생님께 감사드립니다. 지난번의 『봉황』에 이어 『화염』의 집합 그림을 받아들여 주셔서 고맙습니다. 그릴 사람이 많아서 힘드셨겠지만, 정말 감개무량합니다. 한데 모인 그들을 줄곧 보고 싶었어요!

마지막으로 다음 단편집에 관한 얘기인데, 마침내 3rd 시즌에 들어갑니다. 2인 1조로 나뉘어 움직였던 라일라트 왕국 혁명 임무의 1년간이 밝혀집니다. 뿔뿔이 떨어져 있어도 변함없이 시끌벅적한 소녀들의 모습을 전해 드리고 싶습니다!

하지만 그 전에 먼저 본편이죠. 라일라트 왕국 혁명 임무, 그리고 도달한 곳에 있던 것— 그것들을 전해 드리고 싶습니다. 그럼 이만.

……2페이지 남았네요.

평소처럼 후기를 2페이지 쓴 것이 2023년 11월 15일. 이후 담당

편집자님에게 보내는 것을 잊고 방치. 편집자님이 「3~4페이지 정도 후기 보내 주세요~」라고 부탁하신 게 12월 18일. 페이지가 부족하다는 것을 깨달았지만 뒤로 미뤘고. 「오늘 마감일이에요~」라고 추가 메시지가 온 것이 새해 1월 5일. 보내는 걸 잊어버린 자신의 게으름이 절망스럽네요.

하는 수 없으니, 존재하지 않는 『스파이 교실』 SS 아이디어를 열거하겠습니다.

○ 사라가 본격적으로 아네트와 에르나를 축사에서 기르기 시작하는 이야기

○ 의문의 종교 결사가 에르나를 추대하는 이야기의 후일담. 정계 데뷔편

○ 장난으로 아지랑이 팰리스를 전소시키고 초조해하는 아네트

○ 전소한 아지랑이 팰리스를 보고, 무릎을 꿇을 만큼 좌절하는 클라우스

○ 기드와 게르데의 마음에 들어 무사 수행을 받는 지비아

○ 클라우스가 스승으로부터 「미성년 소녀 8인과 동거하는 윤리관」을 진지하게 설교받는 이야기

○ 감동 대작 『대악녀 리릴린 VS 대해적 지비앙』

○ 릴리와 클라우스의 결혼기념일을 복잡한 표정으로 바라보는 모니카

○ 지금까지 바보 같은 연애 조언을 해 온 티아에게 위자료를 청

구하는 각성 그레테

　○ 의문의 종교 결사가 에르나를 추대하는 이야기의 후일담. 정치 비리 체포편

　○ 릴리와 그레테가 양성 학교로 돌아가, 선배 행세를 하며 후배들의 똥군기를 잡는 이야기

　○ 동물을 국외에 반입하면 안 된다며 사라에게 설교하는 동물 검역소 직원

　○ 동물 검역소 직원에게 「……? 인형인데요?」라며 강행 돌파를 시도하는 사라

　○ 솔직히 이런 색녀가 될 줄은 몰랐다며 너무한 코멘트를 하는 페로니카

　○ 아지랑이 팰리스에서 메이드업에 종사하는『뜬구름』란. 그리고 쫓아내고 싶어 하는 일동

　○ 50년 후, 왕년에 자신은 전설적인 스파이였다며 과장하는 사라

　○ 음악성 차이로 밴드 해산을 제안하는 모니카

　○ 애초에 밴드를 결성했다는 사실 자체가 금시초문이었던 릴리와 지비아

　○ 의문의 종교 결사가 에르나를 추대하는 이야기의 후일담. 기사회생의 대역전편

　○ 아무 일도 없었던 것처럼『봉황』과『화염』이 살아 돌아와서「다행이야~」하게 되는 이야기

　○「임신했을지도 몰라요」라며 넘어서는 안 되는 선을 넘는 거짓

말을 하는 그레테

　○ 자산 운용을 시작한 클라우스가 순식간에 파산하여 부하들
이 폭소하는 이야기

　물론 쓸 예정이 전혀 없는 이야기들입니다.

타케마치

초출

《화톳불》 곁 I
드래곤매거진 2023년 1월호

《화톳불》 곁 II
드래곤매거진 2023년 3월호

《화톳불》 곁 III
드래곤매거진 2023년 5월호

《화톳불》 곁 IV
드래곤매거진 2023년 7월호

그 외 첫 공개

SPY ROOM

the room is a specialized institution of mission impossible
from Homura with love

스파이 교실 단편집 5
「화염」으로부터 사랑을 담아

초판 1쇄 발행 2025년 9월 20일

지은이_ Takemachi
일러스트_ Tomari
옮긴이_ 송재희

발행인_ 최원영
본부장_ 장혜경
편집장_ 김승신
편집진행_ 권세라 · 최혁수 · 김경민 · 최정민
편집디자인_ 양우연
국제업무_ 박진해 · 조은지 · 남궁명일
관리 · 영업_ 김민원 · 조은걸

펴낸곳_ (주)디앤씨미디어
등록_ 2002년 4월 25일 제20-260호
주소_ 서울시 구로구 디지털로 32길 30, 코오롱디지털타워빌란트 1301-1308호
전화_ 02-333-2513(대표)
팩시밀리_ 02-333-2514
이메일_ lnovellove@naver.com
ㄴ노벨 공식 카페_ http://cafe.naver.com/lnovel11

SPY KYOSHITSU TANPENSHU Vol.5 "HOMURA" YORI AI O KOMETE
ⓒTakemachi, Tomari 2024
First published in Japan in 2024 by KADOKAWA CORPORATION. Tokyo.
Korean translation rights arranged with KADOKAWA CORPORATION, Tokyo.

ISBN 979-11-278-8401-7 04830
ISBN 979-11-278-6341-8 (세트)

값 11,000원

*이 책의 한국어판 저작권은 KADOKAWA CORPORATION와의
독점 계약으로 (주)디앤씨미디어에 있습니다.
저작권법에 의해 한국 내에서 보호를 받는 저작물이므로 무단전재와 복제를 금합니다.

*잘못된 책은 구매처에 문의하십시오.

©Takemachi, Tomari 2023
KADOKAWA CORPORATION

스파이 교실 1~11권, 단편집 1~4권

타케마치 지음 | 토마리 일러스트 | 송재희 옮김

아지랑이 팰리스 공동생활 규칙.
하나, 일곱 명이 협력하여 생활할 것.
하나, 외출 시에는 진심으로 놀 것.
하나, 온갖 수단으로 나를 쓰러뜨릴 것.

—각국이 스파이로 그림자 전쟁을 벌이는 세계.
임무 성공률 100%, 그러나 성격에 난점이 있는 뛰어난 스파이, 클라우스는
사망률 90%를 넘는 「불가능 임무」 전문 기관 「등불」을 창설한다.
하지만 선출된 멤버는 실전 경험이 없는 소녀 일곱 명.
독살, 함정, 미인계— 임무를 달성하기 위해 소녀들에게 남은 유일한 수단은
클라우스를 속여 이기는 것이다!

1대7 스파이 심리전! 통쾌한 스파이 판타지!!

© 2023 by Nabeshiki, Kawaguchi
EARTH STAR Entertainment Co.,Ltd

나는 모든 것을 【패리】한다 1~6권

나베시키 지음 | 카와구치 일러스트 | 김성래 옮김

재능 없는 소년.

그렇게 불리며 양성소를 떠났던 남자 노르는

홀로 한결같이 방어 기술 【패리】의 수행에 열중하며 살았다.

그러던 어느 날, 마물에게 습격당한 왕녀를 구하게 되며

운명의 톱니바퀴는 뜻밖의 방향으로 돌기 시작한다.

밑바닥 랭크의 모험가임에도 불구하고 왕녀의 교육자로 발탁되었는데……

본인이 지닌 공전절후의 능력을 아직껏 노르 혼자만이 알지 못한다……

무자각의 최강은 위기에 빠진 왕국을 구원할 수 있는가?

© 2022 by Hamuo, Mo
EARTH STAR Entertainment Co.,Ltd

헬 모드 1~5권

하무오 지음 | 모 일러스트 | 김성래 옮김

"로그아웃 중에도 저절로 레벨이 올라? 이건 쉬운 게임을 넘어 방치 게임이잖냐!"
야마다 켄이치는 절망했다. 열심히 플레이하던 온라인 게임은 서비스 종료.
몇만 시간을 쏟아부어 파고들 가치가 있는 작품은 거의 살아남지 못했다.
"어디 보자……. 끝나지 않는 게임에 당신을 초대합니다, 라고?"
그런 켄이치가 우연히 검색하게 된 타이틀 없는 수수께끼의 온라인 게임.
난이도 설정 화면에서 망설이지 않고
최고 난이도「헬 모드」를 선택했더니 이세계의 농노로 전생해버렸다!
농노 소년「알렌」으로 전생한 그는 미지의 직업「소환사」를 능숙하게 다루며
공략본도 없는 이세계에서 최강으로 향하는 길을 더듬더듬 걸어 나아가는데ㅡ.

라이트노벨의 새로운 빛! L북스의 신간은 매월 20일에 발매됩니다. http://cafe.naver.com/lnovel11

Copyright © 2022 Kumo Kagyu
Illustrations copyright © 2022 lack
SB Creative Corp.

고블린 슬레이어 외전 2 악명의 태도 상~하권

카규 쿠모 지음 | lack 일러스트 | 박경용 옮김

—시작이 무엇이었는지, 그것을 아는 자는 없다.
어쨌든지 《죽음》이 온 대륙에 흘러 넘쳤다.
따라서 그 시절의 왕이 포고를 내렸다.
『《죽음》의 근원을 찾아내, 이를 봉하라』.
《죽음의 미궁》.
사신의 아가리 그 자체인 나락의 웅덩이로 사람들이 모여들어,
어느샌가 성채도시가 생겼다.
모험가들은 여기서 동료를 모아,
미궁에 도전하고, 싸우고, 재화를 얻고, 때로는 죽는다.
당신은 모험가다.
악명 높은 《죽음의 미궁》의 소문을 듣고서,
그 가장 깊은 곳에 도전하고자, 이 성채도시를 찾아왔다.

**「고블린 슬레이어」 외전 제2탄!
이것은, 카규 쿠모가 그리는, 재와 청춘의 이야기.**

라이트노벨의 새로운 빛! L북스의 신간은 매월 20일에 발매됩니다. http://cafe.naver.com/lnovel11

Copyright ⓒ 2022 Kumo Kagyu
Illustrations copyright ⓒ 2022 Shingo Adachi
SB Creative Corp.

고블린 슬레이어 외전: 이어 원 1~3권

카규 쿠모 지음 | 아다치 신고 일러스트 | 칸나츠키 노보루 캐릭터 원안 | 박경용 옮김

누나가 누나가 아니게 된지 사흘이 지났다. 그래서 그는 움직이기로 했다.
고블린의 습격으로 가장 사랑하는 누나와 마을을 잃은 소년이 있었다.
5년 뒤, 변경 도시의 모험가 길드를 찾아온 소년은 모험가가 된다.
그리고 5년 전, 돌아갈 마을을 잃은 소녀는 과거의 소꿉친구와 만났다.
최하급 클래스, 백자 등급이 된 소년은 장비를 갖추고,
오로지 혼자서 고블린이 둥지를 튼 동굴로 간다―.
이것은, 그가 고블린 슬레이어라고 불리게 되는 이야기.

대인기 다크 판타지 「고블린 슬레이어」의 전일담.
카규 쿠모 × 아다치 신고가 선사하는 외전 「이어 원」 스타트!

라이트노벨의 새로운 빛! L북스의 신간은 매월 20일에 발매됩니다. http://cafe.naver.com/lnovel11

©Harajun, fixro2n 2024 / KADOKAWA CORPORATION

황금의 경험치 1~4권

하라준 지음 | fixro2n 일러스트 | 김장준 옮김

주인공 레아가 정신력 능력치를 올리고 얻은
히든 스킬 『사역』.
그것은 권속이 된 캐릭터가 획득한 경험치를
자신에게 집약하는 어처구니없는 스킬이었다.
레이드 보스급 몬스터마저 다채로운 정신 마법으로 굴복시키며
줄줄이 권속을 늘려나간 레아는 끝없이 불어나는 경험치로
자신과 부하를 강화!
자신만의 최강 군단을 만든 끝에
결국 이 세계에서 『특정 재해 생물』로 판정받는데……?

모처럼 마왕이 됐으니까 멸망시켜 볼까, 인류를!

라이트노벨의 새로운 빛! L북스의 신간은 매월 20일에 발매됩니다. http://cafe.naver.com/lnovel11